KB240808

증 상
으로서의
내재율

지은이 **신지연**(申智姸, Shin Jiyeon) 1974년 춘천에서 태어났다. 한림대학교와 고려대학교 대학원 국어국문학과를 졸업했다. 박사학위논문을 보완하여 『글쓰기라는 거울―근대적 글쓰기의 형성과 재현성』를 출간했다. 소논문으로 「오월광주―시의 주체구성 메커니즘과 젠더 역학」, 「이광수의 텍스트에 나타나는 동성 간 관계와 감정의 언어화 방식」 등이 있다.

증상으로서의 내재율

초판인쇄 20014년 6월 10일 **초판발행** 2014년 6월 20일
지은이 신지연 **펴낸이** 박성모 **펴낸곳** 소명출판 **출판등록** 제13-522호
주소 서울시 서초구 서초중앙로6길 15
전화 02-585-7840 **팩스** 02-585-7848 **전자우편** somyong@korea.com **홈페이지** www.somyong.co.kr

값 18,000원
ⓒ 신지연, 2014
ISBN 978-89-5626-999-3 93810

이 도서의 국립중앙도서관 출판시도서목록(CIP)은 서지정보유통지원시스템 홈페이지(http://seoji.nl.go.kr)와 국가자료공동목록시스템(http://www.nl.go.kr/kolisnet)에서 이용하실 수 있습니다.(CIP제어번호: CIP2014017998)

이 저서는 2009년 정부(교육부)의 재원으로 한국연구재단의 지원을 받아 수행된 연구임 (NRF-2009-812-A00107).

증상으로서의 내재율

'Inner-Rhythm' as a Symptom

신지연

소명출판

　대략 십여 년 전쯤이었던 것 같다. 그날 나는 불문과 황현산 선생의 비교문학 수업을 듣고 있었다. 선생은 문득 수강생들에게 이런 질문을 던졌다. "학교에서 흔히 내재율이라는 말을 쓰는데, 이 말은 어떻게 쓰이게 된 걸까? 일본에서 만들어진 것으로 추측되고, 일본에서는 서구의 개념을 빌렸을 가능성이 큰데, 정작 서구에서는 내재율에 해당하는 말이 쓰이지 않으니 말이다."

　퍼뜩, 오래 전의 일이 떠올랐다. 국어시간이었다. 교과서의 시는 박목월의 「산새알 물새알」. 동시였으니 아마 초등학교 때였을 것이다. 나는 이 시가 좋았지만 한편으론 의아했다. 페이지의 빈 공간에 담임선생의 판서를 따라 '운율 : 내재율'이라고 받아 적긴 했는데, 왜 내재율이라는 건지 알 수가 없었다. 궁금했지만 결국 손을 들고 물어보지는 못했다. 그렇다면 그런 거겠지 뭐. 어영부영 질문을 덮어버리고 중간고사 기말고사를 여러 번 거치는 동안 내 머릿속에도 내재율은 '당연한 것'으로서 굳어 갔다. 그 굳은 머리로 고등학교를 졸업하고 대학과 대학원에서 문학을 전공했다. 그렇게 20년을 훌쩍 보내고 나서야 선생의 문제제기를 통해 어린 시절의 의문과 다시 마주하게 된 것이다.

　그때 나는 이 '당연한 것'의 정체를 우선 확인해 보자고 마음을 먹었다. 시를 계속 읽고 공부하기 위해서는 먼저 이 관문을 통과해야 할 것 같았다. 하지만 그 결심으로부터도 어느새 또 이렇게 십몇 년이 지나고 말았다. 팔 할은 게으름 탓이지만, 그 외의 변명거리도 몇 개는 있다. 일단 일차자료의 밀도가 낮았고, 참고할 연구서도 많지 않았다. 듬성듬성 몇몇 텍스트를 모은 것 외에 어떻게 더 앞으로 나갈 수 있는지 방법을 얻지 못했다. 또 세기말과 초의 불문학과 일본문학 쪽 자료들을 폭넓게 훑어야 했으나 그쪽 텍스트들을 능숙하게 다룰 만한 경험도 어학 실력도 일천했다. 연구에도 트렌드가 있는 법인데 구닥다리 운율 문제나 붙잡고 있다니, 하는 얄팍하고 알량한 생각도 발목을 잡았음을 덧붙여두자.

어쨌든 죽이 되든 밥이 되든 스스로 한 번은 일단락을 지어야 할 과제였다. 한 페이지 분량의 쪽글이라도 좋았다. 하지만 더듬더듬 나아가는 동안 나는 개념사(槪念史)적 정리에 머물려던 애초의 가벼운 기획을 다소 바꾸어야 했다. '내재율'이라는 말이 근대정신, 혹은 근대문예 이념의 굴절에 따른 제반 현상들과 뒤엉켜 있었기 때문이었다. 그 굴절의 굽이에서 나는 내 선대들이 겪어야 했던 가난하고 격렬한 지적 고투를 목격했고, 내가 쓰는 어떤 개념적 어휘도 이로부터 자유로울 수 없음을 깨닫게 되었다. 그 고투의 현장을 면밀히 살피지 않으면서 '내재율'이라는 말의 역사성에 다가갈 수는 없었다.

결국 작은 궁금증을 해소해보려던 애초의 심산은 내가 속한 이 세계의 정신사적 흐름 속에서 '내재율'이라는 말이 생성되고 하나의 증상으로 침전되는 현상을 살피겠다는 거창한 기획으로 바뀌게 되었는데, 그 목표를 향해 과연 몇 발자국이나 제대로 나아간 건지 잘 모르겠다. 깜

냥이 닿는 대로 심증을 물증으로 전환하기 위해 애쓰기는 했으나 부족한 부분이 더 눈에 띈다. 우선 19세기 말 귀스타브 칸(Gustave Kahn) 등에 의해 불거진 프랑스의 자유시 논쟁을 살피고 싶었지만 능력이 닿지 않았다. 러시아 상징주의와 일본 상징주의를 거칠게나마 검토했어야 하는데 이 문제 역시 손대지 못했다. 일본에서의 운율 논의도 두텁게 보충되어야 할 부분이 많을 것이다. 내재율이라는 말이 교육장(場)에서 활발히 쓰이는 만큼 국어교과서와 참고서를 검토하는 작업이 동반되었어야 하는데 그러지 못한 것도 아쉽다. 해당 분야에 정통한 연구자들이 후일 미비한 부분을 메워주시리라 믿는다.

네이버 지식인에 2013년 9월 16일 자로 이런 질문이 올라온 걸 보았다. "제가 지금 한용운의 「나룻배와 행인」에 대해서 배우고 있는데 이 시가 왜 내재율인가요?" 「산새알 물새알」을 배우며 내가 가졌던 의문과 닮은꼴이라 반갑기도 했고, 여태 학생들이 이 막막한 질문을 던져야 하나 싶어 조금 씁쓸하기도 했다. '왜 내재율인가요?' 묻고 싶지만 너무 당연한 것 같아 차마 물어볼 수 없던 이들에게, 이 책이 조금이나마 궁금증을 풀어주었으면 하는 바람이다.

이 책의 출발점이 되어주신 황현산 선생님께 감사드린다. 선생님의 질문이 아니었더라면 이 책을 쓰는 일은 없었을 것이다. 더불어 이 책을 끝내 마무리 짓게 한 한국연구재단 '저술지원사업'에도 고마움을 전한다. 사업의 결과보고 시일에 강제되지 않았더라면 쓰는 일을 한정 없이 미루고만 있었을 것이다.

증상으로서의
내재율

제1장

상징주의의 그늘과
조선이라는 딜레마

1. 미학으로서의 상징주의, 윤리학으로서의 상징주의

1_ 1938년, 폴 발레리(Paul Valéry)는 「상징주의의 존재」라는 글에서 독자들에게 일종의 시간여행을 제안한다. 때는 50여 년 전, 19세기 후반으로 거슬러 올라간다. 이른바 '상징주의'의 시대다. 한 젊은이가 있다. 젊은이는 문득 이제까지의 자신에 대해 회의를 느낀다. 자신이 남들의 가르침만을 유순하게 따라왔다는 것을 깨닫는다. "자기가 좋아하지 않는 것을 좋아한다고 믿었다는 것"에, "자기를 유혹하는 것을 좋아하지 않으려고 애썼다는 것"에 생각이 미친다. 그는 교과서들을 내던진다. 거리로 나간다. 추악한 현실이 눈에 들어온다. 서점을 둘러보니 그런 추악한 현실을 담은 자연주의 소설들이 가득하다. 구역질이 난다.

그런 이야기 속에만 빠져 있을 수는 없다고 생각한다. 다른 쪽의 구석진 서가를 살펴본다. 시집들이 꽂혀 있다. 낭만주의자들의 책도 있고 화려한 테크닉을 구사하는 시를 모은 시집도 있다. 젊은이의 영혼은 그 어떤 것에 의해서도 고양되지 못한다. 소설이나 시뿐만 아니라 생물학도, 지질학도, 실증주의도, 진화론도, 그를 만족시키지 못한다. 결국 그는 어떤 전통에 대해서도 어떤 유행에 대해서도 등을 돌릴 수밖에 없어진다. 허무와 무력감. 그러나 그는 젊다. 넘치는 젊음의 에너지를 오기로 끌어올려 결심한다. 나 자신으로부터 연원하지 않는 것은 어떤 것도 승인하지 않으리라. 그제야 힘이 솟구친다. 감각이, 관능이, 변화무쌍한 관념이, 요컨대 "내면의 삶"이 비로소 시작된다.[1]

발레리가 이렇게 그때 그 시간을 살았을 법한 한 젊은 영혼을 상상해보자고 제안한 것은, 바로 이런 방법만이 '상징주의'를 제대로 이해하게 해준다고 생각했기 때문이었다. 즉 사후적인 위치에서 고공비행하는 관찰자 시점이 아닌, 동시대적 자리에서 포복하는 인물 시각의 시점. 발레리를 따르면, 상징주의란 어떠어떠한 것이라 개념화하여 미학사의 한 사조로 편입시키고 일군의 시인들을 '상징주의 시인'으로 범주화하는 일은 오히려 1860년에서 1900년 사이 프랑스 문학계에서 감지되는 '특별한 무언가'를 덮어버리고 만다. 흔히 상징주의의 걸출한 봉우리로 거론되며 추앙받는 이들 중에 "그 명칭을 자신들을 위해 채택"한 이들이 과연 있었던가. 또 랭보와 말라르메에게서 어떤 기법적 공통점을 찾을 수 있단 말인가.[2]

---

1 폴 발레리, 「상징주의의 존재」, 김진하 역, 『말라르메를 만나다』, 문학과지성사, 2007, 164~175면 요약.

발레리는 "상징주의 미학이란 없"다고, "상징주의라고 부를 수 있는 단위가 미학적 일치 속에는 존재하지 않는다"고 언급한다. '상징주의자'라 불리는 이들을 통일시키는 것은 미학이 아닌 다른 것이다. 그는 이들의 진정한 공통점을 "부정"의 태도에서 찾는다. 무리와 관습을 거부하고 유행과 당대적 우상을 인정하지 않는 "부정"으로서의 "완전히 새롭고 독특한 정신상태." 이들은 "윤리학"의 관점 속에서만 일치점을 가진다. 그 윤리학은 외적으로 부과된 일체의 것을 떨쳐내고 "내면의 삶"이라는 중심에 대해 일종의 "신앙"과 같은 자세를 취한다. 발레리가 파악한 상징주의의 본질은 요컨대 내면이라는 새로운 우상을 섬기는 신흥종교라는 말로 요약될 만하다.

미학에서 윤리학으로의 전회. 발레리는 상징주의를 이해하는 새로운 관점을 제공한다. 그러나 그게 다가 아니다. 그의 글은 상징주의에 한정해서 전개되고 있지만, 실은 근대정신 자체를 꿰뚫는 어떤 핵심과 닿아있는 것이기도 하다. 예컨대 칸트의 윤리학이 떠오른다. 칸트에게 계몽이란 타인의 도움과 지도와 지배에서 벗어나 자신의 이성을 자유롭게 사용하여 자기 자신의 주인이 되는 과정을 뜻한다. 발레리가 상상한 저 가상의 젊은이는 정확히 칸트식으로 계몽되어 가는 존재, '미성숙에서 성숙으로 나아가는' 존재 아닌가.

또 언어로 정식화되지 않았더라도 우리는 외적 권위를 거부하려던 움직임을 그 이전의 시대에서도 찾아낼 수 있다. 구원의 문제를 교회에서 해방시켜 개개인의 내적 믿음 위에 정초하려 했던 루터의 혁명이 그

---

2   위의 책, 148~154면 참조.

러했고, 이에 수반되었던 속어문(俗語文) 사용의 기세도 그러했다. 소수에 의해 전유되던 라틴어 성서가 독일어로 번역되기 시작하면서, 그 자체로 신성을 담지한 것으로 여겨지던 라틴어문은 뜻의 전달에 용이한 속어문에 자리를 내주게 되었다. 즉 문자의 권위가 '부정'되었다. 물론 여기에는 자본주의 및 네이션 체제의 등장과 관련된 문제가 복잡하게 얽혀 있지만,[3] 이러한 물적 토대의 변화에 뿌리 깊게 연동되어 있는 것이 일종의 '부정정신'이었다는 점 또한 부인할 수 없다. 그러니 발레리가 상상한 젊은이는, 상징주의 정신의 집약일 뿐 아니라 16세기 이후 싹트기 시작한 근대적 내면의 의인화라고도 할 수 있을 것 같다.

다만 이 일반화에는 한 가지 저항이 따른다. 발레리는 "미학은 상징주의자들을 분열시켰는데 윤리학은 통일시키고 있다"고 했다. 그는 상징주의를 미학의 범주 안에서 살피는 관점을 설득력 있게 거절했다. 그러나 그의 견해에 십분 동의할 수 있더라도, 상징주의로 명명되곤 하는 '특별한 무언가'가 미학의 세계, 즉 예술 혹은 문학이라는 영역에서 나타났다는 점 또한 명백한 사실 중 하나다. 미학적 고찰이 유의미할 수 없더라도, 상징주의와 관련해서 '미학'이 완전히 기각될 수는 없는 것이다. 이를 감안한다면 발레리의 통찰은 다음과 같은 표현으로 고쳐 풀어볼 수 있을지 모른다. 상징주의는 근대 윤리학이 철학이나 종교가 아닌 문학의 영역에서 급진적으로 구현된 양상이라고. 그리고 이 급진성은, 기존의 관습과 정의에서 벗어나 문학의 질료인 언어를 바닥에서부

---

3 베네딕트 앤더슨, 윤형숙 역, 『상상의 공동체—민족주의의 기원과 전파에 대한 성찰』, 나남출판, 2002, 65~76면; 가라타니 고진, 조영일 역, 『세계공화국으로』, 도서출판 b, 2007, 163~182면 참조.

터 재사유하도록 만든다.

2_ 다시 발레리의 젊은이에게로 돌아가 보자. 일체의 외적인 것들을 부정하고 '내면의 삶'을 섬기게 된 청년은 음악회에 다니며 당시의 최신 교향곡들을 접하게 된다. 또한 작가와 예술가, 보헤미안들의 집결지였던 카페에도 드나들기 시작한다. 활기찬 토론과 비평이 이어지고 잡지가 만들어지고 분파가 형성되며 선언문이 작성되던 장소다. 청년은 어쩌면 아래 인용할 선언문이 기획되는 자리를 함께 했을지도 모른다. 장 모레아스(Jean Moréas)의 「상징주의 선언」. '상징주의'라는 말을 처음 전면에 내세운 것으로 알려진 이 글은 1886년 9월 18일 『르 피가로』지에 발표되었다.

> Ennemie de l'enseignement, la déclamation, la fausse sensibilité, la description objective, la poésie symbolique cherche à vêtir l'Idée d'une forme sensible qui, néanmoins, ne serait pas son but à elle-même, mais qui, tout en servant à exprimer l'Idée, demeurerait sujette. L'Idée, à son tour, ne doit point se laisser voir privée des somptueuses simarres des analogies extérieures; car le caractère essentiel de l'art symbolique consiste à ne jamais aller jusqu'à la conception de l'Idée en soi. Ainsi, dans cet art, les tableaux de la nature, les actions des humains, tous les phénomènes concrets ne sauraient se manifester eux-mêmes; ce sont là des apparences sensibles destinées à représenter leurs affinités ésotériques avec des Idées primordiales.[4]

교육, 허식, 거짓 감수성, 객관적 묘사에 맞서 상징적 시는 이념에 감각적 형식이라는 옷을 입히려고 한다. 감각적 형식은 그 자체가 목적이 되지는 않는 것으로, 이념을 표현하는 데에 오롯이 소용되면서, 종속적 상태로 남겨질 것이다. 한편 이념은 외적 유비라는 화려한 실내복 없이는, 자신을 보게끔 허용하지 않음이 분명하다. 왜냐하면 상징적 예술의 핵심적 특징이란, 어떤 경우에도 이념 그 자체의 이해로 향하지 않는다는 데에 있기 때문이다. 그런즉 이런 예술 안에서는, 자연 풍경들, 인간 행위들, 모든 구체적 현상들은 그 자체로 자신을 드러낼 수 없다. 상징적 예술에서 감각적 외양들은 오직 비의(秘義)적 유사성을 통해서만 시원적 이념을 표현하도록 예정되어 있기 때문이다.

발레리는 일명 '상징주의'를 미학과 독립시켜 하나의 정신상태로 파악해야 함을 강조했다. 하지만 적어도 담론 차원에서는, '상징'이라는 말을 써서 미학적 구심을 구축하려는 동력이 19세기에 분명 존재했던 것도 사실이다. 감각적 현상으로 구현된 이념, 혹은 이념적 의미로 충만한 외적 현상. 이를 추구하는 "상징적 예술"에 대해, "상징주의라는 명명(la dénomination de symbolisme)"이 주어진다. 사후적 관점에서 살필 때 상징주의의 '내포'는 미학이라는 경계 안에 한정될 수 없는 것이라 하더라도, 상징주의라는 '말 자체'는 그렇게 시작된 것이다.

수사학의 비유 개념에 불과했던 '상징(symbol)'을 예술의 고유한 원리,

---

4   Jean Moréas, "Le Symbolisme", ed. L. Vanier, *Les Première Armes du Symbolisme*, Paris : Imprimerie J. Mazeyrie, 1889, pp.33~34. 해당 부분의 번역은 고려대 불문과 조재룡 선생의 도움을 빌렸다.

특히 시문학의 본성으로 격상시킨 것은 19세기 초의 괴테였다. "상징은 현상을 이념으로, 이념을 하나의 형상으로 변형시키거니와, 그 과정에서 이념은 형상 속에서 언제나 무궁무진한 작용을 일으켜서 결코 그 궁극에 도달할 수 없으며, 설령 그 어떤 언어로 표현한다 하더라도 남김없이 표현할 수 없는 상태에 머물게 된다."[5] 얼핏 모레아스의 상징주의 선언은 괴테의 상징론을 전격 수용한 것처럼 보인다. 그러나 그 사이에는 간과될 수 없는 간극이 있다. 위에 인용한 모레아스의 선언에서 유의해서 보아야 할 것 중 하나는 '이념'에 대한 '형식'의 존재방식이 '옷'에 비유되고 있고 '외적 유비'로 일컬어지고 있다는 점이다. "상징적 시는 이념에 감각적 형식이라는 옷을 입"히는 것이며, 이념은 "외적 유비라는 화려한 실내복"을 필요로 한다. '상징'은 입을 수도 있고 벗을 수도 있는 옷과 그것을 걸치는 몸의 관계로 파악된다.

이 문제와 관련하여 우리는 상징 개념을 오남용한 19세기 미학에 대해 발터 벤야민(Walter Benjamin)이 다음과 같이 언급한 것을 떠올려 볼 수 있다.

백여 년 전부터 예술철학에서는 낭만주의가 혼란에 빠진 와중에 권력을 잡은 한 명의 왕위찬탈자가 압정을 계속하고 있다. 낭만주의 미학가들은 휘황찬란하기는 하지만 결국에는 아무런 구속력도 갖추지 못한 절대자의 인식을 얻기 위해서 너도나도 뛰어들었지만, 지극히 간단한 예술이론적 논의에서마저 명칭 말고는 진정한 상징 개념과 아무런 공통성도 없는 상

---

5 괴테의 상징론에 대해서는 다음 글을 참고했다. 임홍배, 「괴테의 상징과 알레고리 개념에 대하여―총체성과 감각적 구체성의 변증법」, 『비교문학』 45, 2008.

징 개념을 정착시키는 것으로 끝나고 말았다. (…중략…) 이러한 속류적인 용어법에서 가장 두드러지게 나타나는 바는, 상징 개념은 흡사 절대적인 명령과도 같은 태도로 형식과 내용의 불가분한 결합을 주장하지만, 변증법적인 단련이 결핍되어 있기 때문에 형식 분석에서는 내용을 놓치고 내용 미학에서는 형식을 놓치면서 자신의 무능력을 철학적으로 미화하는 데에 기여하게 된다는 점이다. 왜냐하면 이러한 개념 오용은 예술작품에서 '이념'의 '현상'을 '상징'이라고 언명하는 곳이라면 어디에서나 벌어지기 때문이다. 감각적 대상과 초감각적 대상의 통일, 즉 신학적 상징의 역설은 현상과 본질의 관계로 왜곡된다.[6]

'상징'이라는 말은 예술철학에서 거의 "왕위찬탈자"에 가깝게 받아들여진다. "상징개념은 흡사 절대적인 명령과 같은 태도로 형식과 내용의 불가분한 결합"을 주장하지만, 이 주장은 실은 "형식 분석에서는 내용을 놓치고 내용 미학에서는 형식을 놓치는 무능력"을 철학적으로 변명하고 있을 뿐이다. "예술작품에서 '이념'의 '현상'을 '상징'이라고 언명하는 곳이라면 어디에서나" 이런 일이 벌어진다. 원래 신학 분야에 속하는 상징 개념이 왜곡되고 속류화되어 미학에 도입되면서 나타난 현상임을, 벤야민은 쓰디쓴 어조로 지적한다.

'상징'이라는 말을 통해 내용과 형식의, 이념과 현상의 불가분한 결합을 강조한다는 것 자체가, 차라리 내용과 형식의, 이념과 현상의 단절을 드러낸다. 장 모레아스의 선언문은 이 역설을 단적으로 보여준다.

---

6 발터 벤야민, 조만영 역, 『독일 비애극의 원천』, 새물결, 2008, 207~208면.

'상징'에 대한 당대의 예술 담론을 수렴해 '상징주의'라는 한층 더 집약적인 말이 정초되는 자리에, '옷'이라는 범박한 비유가 개입되고 '이념'과 '현상'의 분열은 뚜렷하게 가시화된다. 마르셀 레몽(Marcel Raymond)은 19세기 말의 '상징주의자' 그룹에 대해 이렇게 말한 바 있다. "자기의 마음을 상징적으로 표현하려고 의식적으로 원하다 보면 상징이 가진 진정성을 많이 잃어버릴 우려가 있다. 이 경우 정신은 정신대로 따로 있게 되고 상징은 상징이 아닌 어떤 간접적 표현 방식이 되고 만다."[7] 그것은 차라리 '알레고리'에 가깝다. 괴테가 시인 그 자신은 "특수한 것에서 보편적인 것을 직관했다는" 사실을 "깨닫지 못하거나 나중에야 깨닫게 된다"고 언급했던 점을 상기해 볼 때 그 간극은 보다 분명해진다. 괴테의 관점에서 '상징'은 창작 주체의 의지와 무관하다. 그러나 '상징주의'는 창작 주체의 의지를 담은 일종의 예술운동이다. 요컨대 장 모레아스의 「상징주의 선언」은 의도와는 정반대로, 상징주의라는 명명을 통해 상징의 불가능성을 역설적으로 선언해 버린 셈이 된다.

이념과 현상이 진정으로 합일되어 있던, 혹은 그렇다고 상상되어 온 세계에서는 이념이나 현상이나 상징에 대해 구구절절한 말들이 오가지 않는다. 빈켈만(J. J. Winckelmann)이 고대 그리스의 신상(神像)들에서 발견한 "고귀한 단순과 고요한 위대", 루카치(G. Lukács)가 호메로스의 서사시에서 찾았던 "완결된 삶의 총체성"이 바로 그러한 세계의 행복하고 충만한 이미지였다고 할 수 있겠다.[8] 반대로 상징이라는 말을 너

---

7 마르셀 레몽, 김화영 역, 『프랑스 현대시사―보들레르에서 초현실주의까지』, 문학과 지성사, 1983, 60면.
8 이 충만한 고대 그리스의 반대편에 있는 것은, 18세기의 빈켈만의 경우 "극단적인 것을 추구"하는 당대의 바로크 미술이었고, 20세기의 루카치에게는 총체성이 "폭파"되

나할 것 없이 언급하는 세계에서, '상징'으로 언급되는 것은 차라리 알레고리와 다를 바가 없게 된다. 그러니 이념과 현상이, 내용과 형식이, 보편과 특수가, 존재와 의미가, 어찌해볼 수 없을 만큼 소외된 시대에, 상징 개념은 범람하다가 '상징주의'라는 결정(結晶)을 만들어내었다고 할 수 있지 않을까. 모레아스에 의해 언명된 '상징주의'는 발레리가 지적하려고 한 '상징주의적 정신'과 일치하지는 않는다. '상징주의'라는 말은, 발레리가 상기시킨 '특별한 정신 상태', 즉 부정의 정신과 초월적 지향과 소외된 삶에 대한 반성적 의식이 미학적으로 속류화되는 지점에서 비로소 등장하게 된다.

3_ 한편 상징이라는 말이 범람하던 시기에, '언어'와 '상징'을 근원에서부터 다시 문제시하는 대극적 태도가 등장하기에 이른다. 한쪽은 언어를 상징으로 취급하는 관점으로부터 절연하고 '기호학'으로서의 언어학을 정립하는 것. 20세기 초 언어학자 소쉬르의 작업이다. 또 하나는 알레고리로 미끄러지지 않는 진정한 상징으로서의 언어를 꿈꾸는 것. 19세기 말 시인 말라르메의 작업이다.

소쉬르는 "언어기호, 좀 더 정확히 말하자면 우리가 기표라고 부르는 것을 지칭하는 데 상징이라는 낱말"을 써온 관례에 등을 돌린다. 언어는 상징이 아니라 지시대상과 자의적으로 관계를 맺는 '기호'이다.[9]

고 "심연"이 드러난 세계대전 전후의 현실이었다(요한 요하힘 빈켈만, 민주식 역, 『그리스 미술 모방론』(1755), 이론과 실천, 1995; 게오르그 루카치, 반성완 역, 『소설의 이론』(1915), 심설당, 1995).

9 소쉬르가 그의 일반언어학 강의에서 '자의적'이라고 표현한 것은 기표와 기의의 관계에 대해서였다(프레디낭 드 소쉬르, 최승언 역, 『일반언어학 강의』, 민음사, 1990, 83~88면). 이후 에밀 벤베니스트는 실제로 '자의적'인 관계를 맺는 것은 '기표-기의'의 심

까마득한 옛적, 즉 "각 사물에 명칭을 부여하고 개념과 청각영상 간에 계약을 성립시킨 행위"가 바야흐로 일어나던 시대에는 혹 언어가 사물과 분리되지 않은 '상징'이었을지 모른다. 하지만 그 '기원의 순간'은 그저 상상할 수 있을 뿐 확인할 수는 없다. 확인할 수 없는 것을 어떻게 연구할 수 있겠는가. 이것이 소쉬르가 "언어의 기원"에 골몰해 온 이전까지의 방법론에 선을 긋고 "이미 형성된" 언어의 기호적 성격만을 연구 대상으로 삼은 이유이기도 하다. 소쉬르는 기원의 신화를 벗겨내고 '현실의 언어', 혹은 '타락한 언어'를 냉정하게 직시하려 한다.

말라르메는 그 반대였다. 소쉬르가 타락한 언어라는 현실을 직시하고자 했다면, 말라르메는 타락한 언어적 현실을 넘어선 언어, 진정한 상징의 상태를 회복한 언어를 탐구한다. 이는 말라르메가 적극적인 '상징주의자'가 아니었으되 상징주의에 대한 논의에서 언제나 빠지지 않고 등장하는 이유이기도 할 테다. 주지되다시피 말라르메의 시와 시론은 우연성과 자의성을 떨어낸 언어, 완전하고 절대적이고 본원적인 언어를 이 세계에 현현시키려는 (불가능한) 기도(企圖)를 담고 있는 것으로 평가된다. 후일 상징주의 언어론이라고 일컬어지는 설명들, 그리고 문학개론서나 시론서의 시어 / 일상어의 구분 등은 분명 말라르메의 관점에 기대고 있거나 말라르메의 이름을 빌려 전개되는 경우가 많다. 다만 발레리의 제안을 받아들여 말라르메의 기획을 미학이나 문학론 안에 가두지 않기 위해서는, 그의 작업에 대하여 말할 때 '시'라는 단어를

급이 아니라 '기호─지시대상'의 심급임을 지적하며 소쉬르의 오류·혼동을 교정하는 작업을 시도했다. 이에 대해서는 다음 논문에 상세히 논의되어 있다(김수림, 「식민지 시학의 알레고리」, 고려대 박사논문, 2011, 8∼20면).

주어부가 아니라 술어부에 놓는 편이 좋을지 모르겠다. 시에서의 언어가 완전하고 절대적인 것이 되기를 추구한 것이 아니라, 완전하고 절대적인 언어에 대한 절망적이고도 순교자적인 탐구의 흔적이 바로 시와 시론의 형태로 남게 되었다고.

말라르메는 언어를 두 가지 상태로 나눈다. 하나는 이편에 있는 조야하고 직접적인(brut ou immédiat ici) 상태. 또 하나는 저편에 있는 본질적인(là essentiel) 상태. 아래 인용은 '이편의 언어'가 지니는 성격에 대한 것이다. '본질적'인 상태가 말라르메의 지향이었던 만큼, 인용문 역시 이해하기 쉬운 문장구조를 취하고 있지는 않다.

> Narrer, enseigner, même décrire, cela va et encore qu'à chacun suffirait peut-être pour échanger la pensée humaine, de prendre ou de mettre dans la main d'autrui en silence une pièce de monnaie, l'emploi élémentraire du discours dessert l'universel *reportage* dont, la littérature exceptée, participe tout entre les genres d'écrits contemporains. [10](강조는 원저자)

이야기하는 것, 가르치는 것, 심지어 묘사하는 것, 그런 것이 진행되니, 또한 각자에게 아마도 인간적인 생각을 교환하기에 충분할 만큼, 조용히 동전 한 닢을 타인의 손에 건네거나 혹은 받는 것, 담화의 기초적인 용법은, 문학을 제외하고, 이 시대 모든 종류의 글들이 띠고 있는 성격인 보편적인 **보도**로 통한다.

---

[10] S. Mallarmé, Crise de Vers, Edition de Y. A, *Œuvres*, Fabre, Classiques Garnier, 1992, p.278.

비교적 직역에 가깝게 옮긴 위 인용문을 소통의 편이를 고려하여 풀어쓴다면 대체로 다음과 같을 것이다. '이야기하거나 가르치거나 묘사할 때, 우리는 생각을 교환하는 용도로 언어를 사용한다. 동전을 주고받는 것과 다를 바 없는 담화의 이런 기초적 용법은, 대체로 '보도'를 위해 복무하는 이 시대 모든 글쓰기에도 통용된다. 문학만이 그 예외다'.

이 세계의 언어가 '동전을 주고받는 것'에 비유되고 있다는 점에 주목하자. 도처의 언어가 화폐처럼 취급된다. 사용가치 세로의 화폐가 오직 상품을 교환하기 위한 도구로 사용되는 것처럼, 언어도 의미를 교환하기 위한 도구로서만 받아들여진다. 화폐가 상품의 가치를 표시하는 기호이듯 언어도 생각이나 사물을 표시하는 기호로만 여겨진다. 인용문의 경우 말라르메는 특히 문장어에 주목한다. 거의 모든 글들(écrits)이 '보도'에 집중된다. '보도(reportage)'라는 단어가 이탤릭체로 강조되고 있다는 점을 눈여겨볼 필요가 있다. 19세기 중후반 프랑스의 지적·문화적 풍토를 떠올린다면 말라르메의 맥락을 좀 더 선명하게 새길 수 있다. 당시는 과학의 시대, 실증주의의 시대였다. 또한 바야흐로 신문의 시대였고, 사실주의와 자연주의의 시대였다. '글'은 관찰된 현상과 일어난 사건 및 보고 들은 정보를 묘사·기술(décrire)하여 전달하는 역할을 하는 것으로 간주된다. 묘사라는 것은 a라는 언어가 b라는 대상을 가리키도록 만든다. 글은 한갓 매개체이자 껍데기에 불과하다. 도구가 목적으로부터 소외되듯, 이때 언어는 세계로부터 소외된다.

그러니 흔히 말해지듯 말라르메가 시에서 '묘사'가 아닌 '암시'를 제안했다고 할 때, 이를 'a라는 말을 통해 (b를 지시하거나 묘사하는 대신) x를 떠올리게 한다'는 식으로 받아들여서는 곤란하다. '암시'가 만약 언어의 본질적 상태에 다가가기 위한 방법이라면, 그것은 a라는 언어를 a 자체로 회귀시키는 일이라고 해야 할 것이다. 이로써 화폐로 전락한 언어, 세계로부터 소외된 한갓 기호로서의 언어, 본래적 가치를 잃은 매개물로서의 언어를 '구원'하는 일이라 해야 할 것이다. 말라르메의 자세가 종교적이었다고 할 수 있다면 이 때문이 아닐까.

4_ 말라르메로 하여금 언어의 본질적 상태를 열망하게끔 만든 배후, 그러니까 말에서건 글에서건 언어―화폐가 문제없이 통용될 수 있다는 믿음이 일상화되어 있던 세계에 다시 한 번 눈길을 돌려보기로 하자. '객관의 현상'에 대한 관심이 지배적이던 19세기 중후반의 지적·문화적 풍토 이외에, 한 가지 더 생각해야만 할 것이 있다. 말라르메가 위풍당당한 프랑스어 시대의 막바지를 살아가고 있었다는 점이다.

신성한 라틴어의 구심력이 약해진 후, 어떤 지역어보다 일찌감치 문법을 성문화하고 문어로서의 체계를 갖춘 프랑스어는 18세기에 유럽 언어의 중심이 되었다. 속세적 문명의 빛이 모여드는 대도시 파리의 언어이자 궁정과 사교계의 언어였으며, 국제조약을 체결하는 언어였다. 프랑스 국민의 언어일 뿐만 아니라 보편적 문명어이기도 했으며, 또한 혁명 정신으로 빛나는 '시민'의 언어, '평등'의 언어이기도 했다.[11] 바로 이러한 언어적 위계의 정점에서 프랑스어는 지식과 정보를 전달하고 생각을 교환하기에 '가장 편리'하고 '가장 합리적'인 도구로, 심지어는

---

11 미우라 노부타카, 「공화국의 언어동화정책과 프랑코포니」, 이연숙·고영진·조태린 역, 『언어제국주의란 무엇인가』, 돌베개, 2005, 148~153면; 김진수, 「프랑스의 언어정책에 대하여」, 『프랑스어문교육』 9, 2000, 5면 참조.

'가장 발달'한 도구로, 이념적으로 설파되고 또 받아들여질 수 있었다. 더불어 그러한 기능성을 2세기 가까운 시간에 걸쳐 어떤 다른 언어들보다 더욱 정련시킬 수 있었을 것이다. 말라르메가 화폐로 '전락'한 언어의 상태를 간파할 수 있었던 것은, 역설적으로 그가 살아가던 파리의 프랑스어가 세속적으로 가장 유복한 언어, 화폐로서의 가치가 가장 높은 언어, 콤플렉스를 유발하지 않는 중심부의 언어였기 때문에 가능했던 것일지도 모른다.

언어는 어떤 언어든 도구적 성격이 내재해 있겠지만, 아무 때 아무 곳에서나 그러한 성격이 강조되는 것은 아니다. 위계의 상층부에 있는 것으로 간주되는 언어의 입장을 취할 때라야 그 도구성이 '가치'로서 부각될 수 있다. 방언에 대해 표준어의 편익을 강조할 때 그러하며, 지역어에 대해 공용어를, 현지어에 대해 제국어의 우위를 논할 때 그러하다. 언어적 변방을 살아가며 그 유산을 지켜내려 하는 이들에겐 다른 눈이 요구된다. 언어는 도구로 기각될 수 없는 고유의 가치, 그 언어를 사용하는 공동체의 '혼'과 '생명'과 '정신'을 담지한 것으로 발견되어야 한다. 유럽의 후진국 독일에서 그러했으며, 많은 피식민지의 언어지킴이들이 또한 그러했다. 지금도 때로 영어의 위력 앞에서 한국어를 보호해야 한다는 주장과 함께 이런 언설이 오가곤 한다.

이 세계의 화폐화된 말과 글로부터 절대적이고 본질적인 언어를 구하려던 말라르메의 열망은 얼핏 언어를 도구로 여기는 입장보다는 언어정신주의적 관점에 가까워 보이는 면이 있다. 한 개인의 언어관과 사회 전반에 스며든 이념으로서의 언어관을 같은 층위에 두고 비교하는 것은 적절하다고 할 수는 없다. 다만 방법론적 차원에서 거친 비교를

허용해 보자면, 말라르메의 사유나 언어-민족-정신의 불가분성을 강
조하는 이들이나, 언어를 그저 '시장'에 내맡겨 두지 않으려 한다는 점
에 공통점이 있다.

　물론 정말 중요한 점은 표면적인 공집합의 크기가 아니다. 만약 말라
르메가 살던 세계에 언어-화폐의 유통에 대한 낙관적 믿음이 만연해
있지 않았더라면, 반대로 언어에서 '혼'을 찾으려는 절박함의 수위가
사회 전반에 걸쳐 높았더라면, 그래도 그는 언어 그 자체인 순수언어,
진정한 상징으로서의 언어를 향해 평생 외길을 갈 수 있었을까. 혹은
그럴 수 있었더라도, 언어에서 민족혼을 열렬히 구하는 문화 속에서 가
령 독일인 말라르메나 조선인 말라르메는 역사에서 잊히지 않을 수 있
었을까. 말라르메가 상징자본으로서의 충분한 가치를 지닌 프랑스어
를 모어로 삼은 시인이었다는 것, 그리고 그의 작업이 우리의 시대에
잊혀지지 않을 수 있었다는 것은 우연이 아닐 것이다.

2. 식민지 조선이라는 특수한 언어-장소

　1_ 이제 조선으로 시선을 돌려보자. 장 모레아스가 「상징주의 선언」
을 쓴 1886년, 조선에서는 최초로 국한문이 혼용된 공적 매체인 『한성
주보』와 단행본 저서 『농정섭요』가 나왔다. 말년의 말라르메가 위에
인용한 「운문의 위기」를 발표한 1895년에는 유길준의 '자의식적인' 국

한문혼용 저서 『서유견문』이 나왔고, 그 이듬해에 비로소 국문전용 일간지 『독립신문』이 발간되었다. 바야흐로 이제 막 '언문'이 '국문'으로 격상되던 시기였다.

그 시기 '국문' 사용의 의의는 대체로 두 가지로 요약된다. 하나는 실용성이었다. 새로운 문물과 지식을 신속하게 흡수하는 데에 한자는 너무 번거로우니 만백성이 쉽게 사용할 수 있는 표음문자가 필요하다는 것. 또 하나는 민족의식의 고취였다. 조선이 청의 속국이 아닌 독립국가임을 분명히 하기 위해서는 문자에서부터 독립적임을 보여야 한다는 것. 조선문자는 민족적·국가적 독립이라는 대의와 결합할 수 있는 동시에 번거로운 한자를 대신하는 편리한 문명 도구로 인식될 수 있었으며, 이는 '한문을 쓰지 말고 국문을 쓰자'는 결론으로 수렴되곤 했다.

한편으로는 언어를 화폐 같은 것으로 보는 도구성이, 또 한편으로는 언어에서 혼을 찾는 정신성이, 동시에 강조되고 있다는 점을 눈여겨보아야 한다. 이 두 관점은 논리적으로는 양립될 수 없다. 실용성 및 도구성을 강조하는 경우 언어는 커뮤니케이션을 위한 부차적인 매개물에 불과하다. 이때 특정 언어나 문자는 번거롭거나 불편하다면 언제든 폐기하고 다른 것으로 교체 가능한 '그릇'이 된다. 그러나 독립의식·민족의식 고취라는 근거와 관련될 때, 문자는 언제든지 더 편한 것으로 교체가능한 도구가 아닌 그 자체로 지향해야 할 이념적 가치가 된다. 지시체를 전달하기 쉬운지 어려운지가 문제가 아니라, 그 문자의 '존재 자체'가 중요한 것이다.

광무·융희 시대의 조선은 상호모순적인 이 두 가지 언어관이 무리 없이 공거할 수 있는 흔치 않은 조건을 제공하고 있었다. '국문의 사용'

은 어떤 논리와도 만날 수 있었다. 중국과 달리 '우리의 문자'는 '문명화'와 배치되지 않았다. 해외에 식민지를 거느리지 않았으니 나라 안팎으로 다른 논리를 구사해야 할 필요도 없었다. 더불어 중국은 쇠락해가는 제국이었던 터라 그로부터 '독립'된 문자 세계를 추구하는 일이 유의미한 저항에 부딪힐 일도 없었다. 또 이미 10세기부터 한문, 가나문(和文), 화한혼효문(和漢混淆文) 등 다양한 문체들이 공존해 온 일본에서는 소통의 편의를 위해 영어채용론이나 로마자 채용론이 등장했지만,[12] 계급과 성차에 따라 진문(眞文)과 언문(諺文)의 영역이 뚜렷이 구분되었던 조선에서는 언문의 가치를 재발견하기만 하면 되었다. '국문 사용'의 중요성이 부정되는 일은 별로 없었으며, 있다 하더라도 대세를 이루지는 못했다. 문제는 정도와 속도일 뿐이었다. 중세적 구습의 일소, 언문일치의 중요성, 표음문자의 우월성과 음성중심주의, 민족의식의 고취, 평등이라는 가치의 실현 등 광무·융희 시대의 당위는 두루 '국문'에 흡수될 수 있었다.

그러나 '국문'의 건설이라는 것이 모든 논리를 무차별적으로 흡수할 만큼 강력한 당위적 구심이었다는 것은, 역으로 보면 그만큼 현저한 결핍에 직면해 있었다는 뜻이기도 할 것이다. 맞춤법이 정비되지 않았다는 문제는 차라리 사소한 편에 속한다. 아마도 경험 부족이 가장 심각했을 것이다. 오락용 노래나 저자의 이야깃거리를 받아쓰는 데에나 쓰이던 '우리 문자'로 '우리 말'의 통사구조를 따라 갑자기 심중한 생각을 표현하거나 유의미하다고 여겨지는 세계를 묘사하는 것은 쉬운 일이

---

12 이에 대해서는 다음 글을 참고할 수 있다. 김채수, 「한국과 일본에서의 언문일치운동의 실상과 그 의미」, 『한국과 일본의 근대언문일치체 형성 과정』, 보고사, 2002, 25~31면.

아니다. 제주도가 독립국이 된다고 해서 표준한국어로 글을 쓰던 제주도민이 그날로 제주방언에 기초한 신문기사나 소설이나 학술논문을 쓸 수는 없을 것이다. 이는 대부분의 속어문이 이미 번창해 있는 다른 문어의 번역을 통해 정비되고 정착되는 이유이기도 하다.

도구론적 관점으로도 정신주의적 관점으로도 어떻게든 정당화될 수 있는 '국문'의 가치와, 그 이념적 가치에 부응하기에는 현저히 숨 가쁘거나 불균질적인 '조선어문'의 현실. 글쓰기를 둘러싼 대한제국 영토의 이러한 풍경은, 어쩌면 국민국가가 수립되고 활자 매체가 보급되는 과정에서 생기는 일반적인 현상이라 할 수 있을지도 모르겠다. 더불어 시간이 흐르면 자연스레 해소되거나 봉합되는 성질의 것이라 할 수 있을지도 모르겠다. 그러나 대한제국이 식민지 조선이 되면서, 사정은 좀 더 불안정해진다. 일단 도구로서의 어문과 정신의 담지체로서의 어문이 동시 지향될 수 있는 현실적 기반이 무너져 버렸다. '국어'와 '국문'의 자리를 일본어가 차지하게 되자, 정책과 교육의 장에서 언어와 민족을 동일시하는 논리는 더 이상 계몽적 언설을 만들어낼 수 없었다. 또한 조선어문은 한문에 대비해서라면 편한 도구라는 점이 강조될 수 있었지만, 제국어가 비교대상이 된다면 지식과 정보의 습득을 위한 도구적 유용성이 유별난 장점으로 부각될 수 없었다. 실제로 대한제국 시대에 끓어올랐던 국문 담론은 강점 이후 한동안 수면 위로 떠오르지 않는다. 간혹 조선어나 조선어문에 대한 글들이 신문과 잡지에 실리지만, 문헌 해설이나 역사적 변천, 계통 분류 등 학적 기술에 한정된 것이지 당위 명제의 형식을 띤 것은 아니었다.

다만 상호모순적인 언어 이념을 역설할 수 있는 현실 기반이 붕괴되

었다고 해서, 그 이념 자체가 동시에 소진되지는 않는다는 점에 유의할
필요가 있다. 정치경제적 상황이 급변할 수 있는 것과 달리, 특정한 정
치경제적 토대 위에서 한 공동체 안에 흡수된 이념은 그 토대가 무너진
후에도 의식 속에서 깊게 작용한다. 여기에는 또한 당시 조선의 언어적
현실 문제가 개입되어 있기도 하다. 식민지의 경우 대개는 그 공동체에
서 쓰는 말의 문어적 체계가 채 갖추어지기 전에 제국에 복속된 경우가
많다. 이때 제국의 에크리튀르는 상대적으로 쉽게 식민지에 흡수된다.
조선의 경우는 사정이 달랐다. 조선어와 조선어문을 '국어국문'인 동시
에 '편한 도구'로 경험해 가던 와중에 피식민 상태에 접어든 조선은, 에
크리튀르의 차원에서도 이중언어의 상황에 처하는 특수한 장소가 된
다. 하위-에크리튀르로 기각된 '조선어문'이라는 존재 자체에, 정신주
의의 흔적과 도구론의 흔적이 동시에 깊이 각인되어 있는 것이다.

2_ 요컨대 '언어-화폐'와 '언어-혼'이 헤게모니를 잡기 위해 경쟁을
하는 대신 사이좋게 공존하다가 그대로 담론 공간에서 사라진 시기. 그
러나 '국문'의 자리에서 쫓겨났을 뿐 이미 폐기 불가능한 입지를 굳힌
'조선어문'의 존재가, 바로 그 열등한 지위에 의해, 오히려 민족적 정체
성과 화폐적 편리함을 함께 상기시키는 시기. 일본을 거쳐 '상징주의'
가 조선에 소개된 것은 이런 시기를 6, 7년쯤 통과하던 무렵이었다.
　상징주의적 태도나 미학, 혹은 언어적 사유가 싹튼 프랑스의 상황을
다시 한 번 생각해 보자. 발레리는 상징주의로 일컬어지는 19세기 후반
의 어떤 특별함을 '부정'의 정신으로 보았다. 사회 전반에 걸쳐 '부정'의
자세가 가능할 만큼 체제와 매뉴얼이 정비되고 기반화가 이루어져 있

었다는 뜻일 테다. '상징주의'라는 말을 쓴 장본인 장 모레아스는 표적을 좁혀 당대의 미학적 사조를 겨누었다. 한편 상징주의의 바운더리 안에서 늘 거론되는 말라르메는 언어와 사물의 관계를 통째로 재사유하고자 했다. 그러나 말라르메가 속해 있던 모어 세계를 고려해서 말한다면, 아무래도 그가 일차적으로 넘어서고자 했던 것은 '단일-통화(通貨)'로서 순조롭게 기능하던 프랑스어 에크리튀르의 현실이었다고도 할 수 있을 것이다. 어느 쪽이든 19세기 말의 프랑스는 문화적으로 일종의 완료된 세계, 꽉 찬 세계, 깨부수어야 할 필요에 직면한 세계에 가까웠을 것이다.

반면 '상징주의'가 소개될 무렵의 조선은 언어적으로든 문화적으로든 결핍에 시달리는 불안정한 세계였다. 허겁지겁 채워 넣어야 할 것이 많은 세계였다. 지적·문화적 첨단을 걷는다고 여겨지던 이들에겐 공동체의 '일원'으로서 부여된 잠재적 임무가 컸다. 그러니 공동체를 위한 문화 건설에 등을 돌리고 단독자로서의 고독한 작업을 수행하기에는, 조선은 아무래도 힘든 장소였다고도 할 수 있겠다. '상징주의' 혹은 '상징주의적 정신'이 싹튼 19세기 후반 프랑스의 토양과 그것을 눈여겨보게 된 1910년대 중후반 조선의 토양은, '불가피하게' 너무 달랐다.

말의 경로만 보아도 그러하다. 저쪽에서 '상징'이라는 말을 통해 '상징주의'라는 용어가 파생된 것과는 거꾸로, 이쪽에서는 그 자체만으로도 충분히 새로운 '상징주의' 운동을 통해 '상징'이라는 어근이 거꾸로 받아들여지게 되었다.[13] 앞에서 잠시 언급했듯 '상징주의'라는 선언적 명명

---

13 'symbol'의 번역어로 '상징(象徵)'이라는 단어가 처음 고안된 것은 나카에 쵸민[中江兆民]의 『유씨미학(維氏美學)』(1883~1884)에서였다. 그러나 이 단어는 우에다 빈[上田

속에서 속류화되며 역설적으로 그 진정한 의미를 잃은 '상징'은, 이러한 이동 경로 속에서 더 이상 그 본래성의 흔적을 찾을 길이 없게 된다.

보는 관점에 따라 '왜곡'일 수도 있고 '굴절'일 수도 있는 이런 '이식'의 양상은 물론 근대적 지식 및 가치 체계에 대한 열망과 매혹 일반에서 비롯된 것이니 당연히 문학 쪽에서만 나타난 것은 아니다. 그러나 문학, 특히 '상징주의'라는 것과 함께 들어온 '새로운 시'의 경우에는 이에 더하여 이중의 난처함이 개입된다. 첫째는 '시'가 다른 지적 실천들과 달리 언어의 문제에, 그것도 언어 형식의 문제에 직면하게 한다는 점이다. 단 한 번도 언어에 대해 숙고할 생각이 없었다고 하더라도, 시를 쓰거나 시에 대해 논하면서 '왜 조선어로 쓰는가', '왜 그런 형식을 택했는가'라는 질문을 피해가기는 어렵다. 더불어 강점과 함께 담론 공간에서 사라진 언어에 대한 원론적 논의도 다시 제기될 수밖에 없게 된다. 대한제국기와 달리 도구론적 언어관과 정신주의적 언어관이 사이좋게 공거할 수 없는 식민지의 환경 속에서, 시를 쓰고 논하는 실천 방식은 한동안 묻어두었던 그 상호배타적 언어 이념들을 다시 수면 위에 떠올리는 계기가 된다. 그리고 둘째, 모방에 대한 욕망을 불러일으키는 바로 그것, '상징주의의 정신'이 모방을 경멸하고 있다는 점이다. '상징주의'에 매혹되면서 상징주의의 담론 안에서 강조되는 부정 정신과 내적 본연성과 창조적 에너지를 외면할 수는 없다. 말하자면 '이미 있는 것'을 따라하고 싶어지는 바로 그 순간, '이미 있는 것'을 부정해야 하는 역

敏의 『해조음(海潮音)』(1905)이 널리 읽히게 된 이후, 즉 문예용어로서 '상징파', '상징주의'라는 말을 경유하면서 비로소 일본어 체계에 안정적으로 편입된다(石塚正英·柴田隆行 監修, 『哲學·思想翻譯語事典』, 東京：論創社, 2003, 153면 참조). 조선에는 아예 '상징주의', '상징파'가 '상징'이라는 말보다 먼저 소개된듯하다.

설에 직면하게 되는 셈이다.

이 딜레마에 불행하게 얽혀 있던 몇몇 장면들. 그 얽힘을 어떻게든 풀어보려던 몇몇 노력들. 그리고 몇몇 실패들. 더불어 지금의 우리에게까지 그 그늘을 드리우는, '조선적으로 굴절된 상징주의'의 징후들. 그런 면면을 유심히 살피는 일에 이 책은 앞으로의 지면을 할애할 예정인데, 이 작업에는 하나의 특별한 어휘에 대한 개념사적 고찰이 비중 있게 포함된다. 바로 '내재율'이다.

3_ 왜 내재율인가. 국립국어원의 『표준국어대사전』에는 '내재율'이 다음과 같이 풀이되어 있다. "자유시나 산문시에서 문장에 잠재적으로 깃들어 있는 운율." 문예사전이 아닌 '국어사전'에 등재될 수 있을 만큼, 이 개념은 그간 시의 운율과 관련된 논의 및 중고등학교 교과 과정에서 자명한 것으로 받아들여져 왔다.

언제부터, 어떤 경로를 통해 그렇게 된 것일까. '내재율'은 '자유시'에 붙어다니는 속성으로 이야기되곤 한다. 그러나 '자유시'가 서구의 'blank verse'나 'vers libre'에서 연원하여 이에 대응하는 말이 된 것과 달리, '내재율'에 상응하는 단어는 서구에서 잘 사용되지 않는다. 일본의 경우도 마찬가지이다. 일본에서 조선으로 건너온 단어임에도 불구하고, 한국과 달리 일본에서 '내재율'은 일본어의 어휘 체계 안에서 안정된 자리를 구축하지 못했다.

몇몇 연구자들은 이를 의식하고 있었다. 1970년대에 영문학자 이상섭은 '서정시'와 관련하여 "물량적 리듬"과 다른 "정서적 리듬"을 언급한 후 "이를 그 후 동양에서 내재율이라 부르기도 하였다"고 괄호 안에 묶어 부연한 바 있다.[14] 내재율은 서양에서는 널리 쓰이는 말이 아니라는 뜻이겠다. 한편 1990년대 들어 정한기는 이제껏 '내재율'이 "더듬는 사람에 따라 잡히는 것이 다"른 수준에서 간략히 서술되었을 뿐, 외국의 경우 "유명한 시론가들의 저서에도 우리가 쓰는 내재율(internal Rhythm)이라는 말은 보이지 않는다"고 지적했다.[15] 강홍기 역시 "내재율의 개념이 각양각색일 뿐 아니라 극히 추상적이고 애매모호"하다는 문제의식을 출발점으로 삼아 박사논문을 쓴 바 있다.[16] 다만 이 연구들은, 실체가 모호하기 때문에 그 실체를 의심하는 쪽이라기보다는, 정교한 이론화 혹은 분류화를 시도하여 그 모호함을 극복하고 보다 분명한 실체성을 부여하려는 데에 목적을 두고 있다. 그만큼 '내재율'이 자유시를 대하는 한국 사람의 마음속에 깊은 뿌리를 내리고 있기 때문일 것이다.

서구의 문학예술에 대한 열망과 함께 출현한 이 개념은 어쩌다가 우리에게만 이토록 깊게 각인된 것일까. 1920년 무렵부터 시작된 시의 본질과 언어에 대한 논의, 조선 / 한국의 자유시에 대한 논의, 내용-형식 논의, '새로움'에 대한 논의, 전통과 이식에 관한 논의 등은 '내재율'이라는 단어를 힘껏 끌어들이기도 하고 혹은 가볍게 스쳐가기도 한다. 그 맥락에는 서구 문학에 대한 동경, 유사-유럽으로서의 일본이라는 매개, 세계의 중심일 수 없던 식민지 조선의 언어현실, 그리고 해방 후 이념적 분열의 상태 등이 개입되어 있다. 그렇다면 '내재율'이라는 개념어의 정착은 그저 한국적 사례에만 머무는 것이 아니라, 20세기의 질

---

14 이상섭, 『문학비평용어사전』, 민음사, 1976, 140면.
15 정한기, 「산문시형의 내재율 고찰」, 『문체와 문학』, 태학사, 1994, 293~333면.
16 강홍기, 『현대시 운율구조론』, 태학사, 1999, 28면.

서, 즉 서구 문화예술의 확산 및 세계의 식민-피식민 편제와 뗄 수 없는 관계에 있다고 할 수 있을지도 모른다. 시를 둘러싼 조선 / 한국의 논의들, 그리고 이에 직접적인 영향을 미친 일본의 논의들을 가능한 한 넓게 아우르며 이 문제에 접근함으로써, 굴절과 변용까지를 포함한 문학 이념의 역사성을 숙고해 볼 수 있었으면 한다.

제2장

주체성의 모방, 혹은
모방하는 주체의 다른 행방

1. 신시논쟁(1920~1921)의 알레고리

먼저 1920~1921년에 『개벽』 지상을 중심으로 전개된 신시 논쟁을 살피기로 하자. 이 논쟁은 조선에서는 처음으로 '신시(新詩)'에 초점을 맞추고 있다는 점에서, 또한 '논쟁'의 형식이 어떤 식으로든 그 논쟁의 대상에 대한 원론적 접근을 포함하고 있다는 점에서, 앞에서 제기한 문제들에 다가갈 수 있는 효과적인 텍스트가 된다.

익히 알려져 있듯 근대시에 대한 논의는 서양시의 소개 및 그 담론의 절대적 영향 아래에서 시작되었다. 시라는 것이 "찰나의 생명을 찰나에 느끼게 하는 예술"[1]이라 설명하는 김억의 태도는 시의 '높은 가치'를 숭배하는 자의 것에 가깝다. 시인을 "신의 왕좌에 대좌(對坐)하는 영광"을 가진 자, "예술계의 제왕"[2]이라고 일갈하는 황석우 역시 마찬가지다. 요컨대 1910년대의 김억과 황석우는, 그들이 접한 새로운 시적 세계에 도취되어 있었다고 보아도 좋을 것이며, 그것은 근대적 지식 및 가치 체계에 대한 열망과 매혹 일반에서 그다지 먼 거리에 있지 않다. 이는 김억과 황석우 개인만의 문제가 아니다. 다른 누가 새로운 시를 처음 조선에 소개하는 자리에 서 있었다 하더라도 비슷한 태도를 취하게 되었을 것이다. 비교적 차분한 태도로 이루어지는 프랑스와 일본의 상징시에 대한 개괄적 소개는 이러한 도취의 근거로 작용한다고 보아도 좋을 것이다.

그러나 어떤 대상에 대한 원론적 접근은 '도취'가 아닌 '이성'으로써, 혹은 근대적 '지'의 방식으로써 그 대상에 다가갈 것을 요구한다. 1920~1921년 동안의 신시논쟁은 시와 시어, 그리고 언어 일반에 대한 이러한 접근을 보여준 첫 번째 사건이라 할 만하다. 일단 현철, 미세(微蛻), 황석우 사이에서 벌어진 논쟁의 과정을 간략하게 도표화하면 다음과 같다.[3]

〈표 1〉

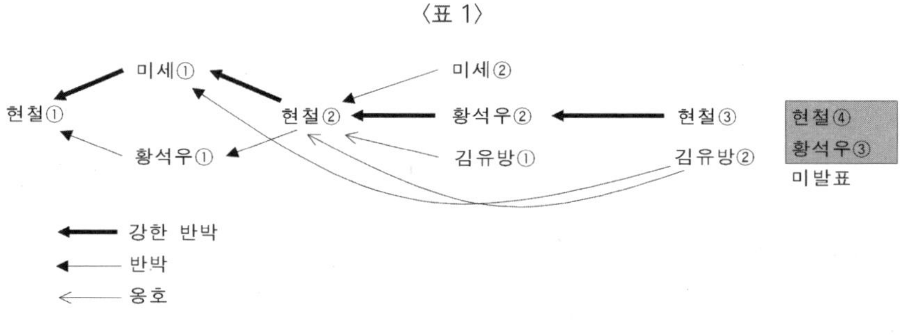

---

1 안서 생, 「시형의 음률과 호흡」, 『태서문예신보』 14, 1919. 1. 13.

2 상아탑, 「시화(詩話)—시의 초학자에게」, 『매일신보』, 1919. 9. 22.

3 해당하는 글의 상세 서지는 다음과 같다. 현철 ① : 「시란 무엇인가」, 『개벽』 5, 1920. 11. 황석우 ① : 「희생화와 신시를 읽고」, 『개벽』 6, 1920. 12. 미세 ① : 「11월호 개벽을 읽음」, 『시사신문』, 1920. 11. 10(자료×). 현철 ② : 「비평을 알고 비평을 하라」, 『개벽』 6,

이 논쟁에 대한 기존의 논의는 대체로 현철-황석우에 초점이 맞추어져 왔다. 미세(微蜺)가 문학사에서 생소한 이름이며[4] 또한 『시사신문』을 실제로 검토해 볼 수 없다는 한계를 고려할 때, 다소간은 불가피한 것이었다고 할 수 있다. 그러나 논쟁을 현철-황석우의 것으로 범위를 좁혀 다룰 때에 생기는 치명적인 한계는, 견해의 대조적인 면이 평면적 / 공간적으로 제시될 수 있는 반면, 그러한 견해를 불러일으킨 선후관계가 파악되지 않는다는 점이다.[5] 위의 도식에서도 확인되다시피 논쟁의 초반은 현철과 미세 사이에서 이루어졌다. 논쟁은 언제나 앞선 견해에 대한 반박의 형태로 이루어진다는 점, 다시 말해 앞선 견해로부터 영향을 받아 나중의 견해가 생성된다는 점을 감안한다면, 현철-황석우 사이에 집중된 후반의 논쟁은 현철-미세의 초반 논쟁의 윤곽을 아우를 때에야 보다 입체적인 의미가 드러날 수 있다. 그리고 논쟁의

1920.12. 미세 ② : (자료✕). 황석우 ② : 「주문치 아니한 시 정의를 알려주겠다는 현철 군에게」, 『개벽』 7, 1921.1(이하 이 글을 본문에서 인용할 시, 괄호 안에 해당 면수만 표기). 김유방 ① : 「「비평을 알고 비평을 하라」를 읽고」, 『개벽』 7, 1921.1. 현철 ③ : 「소위 신시형과 몽롱체」, 『개벽』 8, 1921.2. 김유방 ② : 「우연한 도정에서」, 『개벽』 8, 1921.2. 현철 ④는 「소위 신시형과 몽롱체」의 속고(續稿), 황석우 ③은 「토괴문단(土塊文壇)」 및 「신체시와 자유시의 엄정한 구별」이지만, 개인적 감정 문제가 도를 넘는다는 이유로 게재되지 못했다(「편집실로부터」, 『개벽』 9, 1921.3, 118면 참조).

4 『시사신문』을 월간지 형태로 개편한 『시사평론』 창간호(1922.4)에 "이미세(李微蜺)"라는 서명으로 「가을해가 저물어갈 때」라는 소설이 발표된 바 있다. 이 외의 기록은 찾지 못했다.

5 현철과 황석우의 견해 차이를 쟁점 별로 나누어 정리한 논문으로는 백운복의 「현철·황석우의 신시논쟁고」(『서강어문』 3-1, 1983)가 있다. 김춘식은 이 논쟁을 황석우의 "몰주체적" 태도에 대해 현철이 조선시의 정체성을 고민하고 정립해 가는 과정으로 독해했다(「신시 혹은 근대시와 조선시의 정체성」, 『한국문학연구』 28, 2006). 정우택은 황석우의 문학관이 아나키즘적 세계관을 근저로 하고 있음을 논하며, 『개벽』으로 대표되는 문화적 민족주의와 『근대사조』 등의 아나키즘적 세계 인식 간의 대립을 이 논쟁의 사상적·매체적 배경으로 들었다(정우택, 「신시논쟁과 자유시론」, 『황석우 연구』, 박이정, 2008).

이슈를 분류하고 개괄하는 것을 넘어 논쟁의 흐름 자체를 좇을 때에, 시에 대한 원론적 문제 속에 어떻게 언어관의 문제가 연루되어 있는지, 더불어 앞 장에서 언급한 모순된 언어관의 충돌이 시에 대한 고찰 속에서 어떤 식으로 해법을 찾거나 은폐되는지를 파악할 수 있을 것이다.

1) 현철의 이율배반

1_ 일단 논쟁이 촉발된 계기를 살펴보면 다음과 같다. 현철의 설명에 의하면 『개벽』 5호에 황석우의 월평 「최근의 시단」을 편집해 놓고 보니 짜투리 공간이 남았다. 편집인이었던 그는 여백을 그대로 두는 것이 보기 좋지 않다는 생각이 들었다. 그래서 이쿠타 쵸코[生田長江]・모리타 소헤이[森田草平]・가토 아사토리[加藤朝鳥]가 공편(共編)한 『신문학사전(新文學辭典)』(1918)에 실린 '시(詩)' 항목을 골라 「시라고 하는 것은 무엇인가」라는 제목으로 조선 사정에 맞게 번역하여 공란을 채웠다. 시에 딱히 관심을 가지고 한 일이 아니기에 그는 '큰 주의'를 기울이지 않았고, 출처도 저자도 번역자도 기재하지 않았다. 하필 시에 관한 글귀를 뽑은 것도 "원문의 시단(詩壇) 끝이니 시란 것의 총괄적 이해"를 돕자는 차원에서였을 뿐이었다.[6] 이 토막글의 전문은 다음과 같다. "시라고 하는 것은 운문이고 노래로 부를만한 음조를 가진 것과 형식이 긴장한 것과 보통의 문장과 비교하여 전도되어 있는 것을 이른다. 이상 세

---

6   게재 경위는 다음 글에서 설명되고 있다(현철, 「비평을 알고 비평을 하라」, 『개벽』 6, 1920.12, 93~94면).

개 중에 하나만 구비하면 시라고 할 수 있는 것이다. 가사와 시조는 조선 고래(古來)의 시요, 근자(近者) 신체시(新體詩)는 서양시를 모방한 것이요, 한시는 지나(支那)의 시이다."[7]

그러나 현철이 '큰 주의를 기울이지 않은' 것과 달리, 이 토막글에 '상당한 주의'를 기울인 두 명의 필자가 비판을 가해온다. 그 중 황석우의 비판은 그렇게 강한 것은 아니었다. 『개벽』 5호에 실린 현진건의 「희생화」와 오상순의 시 6편에 대한 월평 뒤에 첨언 식으로 덧붙인 비판으로서, 그 방향도 현철보다는 원문을 쓴 이쿠타 쵸코[生田長江]를 향해 있다. 반면 『시사신문』에 게재된 미세(微蛻)의 글은 훨씬 공격적인 비판을 담고 있었던 듯하다. 두 사람의 비판에 대한 현철의 반박문이 미세에게 초점이 맞추어졌다는 점은 이러한 사정을 짐작케 해준다. 유감스럽게도 미세의 글은 지금 찾아볼 수가 없어서 그 전모가 어떠했는지는 확인할 수 없다. 다만 현철이 반박을 위해 인용한 부분을 검토해 보건대, 시의 정의가 저러하다면 '산문시'는 시가 아니지 않은가, 음조를 가진 육자배기 등도 시라고 할 수 있는 것인가 등을 중점적으로 문제시했던 것으로 보인다. 말하자면 현철은 "큰 주의를 가지지 않고" 토막글을 썼음에도 불구하고, 이 글의 허술한 부분을 헤집은 비판들에 맞서기 위해 '시'를 원론적으로 사유해야 하는 입장에 처하게 된 셈이다.

---

7 원문은 다음과 같다. "韻文の事である. 其特色は, 歌へるやうな調子のある事, 夫から形式がひきしまってゐる事, 文句の並べ方が, 普通の文章と較べるとひっりかへしになってゐる事等で, 以上の三つの性質の中, 何れが一つをもってゐるものは詩である. 俳句, 和歌は日本に昔からあった詩で新體詩は明治になってから出來た詩である. 漢詩は支那の詩である." 生田長江・森田草平・加藤朝鳥 編, 『新文學辭典』, 東京: 新潮社, 1918, 10면.

2_ 이에 대해 「비평을 알고 비평을 하라」(현철 ②)에서 전개된 현철의 대답은 '운문'이 한시 식의 '운자(韻字)'가 아니라 '율격'임을 강조한 후 율격의 의미를 정의하고 해설하는 것에서 시작된다. 즉 율격을 해명하는 일이 운문 및 시를 해명하는 일, 혹은 시에 대한 오해를 푸는 일의 출발점으로 상정된다.

그런데 여기서 주목되는 것은, 그가 율격이 '형식'임을 여러 차례에 걸쳐 언명하면서도 형식이 아니기를 원한다는 점이다. 율격이 있는 "율문 즉 운문"이란 "어떠한 형식을 가지고 언어가 규율 있게 배치된 문장"을 가리킨다. 그는 한시의 "운각"뿐 아니라 "자수(字數)", "음향(音響)" 등도 모두 이 범위에 포함됨을 지적하며, "율격이란 말을 모르겠거든 미사학(美辭學)을 잘 읽어보았으면"이라는 충고 투의 문장으로 자신의 논의가 『미사학(美辭學)』에 근거한 것임을 간접적으로 밝히고 있다. '미사학'이란 수사학의 다른 이름으로서, 츠보우치 쇼요[坪內逍遙], 다카타 사나에[高田早苗], 시마무라 호게츠[島村抱月] 등이 사용하던 용어다.[8] 당시 널리 읽힌 시마무라 호게츠[島村抱月]의 『신미사학(新美辭學)』(1902)의 경우, "율격"은 "구조(口調)"와 함께 "형식적 음조(音調)"로서 다루어지고 있다. "구조(口調)"와 달리 "율격"이란 "형식미의 원리를 처음부터 몇 가지 모형으로 만들어 두고 그것을 규율로 하"는 것으로서, "협의적 의미의 시에만 존재한다." "율격이란 이른바 시형"이며, 그 종류로는 음성률(평측법), 음위율(운각법), 음수율(조구법)이 있다.[9] 율격에 대한 현철의 논의

---

8 정병호, 「일본근대문학에서의 문학장르의식의 탄생과 그 주변 — '미문학(美文學)'이라는 개념의 탄생과 '미사학(美辭學)'」, 『일본문화연구』 4, 동아시아일본학회, 2001.4, 293면 참조.
9 島村瀧太郎, 『新美辭學』, 東京 : 早稻田大學出版部, 1902, 266~311면. 직접 인용한 부분

역시 이와 같은 수사학적 논의 및 분류법을 기반으로 하고 있다. 이를 따르자면, 시 형식으로서의 율격은 시를 시로 만드는 제1원리가 된다.

그러나 한편으로 현철은 시가 율격만으로 이루어지는 것이 아니고 "시취(詩趣)"가 반드시 필요함을 역설한다. 이는 "산문시" 역시 시이며 단순히 율격만 있는 어구는 시라고 할 수 없다는 논지를 펴기 위한 근거로 활용된다. 요컨대 시란 "내용으로는 정(情)에서 성립된 것이요 외형으로는 율어(律語)로 직성(織成)된 것"이며, "시상(詩想)이 정에서 나오는 이상에는 율어의 형식이라고 하는 것이 결코 인위적이 아니요 내면의 필연적으로 생기는 것이다." 즉 '시상(詩想)'이 먼저 있고, '율어의 형식'은 이를 뒤따라 만들어진다. 미세(微蜕)의 공격적인 질문에 대한 답도 이를 근거로 해서 도출된다. 산문시가 시의 영역에 포함될 수 있는 이유는 "운각의 형식만 벗어났지 정열에서 나오는 것은 다른 시와 다를 것이 없"기 때문이고, "정열에는 이미 리듬[節奏]"이 있기 때문이다. 뒤에서 다시 다루겠지만, 현철은 산문시에 대해 논할 때 그 자신이 제시한 율격, 즉 자수나 음향 등을 포함하는 넓은 의미의 율격 문제를 따지지 않는다. 또 아리랑 타령, 육자배기, 담바귀 타령, 난봉가 같은 "소리"도 "그 사의(詞意)가 운문 즉 정의 열렬한 데서 나온 것이면 시라고 할 수

의 원문은 다음과 같다. "口調は詩文のいなかるものにも通じて存すれど, 律格は狹義にいふところの詩にのみ存す. (…중략…) 律格は之れに反して, 形式美の原理を初めより幾樣かの模型に造り置き, 之れを規律として形式の到底する所あらんを期す."(267면), "律格とはいはゆる詩形なり."(279면)

『미사학』이란 제목의 책은 다카타 사나에[高田早苗]에 의해 저술되었고 1889년 출판되었다. 이 책은 총 23장(상편 16장, 하편 7장) 중 2장을 '운문'에 할애하고 있는데, '율격'이라는 용어 없이 음성의 고저(高低)에 따른 규칙 등을 소략하게 기술하고 있다. 이를 감안할 때 현철이 언급한 『미사학』은 다카타 사나에의 『미사학』이 아닌 시마무라의 『신미사학』을 지칭하는 것으로 보인다.

있다”고 주장한다. 이를 따른다면, 시를 시로 만드는 제1원리는 시상(詩想) 혹은 ‘내용으로서의 정열’이 된다.

요컨대 현철의 논지 전개 방식을 거칠게나마 명제화하면 다음과 같다.

> ① 시를 시로 만드는 것은 형식(율격)이다.
> ② 시를 시로 만드는 것은 내용(정열)이다.

어떤 대상을 정의하기 위해 그것의 속성을 형식적 측면과 내용적 측면으로 나누어서 살피는 것은 현재까지도 자주 사용되곤 하는 방법론이다. 이러한 방법론에 익숙해진 시선으로 바라볼 때, 현철의 의론은 시에 대한 보편적인 정의를 제시하는 것처럼 보인다. 그러나 과연 ①과 ②가 대등한 관계로 공존 가능한가 하는 점을 다시 생각해 볼 필요가 있다. 현철의 논지 전개를 따라가는 것만으로도 이러한 문제가 제기된다. “시상(詩想)이 정에서 나오는 이상에는 율어의 형식이라고 하는 것이 결코 인위적이 아니요, 내면의 필연적으로 생기는 것”이라면, 율격은 정의 외현에 반드시 뒤따르는 것이 되고, 그렇다면 시를 정의하는 데에 있어 굳이 율격을 핵심적 속성으로 내세울 필요는 없게 된다. ②를 시(문학)의 제1원리로 놓을 때 율격이란 그와 대등한 가치가 아니라 부수적인 가치이며, 때에 따라서는 ②를 가로막는 장애물이 되기도 한다. 현철 식으로 말해보자면, ‘음향(音響)’까지를 포함하는 넓은 의미의 율격의 경우는 ②의 부수적 속성이라 할 수 있을 테고, ‘운각(韻脚)’ 같은 법칙에 한정하여 말할 때는 ②의 장애물이라 할 수 있을 것이다.

실제로 당대의 지평 안에서도 ‘율격’에 대한 논의와 ‘정의 열렬함’에 대한 논의는 다른 층위에서 이루어지는 것이었다. '율격'을 집중적으로 다루는 논의들은 재래의 각국 시와 노래 장르들을 대상으로 반복자질이 어떠한 양상으로 드러나는지에 주로 초점을 맞춘다. 그것은 분류 작업에 기초한 근대적 학(學)의 영역에 가까운 것으로, 현철이 거론한 『미사학』의 해당 장(章)들이 바로 그러하다. 반면 '정'의 문제는 앞으로 문학이 지향해야 할 당위의 차원에서, 혹은 좋은 작품을 판별하는 평가의 차원에서 작동하는 기준이었다. 물론 문학을 '정'과 연계시키는 당대적 통념은 인간의 정신작용을 지·정·의로 분류하는 근대 심리학의 범주를 문장 차원에 적용한 수사학(미사학)에서 비롯되었다는 점에서, 그 출발은 가치판단적이라기보다 기계적인 분류에 가까웠다고 할 수 있을지 모른다. 그러나 문장 분류의 차원을 넘어 문학론의 차원에서 '정'의 중요성이 논의될 때, '정'의 자질은 문장을 분류하는 중립적 속성에 멈추지 않고 (근대적 기준에서의) '좋은 문학'을 가늠하는 잣대로서 작용한다.[10]

논의의 층위가 이처럼 다른 만큼, 명제 ①과 ②는 그 기저의 언어관도 다르다. ①은 언어의 물질적 자질, 즉 소리로의 발현을 고려하지 않고는 생각할 수 없는 것이다. 언어는 표현도구이기 전에 '소리'로서의 가치를 지닌 것이어야 한다. 반면 ②의 경우 문학적 질료로서의 언문(言文)은 가능한 한 투명하게 존재하며 정열의 표현을 위해 봉사하는 것이

---

10 '정'의 발현에 초점을 두는 문학론의 형성 과정에 대해서는 다음 글을 참조할 수 있다. 정병호, 「한일근대문예론에 있어서 '정(情)'의 위치」, 『아세아문화연구』 8, 경원대 아세아문화연구소, 2004. 이 글에 따르면, '지정의(知情意)' 범주의 수사학적 전용과 이를 토대로 한 문학론은 1890년대 중반 이후 일본에서 일반화되어갔고, 일본 유학생이던 이광수, 백대진, 최두선 등에 의해 1910년대 중반 이후 본격적으로 한국에 유입된다.

어야 한다. 리듬이라든가 안정된 형식은 그 결과로서 따라오는 것이지
"정"이나 "정열"에 선행해서는 안 되는 것이다. 흔히 거론되는 '내용과
형식의 조화'는 이러한 사유를 기반으로 하고 있다. 그것은 내용 반 형
식 반의 기계적 조화라기보다는, '내용에 형식을 조화시킨다'는 내용중
심주의의 다른 표현에 가깝다.

그럼에도 불구하고 현철이 ①과 ②를 대등한 명제처럼 다룰 수밖에
없었던 데에는 그럴 만한 불가피한 이유가 있었다고 해야 할 것이다.
현철 자신이 시에 큰 관심이 없었음에도 불구하고 시를 정의해야 하는
입장으로 '떠밀려야' 했다는 점, 그래서 기존의 논의들을 급하게 참조
할 수밖에 없었다는 점이 그것이다. 현철은 '율격'과 '정의 열렬함'을 시
의 본질로 들었지만, 그와 연동되어 있는 언어관 / 문장관에 대해서까
지 사유를 밀고 나갈 여유가 없었다. 그러나 어쩌면 바로 그 점 자체가
중요하기도 하다. 그의 글이 모순을 노정하고 있다는 것은 어떤 의미에
서는 그러한 모순이 잘 감지되지 않았음을 뜻하기도 하며, 이는 시의
형식(율격)-내용(정)에 대한 당대의 일반적 논의가 실제로는 공거 불가
능한 다른 기원의 언어관을 거느리고 있되 그 다름이 눈에 띄지 않도록
봉합되어 있음을 보여주는 것이기도 하기 때문이다.

한편 이 이율배반적 명제는 논쟁의 과정을 감안할 때 다른 관점에서
검토될 필요도 있다. 현철의 첫 번째 반박문(현철 ②)으로만 보자면 ①,
②의 모순은 맹아 상태에 머문다. ①은 어렵지 않게 기각될 수 있는 것
처럼 보인다. 글의 앞부분에 전개된 율격에 대한 강조는 이전의 토막글
에 대한 해명 차원으로 넘길 수도 있다. 문제는 그가 명제 ① 역시 포기
하지 않으려 했다는 데에 있다. 첫 번째 반박문「비평을 알고 비평을 하

라」가 발표되자 황석우와 미세(微蛻)는 다시 한 번 반박문을 썼고, 현철은 이번에는 황석우에게 초점을 맞추어 두 번째 반박문인 「소위 신시형과 몽롱체」(현철 ③)를 쓴다. 첫 번째 반박문에서는 '율격이라는 형식'이 '정이라는 내용'에 부수되는 것임을 강조해 놓고도, 그는 이 글에서 다시 '형식'을 별도로 문제 삼으며 다음과 같이 주장한다. "시라고 하는 것은 내용으로는 정이 격앙에서 일출(溢出)하여야 할지요 외형으로는 운문이라야 한다는 정규가 있는 것이다. 만일에 그의 내용으로 정의 격앙에서 일출하더라도 그 형식이 운문이 아니면 이는 곧 시라고 할 수 없는 산문에 불과한 까닭이다." 이 문장은 산문시가 시일 수 있는 이유를 정열의 분출이라고 본 그 자신의 주장을 배반한다. 즉 명제 ①은 결론명제 ②에 이르기 위한 과정명제가 아니라, 명제 ②와는 별도의 결론명제로 도드라지게 된다. 왜 그는 명제 ①과 ②의 관계를 모호하게 묻어두는 대신 그 이율배반을 전면화하지 않을 수 없었는가.

2) 언어도구론의 스펙트럼

1_ 논점의 자기모순적 이동. 이 문제가 내포하는 바를 검토하기 위해서는 일단 첫 번째 반박과 두 번째 반박이 각각 미세와 황석우에게로 다르게 집중되고 있다는 점을 다시 한 번 짚고 넘어가야 한다. 명제 ①과 명제 ②의 모순은 미세에게 반론을 펼치는 과정에서는 맹아 상태로 나타난다. 현철이 명제 ①을 강화하는 것은 황석우를 본격적으로 공격하면서부터다.

현철의 토막글에 대한 황석우의 첫 반론에서 두 사람의 논쟁은 '신체시가 서양시를 모방한 것인가'의 문제에 초점이 맞추어져 있었다. 많은 논쟁들이 그러하듯 이 논전 역시 말꼬리 물고 늘어지기, 용어에 대한 상이한 이해, 적확성이 떨어지는 예시로 점철되어 있고, 그러한 것들을 걷어내면 실상 두 사람의 견해가 그토록 대립각을 세울 만큼 큰 차이가 나는 것인가에 대해 의문이 생긴다. 최소한 논쟁의 전반, 그러니까 미세와 현철의 논전이 중심일 때, 황석우와 현철 사이에는 견해의 본질적 차이라기보다는 어법의 적절성에 대한 문제를 두고 신경전이 벌어지고 있었다고 하는 편이 적절하다. 두 사람 모두 "시형(詩形)"이 모방되었다는 데에 대해서는 동의한다. 다만 황석우의 경우는 시형이 모방되었다고 해서 우리의 시 자체를 모방의 산물이라고 보아서는 안 된다는 쪽이고, 현철의 경우는 모방이라는 말이 대체로 시형에 대해 쓰이는 것이니 그 자신이 "신체시가 서양시를 모방"했다고 한 말은 시형이 모방되었다는 뜻으로 한 말임을 강조하고 있는 쪽이다.

논쟁이 좀 더 의미심장해지는 것은 상대를 반박하기 위해 이들이 개별 언어와 시의 관계에 대한 예를 사방에서 끌어들이면서부터이다. 이 과정에서 시 형식의 모방 여부에 대한 논의는 언어에 대한 사유로 확장된다. 또한 언어에 대한 사유는 이들의 시론이 별개의 방향으로 갈라지는 계기로 작용하게 된다. 황석우의 두 번째 반박문이자 본격적인 첫 번째 반박문(황석우 ②)에서 먼저 이러한 논의가 전개된다.

勿論 國民詩歌의 要件의 一로서는 그 詩가 그 國民이 所有한 獨特한 '랭궤지'됨을 要하오 그러나 이 '랭궤지'와 文字와는 달소 文字는 어느 民族이 發

明한 文字던지 이것은 죽음도 相關업소 文字는 비록 支那人의 漢字나 라틴
글자나 印度梵字나 朝鮮正音이나 日本人의 假名됨을 不問하고 '랭귀지'가
朝鮮人의 랭귀지나 英人의 랭귀지나 佛人의 랭귀지면 그만이요 決코 文字
를 가지고 國民詩歌의 區別을 가르킴은 아니요, 그러나 이것도 다못 랭귀
지의 獨立 우에 立한 國民生活의 存續할 때까지의 一時的 條件에 不過하지,
랭귀지를 超越한 國民生活 곳 一語에 統一된 國民生活이 實現될 째는 이 要
件은 곳 抹除될 것이요, 例를 들면 彼 英國과 米國은 同一한 랭귀지를 가젓
스되 依然 各各 그 國民詩歌 되는 地位를 일치 안해 잇지 안흔가, 그럼으로
漢字나 漢語 日文이나 日語, 印度글자나 印度語로 詩를 썼다고 그것이 漢詩
라던지 日詩 或은 印度詩의 模倣이라고는 할 수 업소[11]

황석우는 확고하게 언어를 도구로서 사유한다. 무엇보다도 '문자'가
도구여서, 한자를 쓰든 알파벳을 쓰든 정음을 쓰든 가나를 쓰든 그것은
"국민시가의 요건"으로서 중요하게 다루어질 문제가 아니다. "국민시
가"를 결정짓는 것은 "랭귀지" 즉 말이라, 그 말을 받아 적는 문자와는
관계가 없다. 그는 여서 더 나아가 '말'이 구분지어 놓은 "국민생활" 역
시 일시적 조건에 불과한 것이며, 결국 언젠가는 인류에게 하나의 언어
로 통일된 생활이 실현될 것이라고 역설한다. 지금은 "민족혼이 인류
혼으로 다양의 독립한 각 민족의 국어가 일어(一語)로 통일되어 가려는"
시대인 것이다(116). "'랭귀지'는 그 시에 재(在)한 물적 재료 곧 그 사상,
감정을 발표하는 한 그릇에 지나지 못하는 것"이어서, "영어나 불어로

---

11 황석우, 앞의 글, 1921.1, 114~115면.

철(綴)한 시"라 하더라도 "일본인이나 조선인으로의 민족성에 촉(觸)한 정조나 감정을 표현한" 것이라면 "일본인이나 조선인의 국민시가"라 할 수 있다(116). "시형과 시는 다르다"라는 그의 명제도 이러한 언어관 -세계관의 연장선상에 있다. "시형은 한시형이나 서시형(西詩形)을 빌더라도 우리의 말 또는 우리의 독립한 감정(정서) 사상으로써 철(綴)한 자(者)이면 곧 우리의 독립한 시"이다(114). "랭귀지"도 "시형"도 그에게는 부차적인 '도구(vehicle)'이다. 현철의 '모방'이라는 말에 대한 황석우의 예민한 반응은, 도구주의 언어관 및 이와 연동된 코스모폴리턴적 사유에 연계되어 있다. '모방'이란 남의 것을 따라할 때 사용하는 단어다. 그러나 그가 보기에 서양에서 먼저 만들어낸 시형은 '서양의 것'이 아니라 "인류 공통의 시형"이다. 그에게 그것은 '남의 것'이 아니라 애초부터 '우리의 것'이기도 하다.

세계어로서의 에스페란토에 대한 관심이 높았던 시기라는 점을 감안한다고 하더라도, 바벨탑 이전의 언어가 20세기나 21세기에도 가능하다는 듯 말하는 황석우식 어법은 다소간은 과대망상처럼 보이는 면이 없지 않다. 그러나 이 유아적인 믿음이 완강한 '현실원칙'을 의식하게 되었을 경우를 상정해 본다면, 어쨌건 그의 언어관이 놓인 자리는 언어에 대한 도구적 사유의 지평 안에 위치 지워질 수 있다.

언어도구론의 한쪽 극은 당대적 현실과 근미래적 상(像)을 고려하며 주류 언어 및 문자를 적극적으로 옹호하는 입론에 연동되어 있다. 일제 말 '대동아공영권이라는 현실'하에서 조선어폐지론을 펼치며 나아가 한자 폐지, 가나문자 폐지, 로마문자 채용을 궁극적 단계로 생각한 현영섭의 경우가 그 예에 해당한다. 또한 '글로벌 시대라는 현실'하에서 미국의 언어를 적극적으로 대중화·공용어화할 것을 주장한 근래의 복거일도 비슷한 경우로 볼 수 있을 것이다.[12] 이들을 매국노라는 식으로 손쉽게 비난하는 것은 다분히 부당한 면이 있다. 이들의 관점에서는 언어란 의사소통을 위한 '매개체'이기에, 소통도구로서의 기능이 폭넓은 언어의 편에 서는 것, 상징자본의 가치가 높은 언어의 세계에 들어서는 것, 또한 가능하다면 세계의 언어를 쉽고 편한 하나 쪽으로 통일시켜 나가는 것이 무엇보다도 합리적인 선택이다. 위 인용문의 황석우의 주장은, 논의의 결과만을 떼어본다면 이러한 관점들과 유사한 면을 지니고 있다.

반면 언어도구론의 다른 극에서는, 오염된 현실 언어에 대해 '비타협적'인 자세를 취하며 개별언어에 의해 굴절·왜곡되지 않은 완전한 소통 또는 본질 현현(顯現)의 가능성을 추구하는 철학적·시적 탐색들이 나온다. 앞서 잠시 살핀 말라르메의 시학은 그 대표적인 예에 해당한다고 할 수 있다.[13] 다만 이러한 지향의 극점에서 언어는 이미 언어가 가리키거나 재현하는 대상과 분리된 것이 아니므로, '도구성의 극단'은 '도구성의 중지'로서 사유된다고 보아야 할 것이다. '도구성의 극단'인 이유는, 도구로 소외된 언어, 화폐화된 언어에 대한 반성 속에서, 언어에 담지된 의미(내용물)가 언어기호라는 그릇의 현세적 물질성에 의해

---

12 현영섭의 급진적 조선어해소론에 대해서는 다음 글을 참고할 수 있다. 황호덕,「국어와 조선어 사이, 내선어(內鮮語)의 존재론―일제 말의 언어정치학, 현영섭과 김사량의 경우」,『대동문화연구』58, 2007.8, 151~158면. 복거일의 영어공용화론은 그의 책 『영어를 공용어로 삼자』(삼성경제연구소, 2003)를 통해 확인할 수 있다. 단, '현실에 대한 고려' 위에서 제기된 이러한 관점이 포퓰리즘적인 것으로 이해되어서는 안 된다는 점을 유의해야 할 것이다.

13 말라르메의 시학에 대해서는 다음 글을 참조할 수 있다. 황현산,「옮긴이 해설―말라르메의 언어와 시」, 스테판 말라르메,『시집』, 문학과지성사, 2005, 11~45면.

변질되지 않고 온전히 존재할 것을 추구한다는 점에서 그러하다. '도구성의 중지'인 이유는, 내용물의 온전한 존재감을 추구할 때 언어기호라는 그릇은 결국 그 내용물 속에 흡수되거나 휘발되어 더 이상 내용물-그릇의 관계를 유지할 수 없다는 점에서 그러하다. 이때 내용-형식 같은 이분법은 더 이상 의미를 지니지 못한다. 비로소 언어는 언어 외적인 것을 가리키는 알레고리가 아니라 자기귀속적인 '상징'이 된다. 황석우가 소위 '상징파' 시인에게 영향 받은 바에는 언어에 대한 이러한 지향성도 어느 정도는 포함되어 있다고 할 수 있을 것이다.

요컨대 전자는 이 세계에 '살아남기' 위해, 후자는 이 세계를 '넘어서기' 위해, '그릇으로서의 언어'를 사유한다. 반면 황석우의 경우는 '살아남기'와 '넘어서기'를 함께 추구한다. 그는 현실의 "인어(人語)"와는 다른, "특별한 자모"로 이루어진 "령어(靈語)"를 시의 언어로 상정하며 현실질서 바깥의 언어를 꿈꾸는 한편,[14] '일어(一語)로 통일된 세계'가 실현될 것을 실제로 믿는 듯이 말한다. 그의 주장이 비현실적으로 들린다면 그것은 언어관 자체가 특이해서라기보다 초월화와 현실화의 동시적 가능성에 대한 낙관적인 믿음에서부터 비롯된다고 할 수 있을 것이다.

2_ 그렇다면 현철의 경우는 어떠한가. 앞장에서 살폈듯 황석우의 반박에 본격적으로 답하기 전, 그러니까 미세를 논박하는 과정에서 현철은 시에 대한 모순된 정의를 보였다. 그러나 이 모순은 그다지 두드러진 것은 아니었다. 그의 시론 혹은 율격론은 명제 ②, 즉 내용으로서의

---

14 황석우, 「시화(詩話)―시의 초학자에게」, 『매일신보』, 1919. 10. 13.

'정'의 표출에 초점이 놓이는 것이었다. 여기서 중요한 것은 이러한 관점 역시 황석우와 마찬가지로 언어에 대한 도구론적 사유를 전제로 하고 있다는 점이다. 현철의 말처럼 "시상이 정에서 나오는 이상에는 율어의 형식이라고 하는 것이 결코 인위적이 아니요 내면의 필연적으로 생기는 것"이라고 한다면, 시형(詩形)은 시상(詩想)에 종속된다. 언어형식은 자체적인 존재 근거를 지니지 않고 "정"을 담기 위한 그릇으로서 존재한다.

물론 이것은 현철 자신의 것이라기보다는 당시에 널리 퍼져 있던 생각으로, 어쩌면 근대정신 자체에 가깝다고 해야 할 것이다. 가라타니 고진을 따른다면, 문자가 신성의 아우라를 잃고 내면 표현의 도구로 인식되는 과정은 제국에 대한 부정으로서의 민족의식의 출현 및 속어적 글쓰기의 본격화에 연동되어 있다.[15] 근대문학은 이러한 인식지평으로부터 태어난다. 근대의 문학 개념 및 장르 구분법에 지대한 영향을 끼친 헤겔의 장대한 미학사가 시문학을 예술의 '최고의 단계'로 꼽은 것은, 그것이 예술로서는 가장 높은 수준으로 외적·감각적 질료로부터 자유롭기 때문이었다. 시의 '음'은 "가치도 내용도 없는 기호로서만 이용된다". 그리고 이 최고의 단계에 이르러 예술은 예술 스스로를 넘어서서 "사유적인 산문 속으로", 즉 철학으로 옮겨가게 된다.[16] 정신이 외적인 질료에 얽매이지 않고 자신을 드러내는 것이 헤겔이 설정한 궁극적인 발전 단계이며, 이때 질료로서의 언어는 우연하고 하찮은 것으로

---

15 16세기 루터의 성서 번역은 이러한 언어관 '형성'의 한 과정을 보여주는 예이다(가라타니 고진, 「언어와 국가」, 송태욱 역, 『일본정신의 기원』, 이매진, 2003, 26~30면).
16 빌헬름 프리드리히 헤겔, 두행숙 역, 『헤겔미학 I – 미의 세계 속으로』, 나남출판, 1996, 127~144면 참조.

기각되어야 한다. 일본과 조선의 정(情) 담론 및 근대문학론 역시 이러한 기원 위에서 성립된바, 그 선구 격이라 할 수 있는 츠보우치 쇼요[坪內逍遙]의 『소설신수(小說神髓)』(1885~1886)는 이를 극명하게 보여준다. "시가나 희곡"이 중요하게 다루는 것은 "형태나 소리가 없는 인간의 정(情)"이다. "유취가경을 베낄 수 있다면 시의 본분은 다 한 셈"일 터인데, "어째서 구구한 운어(韻語) 등을 억지로 사용할 필요가 있겠는가." 츠보우치는 운어(韻語)를 '족쇄'로 여긴다.[17] 그리고 이러한 인식틀을 반영하고 있는 그의 문장개량론은 황석우와 유사한 방식으로 표출된다. "물러나 생각하면 로마자를 가지고 문장을 쓰는 것도, 가나 문자만을 가지고 문장을 쓰는 것도 그 사람들의 궁극적인 목적은 아닐 것이다. 왜냐하면 우리들이 장래 영원히 바라는 바는 천하의 만국을 통일하여 일대 공화국의 면모를 이루어, 미칠 수 있는 한 풍속도, 정체(政體)도, 국어도 동일하게 하려는 데 있다. 그러기 위해서는 장차 우리 국어를 개량하여 구미의 언어와 같게 하든지, 혹은 구미의 국어를 우리와 같도록 하든지 이 두 가지 목적 외에는 종극의 목적은 없을 것이다."[18]

근대정신으로서의 언어에 대한 도구론적 사유는 황석우와 현철이 놓이는 지점을 포함해 다음과 같이 요약해 볼 수 있을 것이다. 먼저 현실의 언어질서에 대해 비타협적인 방식으로 구성된 언어관의 한 극점 (A)이 있고, 그 반대의 극점(B)이 있다. A는 부정의 방식으로, B는 긍정의 방식으로 각각 언어와 현실에 대한 첨예한 자의식 속에서 구성된 언

---

17 츠보우치 쇼요[坪內逍遙], 정병호 역, 『소설신수(小說神髓)』, 고려대 출판부, 2007, 25~34면 참조.
18 위의 책, 161~162면.

어관이다. A와 B 양극 사이에는 당대에 편재하는 통념으로서의 언어도구론(C)이 존재한다. A와 B가 속류화되면서 C로 침전된다고도 할 수 있고, C에 대한 반발이나 연장으로서 A나 B가 나타나는 경우도 있다고 하겠다. 앞에서 살핀 현철의 언어론·시론은 다른 권위에 기대어 급하게 구성되었다는 점에서, 혹은 당대 신문학 종사자들에게 받아들여지던 담론을 별다른 숙고과정 없이 받아들였다는 점에서 C에 속한다. 한편 A와 B 양극 사이에는 A와 B의 언어적 자의식을 동시에 취하면서 하나의 논리를 만들어내는 또다른 언어도구론(D)이 존재하는데, 황석우의 경우가 이에 속한다. 양극적 논리를 하나로 묶어내려는 D는, 바로 그러하기 때문에 현실 언어질서와의 긴장관계를 형성하지 못한다. 그러나 D의 황석우는 C의 현철과 논쟁 관계에 있다. D는 그 자체로는 상징계적 단계에 진입하지 못한 '허황된' 언어도구론이라 할 수도 있겠지만, 앞으로 살피는 바와 같이 C의 현철과 관계를 맺으면서 현철의 자리를 이동시키는 역할을 하게 된다.

3_ 구체적으로 살펴보자. 황석우의 논의는 광범하게 퍼져 있던 언어관을 바탕으로 하고 있는 것이기는 하지만 당대 현실에 어떤 식으로든 보탬이 되기는 어려운 것이었다. 일차적으로는 1920년 당시 조선에서 구성되고 있던 질서, 즉 이제 막 출판 활동이 활발해지며 민족의 의미를 적극적으로 구성해내기 시작하는 작업을 부정하는 쪽에 해당한다는 것이었다. 그렇다고 식민화된 조선의 현실에 순응하고 그것을 언어적으로까지 확장하자는 정책에 동조하려는 쪽도 아니었다. 가령 아일랜드였다면 황석우 식의 언어관은 B의 방향에서 그 나라에 구성된 글

쓰기 질서와 문학의 존재 양식을 합리화하는 데에 적절한 이데올로기 장치로 활용될 수 있었을 것이다. 혹은 프랑스처럼 자국어 글쓰기 체계가 공고하게 확립되어 있는 경우라면 A의 방향에서 그 공고한 질서를 '넘어서고자' 하는 비타협적 탐색의 하나가 될 수도 있었을 것이다. 그러나 조선에서는 어느 쪽과도 상황이 같지 않았다. 아일랜드인의 글쓰기가 영어로 이루어지게 된 것과 달리, 조선어는 일본제국의 언어질서에 완전히 점령당한 것은 아니었다. 그렇지만 자체적인 어문 질서를 구축해 가고 있는 중이었을 뿐 제1세계 유럽의 언어들처럼 확고한 안정성을 확보한 것도 아니었다. 조선과 아일랜드를 동일한 층위에서 바라보는 담론이 널리 유포되고 아일랜드 문학의 세계적 위상이 조선민족문학 건설의 당위성을 주장하기 위한 논거로 작용할 때 문제가 된 것도 이러한 차이였다.[19] 『조선문단』 2호에 방인근이 번역하여 게재한 기쿠치 칸[菊池寬]의 「조선문학의 희망」은 이러한 사정을 잘 보여준다. 방인근은 이 글을 "대강 적어보겠"다고 하였으나, 몇 구절을 제외하면 거의 그대로 '직역'하고 있다. 문제가 되는 것은 그 몇 구절이다. 방인근의 번역문과 기쿠치 칸의 원문을 비교해 보면 다음과 같다.

나는 朝鮮靑年의 文藝熱이 旺盛한데는 놀나지 안을 수 업다. 自發的인지 或은 他動的인지는 모르지만은 特히 日本文學에 興味를 가지는 것을 보니 우리 日本作家들은 깃버할 만한 일이다. 政治的으로 社會的으로 괴로움을 밧는 朝鮮靑年이 가장 自由스러운 文壇에 對하야 野心을 품고 希望을 가지

---

19 이에 대해서는 다음 논문에 상세히 논의되어 있다. 이승희, 「조선문학의 내셔널리티와 아일랜드」, 『민족문학사연구』 28, 민족문학사학회, 2005.

는것은 우리들의 衷心으로바라는바이다. 文壇에서만은 國境的 偏見도 人種的差別도 업슬 것이다. 諸氏는 日本文學의 洗禮를 밧고 그 다음에는 日本文學을 卒業하고 새로운 朝鮮文學을 樹立하여다구.

愛蘭人이 英語를 가지고 새로운 愛蘭文學을 니르키여 英文學을 壓倒한 것과 갓치되기를 바라는 것이요 諸氏도 그러한 覺悟가 잇슬 것이다. 만흔 民族運動의 先驅者는 文藝運動이다. 新朝鮮을 세우는 先驅도 새로운 朝鮮文學이 아니면 안 될 것이다. (二行削除) 그러한 意味下에서 朝鮮서 새로운 文學이 나와 잠자는 日本文學에 刺激을 주는 時代가 올 것은 나뿐의 空想이 아니라고 생각한다.[20]

①『**文藝講座**』の**會員募集**をして，一番驚たことは，朝鮮靑年の間に於ける文藝熱の旺んたことだ.

朝鮮靑年が，自發的にか或は他動的にか，② **日本語を教えられることから**，日本文學に興味を持つことは，自然なことであり，同時にわれわれ作家の欣びである. 政治的に，社會的に虐げられてゐる朝鮮靑年が，最も自由な文壇に對して，野心を持ち希望をいだくことは，われわれの衷心希望するところだ. 文壇に丈は國境的偏見も人種的差別もない筈である. 諸氏は，日本文學の洗禮を受け，やがては日本文學を 卒業し，新なる朝鮮文學を樹立して貰ひたい.

愛蘭人が英語を於いて新しき愛蘭文學を起し，英文學を壓倒したるが如く，③ **朝鮮靑年が日本語を於いて新しき朝鮮文學を起し，日本文學を壓倒する**

20　춘해(春海), 「해외문예소식」, 『조선문단』 2, 1924.10, 77면.

ことも 卿等に取って會心のことに遠ひない. 多くの民族運動の先驅を爲す
るものは, 文藝運動である. 新朝鮮を樹立する先驅も, 新しき朝鮮文學であ
らぬばならぬと思ふ. ④**朝鮮と日本の關係は, 今後愛蘭と英國とのそれに似て
來ると思ふ.** そんな意味で, 朝鮮から新しい文學が出で, 行きつまってゐる
日本文學に刺激を與へるやうな時代が來ることも, 私丈の空想ではないだ
らう.[21](번호 및 강조는 인용자)

인용문의 강조 부분은 방인근의 번역에서 제외된 부분이다. 기쿠치
칸이 기뻐할 일이라고 한 것은 조선청년이 "일본어 가르침을 받고" 일
본문학에 흥미를 가지게 되었다는 것이며(②), 그가 조선청년들에게 당
부하는 바는 "일본어로 조선문학을 일으켜서 일본문학을 압도해 보라"
는 것이다(③). 기쿠치가 조선청년들을 눈여겨 본 것은 '일본어로 문학
을 하는 행위'였던 것이다. 일본어로도 조선문학이 가능하다. 아니 일
본어 문학활동은 "새로운 조선문학"을 일으키는 일이며, 이는 "신조선
을 수립"하는 데에 꼭 필요하다. 여기에는 일본어가 조선어보다 더 나
은 문명화의 도구라는 인식이 깔려 있다. 말하자면 이때 일본어는 일본
정신의 구현체가 아니며, 조선을 훼손하는 일 없이 조선을 업그레이드
시킬 수 있는 훌륭한 테크놀로지로 간주된다. 기쿠치에게 있어 조선-
일본과 아일랜드-영국의 유비관계(④)는 조선인이 일본어로 문학활동
을 하는 것을 전제로 할 때에만 가능한 것이 된다. 기쿠치 칸의 이러한
언급을 언어제국주의적 열망의 소산으로 확대해석할 필요는 없을 것

---

21 菊池寬,「朝鮮文學の希望」,『文藝當座帳』, 東京 : 改造社, 1926, 53면. 집필 및 게재 시기
는 다이쇼 13년(1924) 9월이다.

이다. 제국어를 모어로 지닌 사람이라면, 그렇지 않은 이들의 입장에 애써 서보려 하지 않는 이상, 소수어-모어에 고립되지 않고 제국어의 편익을 흡수하는 것이 "국경적 편견도 인종적 차별도" 없는 평등 실현 의 과정이자 여러모로 효율적인 선택으로 보이는 법이다. 기쿠치 칸의 조선문학론과 그 아래에 전제된 언어관은 B에 근접한 C 구역에 속하는 것으로 언어제국주의적 이데올로기의 자장 아래에 존재한다.

그러나 『조선문단』을 이끄는 방인근이 그럴 수는 없었다. 『조선문 단』으로 결집되는 1920년대의 문인들에게 중요한 것은 조선어로 유통 되는 조선문단의 수립인데, 기쿠치 칸 식 "조선문학의 희망"은 이를 부 정한다. 그럼에도 불구하고 "일본에 유일한 작가" 기쿠치의 권위가 조 선문학에 대해 호의적으로 언급하고 있다는 것, 그리고 그 권위에 의해 아일랜드의 자치권 획득 및 아일랜드 출신 작가들의 명성이 조선의 미 래를 위한 참조점으로 거론되었다는 것은 이 글을 외면하거나 비판하 기 어려울 만큼 매력적인 것이기도 했을 것이다. 방인근의 선택은 '일 본어로 조선문학을 한다'는 모티프에 정면으로 응답하는 대신 그것을 회피하는 것이었다. 기쿠치 칸을 읽고 그것을 번역하여 조선독자들에 게 소개하는 자리는 '문학에서 언어란 무엇인가'라는 질문을 받는 자리 이기도 했지만, 방인근은 이 질문에 대답하지 않았다.

황석우-현철의 경우는 기쿠치 칸-방인근의 경우와 같지 않았다. 황 석우가 아무리 시적 선구로 자처하더라도 현철의 눈에는 그만그만한 일본유학생 중의 하나였을 것이며, 또 그의 언설은 구체적인 실례를 적 절하게 활용하지 못한다(혹은 않는다). 그러나 그보다 더 중요한 문제는 황석우의 언설이 황석우가 놓여있는 현실적 입지에 단단히 묶여있지 않다는 것이다. 기쿠치 칸의 조선문학론은 조선자치론자들의 세계해석 및 정치적 입장과 불가분의 관계에 있다. 그러나 황석우의 언어관·문학관으로는 조선 내부의 관점에서 조선문단 건설을 위한 이데올로기를 창출해낼 수 없을 뿐더러, 제국의 관점에서 조선어-일본어의 위계를 정당화시키지도 못한다.

시를 정의하는 데에 동원된 현철의 이율배반이 배면으로 숨지 못하고 표면화된 것은 황석우 식의 언어관에 반박할 근거를 마련하는 작업과 관계된다. 미세를 향한 반박문 「비평을 알고 비평을 하라」에서 현철은 율격의 폭넓음과 정(情)의 중요성에 초점을 맞추었다. 반면 「소위 신시형과 몽롱체」에서는 황석우가 "민족혼이니 인류혼이니 랭귀지니 하는 상징적 어투를 늘어놓아 우리 조선사람의 정신을 어지럽게" 하였음을 비판하며 "조선민족의 문화 향상"을 위한 "우리의 고시(古詩)" 및 "조선문" 혹은 "조선어" 연구의 중요성을 강조한다. 이러한 맥락하에서 현철은 시에 대해서는 "오직 외형인 운문에 대한 논의"만 하겠다고 말한다. 미세가 현철로 하여금 감정과 자유를 강조하도록 만들었다면, 황석우는 "조선민족의 문화 향상을 지도할 책임"과 "민족성"의 담지체로서의 조선어문과 조선시형을 생각하게 만들었다고 보아야 할 것이다. 조선적인 언어 현실, 즉 조선어문이 제국어에 의해 완전히 밀려난 것은 아니지만 그렇다고 견고한 질서와 체계를 갖춘 것도 아닌 현실에서 황석우 식으로 언어도구론을 끝까지 밀고나간다면, 조선어문체계를 확립하고 조선문단을 수립하려고 하는 그 많은 노력들은 결국 무의미한 것이 되기 때문이다.

황석우에 대한 대응으로서 조선어문과 조선시형의 중요성이 강조될 때, 언어는 이미 도구가 아니라 물질화된 이념으로 다루어진다. 소리와 문자에 담긴 '내용'이 아닌, 소리와 문자 그 자체가 중요한 것으로 부상되며 율격은 그 연장선상에 놓인다. "고래의 시 형식" 및 "우리 시에 유래(流來)하는 국민의 민족성", "우리의 말에" 구조화되어 있는 시상(詩想)과 시형(詩形)에 대한 이해가 선행한 후에야 진정한 "국민시가"가 만들어질 수 있다. 즉 「비평을 알고 비평을 하라」에서 "율어의 형식"이 감정에 뒤따르는 것임을 주장했다면, 「소위 신시형과 몽롱체」에서는 시 형식과 조선어에 대한 이해가 우선적임을 주장하고 있는 것이다. 황석우를 논박하면서 현철은 C의 구역뿐 아니라 언어도구론의 지평 전체를 벗어난다.

미국과 일본에서 자유시 혹은 신체시가 발생하게 된 원인을 검토하고 그것을 조선의 경우와 비교하여 자유시형의 의미를 묻는 현철의 논의는 현재의 시선으로 보아도 충분한 설득력을 지니고 있다. 그러나 그와 별도로 중요한 것은, '우리의 시 형식은 무엇인가'라는 질문 및 그에 대한 응답, 그리고 그 과정의 모순이 어떤 메커니즘을 통해 도출되었는가 하는 것이다. 황석우와의 논쟁 과정을 살필 때 그것은 현실의 언어 질서를 정당화해 주지 못하는 래디컬한 언어도구론에 대한 대응책으로서 출현했다고 볼 수 있다. 내용의 우위를 인정하되 언어 형식이 단순히 일회용 쓰레기가 되어버리지 않게 하는 차단막이 있어야만, 조선 문단의 건설이 이념적 정당성에 의해 지탱될 수 있는 것이다.

3) 황석우라는 유령

1_ 뒤이어 황석우는 현철을 논박하는 두 편의 글 「토괴문단(土塊文壇)」, 「신체시와 자유시의 엄정한 구별」을 『개벽』에 투고했다. 현철 역시 채 끝맺지 못한 「소위 신시형과 몽롱체」 속편을 준비했다. 그러나 모두 잡지에 실리지는 못했다. 서로 감정이 너무 격해진다는 게 이유였는데,[22] 현철이 『개벽』의 주요 편집진 중 하나였으니 누구의 의견이 반영된 것인지는 비교적 자명한 것 같다.

이 논쟁은 그 자체로는 미완으로 끝났지만 문학사적으로 볼 때는 현철의 완승이라고 할 만하다. 몇 년 후 전개되는 민요 · 시조 중심의 '조선적' 시가론이 현철의 견해와 상당히 비슷한 논지를 펼치고 있을 뿐 아니라, 이후의 시론에서도 현철 식의 시 원론이 반복 · 확장되어 나타나기 때문이다. 반면 황석우는 1923년 초를 끝으로, 실질적 활동상으로는 1921년을 끝으로, 조선문단 · 조선문학사에서 모습을 감춘다. 오랫동안 시도 산문도 발표하지 않았거니와, 6년간의 공백 후 1928년 『조선시단』이라는 잡지와 시집 『자연송』으로 문학활동을 재개한 후에도 그는 문단의 중심부 바깥에 있었다. 또한 현철과의 논쟁을 통해 나타난 황석우적인 시각은 이후 한국에서 주류 담론으로 부상한 적이 없다.

그러나 이 논쟁은 '문학사적'이라고 부르기에는 다소 부적절한 면이 있다. 일단 몇 년 후 시를 논한 사람들이 현철과 비슷한 논지를 전개했다고 해도 그것을 현철의 영향 때문이라고 볼 수는 없기 때문이다. 또

---

22 「편집실로부터」, 『개벽』 9, 1921.3, 118면.

한 이 논쟁에서 현철 쪽에 일어난 일이 대체로 우연에 가까웠다는 점도 지적되어야 한다. 그는 시에 관심이 없었고, 사실 공격을 받지만 않았다면 시에 대해 논의를 시작하지도 않았을 것이다. "개인적 감정"의 표출에 기우는 "서정시인이 소설가나 희곡가보다 일단(一段)이나 가치가 없다"는 언급은[23] 현철이 시라는 장르에 관심이 없었음을 짐작하게 해준다. 하지만 이 우연성은 어쩌면 '문학사적인 영향'보다 더 중요한 것이라고 해야 할지 모른다. 어쩌다가 보니 시에 대해 '대꾸의 방식'으로 말을 하는 자리에 있게 되었고, 그 자리에서는 조선시의 형식 문제를 말하지 않을 수 없었다고 한다면, 누가 현철의 자리에 있었다고 하더라도 현철 식의 이율배반을 피해갈 수는 없었다는 의미가 된다.

이 문제는 현철과 황석우의 논쟁을 문학사적인 사건이 아닌 조선적 언어 상황의 딜레마에 대한 징후로 읽게끔 만든다. 1920년대 중반 경에는 조선의 시를 민요와 시조의 전통에 잇닿게 하려는 일련의 시론들이 발표되었고, 이 글들은 영향관계와 무관하게 현철의 논의와 일맥상통하는 데가 있다. 그 중심인물들은 최남선, 김억, 주요한, 이광수 등이고, 잘 알려졌다시피 이들은 '새로운 시'(이광수의 경우는 '새로운 문학')에서 자신의 시적 출발점을 마련했던 이들이다. 최남선은 1910년의 언저리에서 그러했고, 김억과 주요한은 황석우와 함께 1920년을 전후한 시기에 그러했다. 특히 김억과 황석우는 일본유학시절부터 『폐허』의 발간에 이르기까지 서로에게 든든한 동지이기도 했다. 잡지 발간이 드물었던 1919년 이전부터도 두 사람은 『근대사조』, 『태서문예신보』 등 같은 지

23　효종 생, 「현당독폐(玄堂獨吠) 제5호 – 문학에 표현되는 감정」, 『개벽』 9, 1921.3, 120면.

면을 통해 글을 발표했으며, 칭찬에 인색한 황석우는 문단에 "안서 군의 출마를 권"하기까지 했다.[24] 또한 에스페란티스토로서의 김억의 면모는, 황석우가 몸담고 있던 아나키즘적 세계관과의 접속이 아니고서는 쉽게 생각할 수 없는 것이기도 하다.[25]

그러나 이들은 한결같이 조선어 문학 활동을 시작한 지 2~3년 만에 자신의 방향을 바꿨다. 왜 그럴 수밖에 없었을까. 메이지 고쿠분가쿠[國文學]를 비롯한 일본의 연구성과 및 문예운동이 이들의 방향 선회에 다대한 영향을 미쳤으리라는 점이 일단 지적되어야 할 것이다.[26] 그러나 그러한 성과 및 담론은 이미 1900년대 초부터 있어왔던 것이었다. 주요한 등이 1920년대 초까지는 외래의 새로운 시에 깊은 영향을 받고 그것들을 조선에 소개하다가, 1920년대 중반에 와서 일제히 일본문단의 민요론을 비롯한 국민문학론을 접하고 감화를 받아 자신들의 지향을 급선회했다고 보기는 어려울 것이다. 그보다는 동시적으로 존재하는 여러 경향 속에서 자신들이 나아갈 길을 밝혀주는 중요한 참조점을 때에 따라 다르게 선택했다고 보는 편이 타당하다. 즉 1920년대 중반 시가 장르에서 '조선적인 것'의 추구가 부각되는 데에는, 일본으로부터의 영향이라는 계기와 함께 또 다른 내적 계기가 작동해야 한다.

비교적 텍스트가 풍부한 이광수에서부터 그 실마리를 풀어나가 볼

---

24 상아탑, 「현대조선문단」, 『매일신보』, 1918.8.28.
25 그러나 이러한 면모를 부각시켜 김억을 "언어와 예술 방면에서 아나키스트"(정우택, 「『근대사조』의 성격과 문예사상적 의의」, 앞의 책, 68면)였다고 보는 것은 무리라고 생각된다. 에스페란티스토로서의 김억과 시인으로서의 김억의 면모에 대해서는 다음 장에서 상세히 다루기로 한다.
26 구인모, 『한국근대시의 이상과 허상―1920년대 '국민문학'의 논리』, 소명출판, 2008 참조.

수 있다. 그는 1924년 『조선문단』에 주요한, 김억 등과 함께 민요와 시조에 대한 논의를 시작한다. 그러나 몇 년 전 「문학이란 하(何)오」(『매일신보』, 1916.11.10~11.23)를 쓸 때 그에게 '문학'이란 "인생을 여실하게 묘사"하는 것이었으며, "편협한 도덕률의 속박"을 벗어나 "만반 사상감정을 기재설명할 자유"를 누리는 것이었다(1916.11.14). 그러므로 "조선인은 마땅히 구의(舊衣)를 탈(脫)하고 구구(舊垢)를 세(洗)한 후에 차(此) 신문명 중에 전신을 목욕하고 자유롭게 된 정신으로 신정신적 문명의 창작에 착수"해야 한다(1916.11.15). "조선문학 건설"이라는 구성적 가치를 염두에 두고 있지만, 그 '신세계'를 위해 제시되는 세목들은 다분히 원심적이고 해체적이다. 이 글이 일차적으로 목적하는 바는 '건설' 이전의 '파괴'이며, 그와 연동되어 문(文)의 자체적 가치도 부정된다. 그는 "논어나 맹자를 귀중하여 함은 논어와 맹자의 문을 귀중함이 아니라 기(其) 내용된 사상을 귀중함이니 기(其) 사상은 영문으로도 발표할 수 있고 조선문으로 발표할 수도" 있다고 말한다(1916.11.19). 문 혹은 문자는 필요하다면 더 편한 것으로 교체 가능한 '도구'나 '그릇'로서의 의미를 부여받는다.

사이토 마코토[齊藤實] 총독의 부임과 함께 문화정치가 시작되고 민간신문·잡지 발행의 길이 '다소' 열린 1919년 9월 이후는, 비단 이광수로부터의 직접적 영향이 아니라고 하더라도 이광수적 문학론이 일군의 문학청년들에 의해 조선에서 본격적으로 실천되기 시작한 시기였다. 동인지 『폐허』는 발간사 격의 「폐허에 서서」부터 편집인의 말에 이르기까지 곳곳에서 '폐허'로서의 현실과 그로부터 돋는 '새싹'의 가능성을 언급하며 이러한 경향을 대표하고 있다. 그 실천이 어떤 수준에서 이루어졌는가에 대해서는 물론 다양한 의견이 있을 수 있겠다. 그러나

여하간 그들이 재래의 "편협한 도덕률"을 떨쳐버리고 "신정신적 문명"의 세계를 추구하려고 '시도'했다는 것에 대해서만은 의심의 여지가 없어 보인다. 또 현대의 연구자들과 당대 일군의 평자들에게는 어설픈 모방으로 보인 외래어·개념어·감상어의 남발이, 그들에게는 그들 자신의 감정과 생각을 가장 여실히 보여줄 수 있는 언어로 믿어졌을 것이다. "표현의 길, 방법, 형식의 여하를 불문하고 나는 나의 전 생명의 절대적 표현을 요구"하는 것이 문학 활동을 통한 그들의 지향이었다.[27]

여기서 중요한 것은 바로 이러한 이광수적 문학론의 실천이, 이광수로 하여금 안티테제를 바꾸게 하는 계기가 된다는 점이다. 「문사와 수양」(『창조』 8호, 1921.5)에서 그의 공격의 방점은 "도덕률의 속박"에서 "데카당스의 망국정조"로 옮겨가고, 「문학이란 하오」에서 전면화되지 않았던 '민족'은 문학을 규정짓는 핵심 키워드가 된다. "문학이란 민족의 생활을 위하여서만 가치가 있는 것이므로 문사의 수양할 덕성은 민족적 생존후영을 조장하는 성질의 것이라야 할 것이외다." 또한 그는 이 글의 연장선상에서 문학자 혹은 문사가 되기 위한 필수 조건으로 "공부"를 제대로 할 것과 "기술"로서의 "글짓기"를 꾸준히 연습할 것을 강조한다.[28] 이미 존재하는 것에 대한 충분한 학습과 이를 토대로 한 반복적인 훈련이 문학의 세계로 입장하는 제1요건으로 강조된다는 것은, 문학이 기성의 질서 및 언어에 대한 도전의 형식으로서 추구되는 대신, 오히려 그것들에 대한 충분한 습득과 이를 토대로 한 모종의 건설체로 사유됨을 의미하는 것이기도 하다. 다시 말해 이광수는 구속을 벗어던

---

27 오상순, 「허무혼의 독어(獨語)」, 『폐허이후』, 1924.1, 117면.
28 경서학인, 「문학에 뜻을 두는 이에게」, 『개벽』 21, 1922.3, 12~13면.

지는 자유를 주장했으나, 그 자유가 누군가에 의해 실천되어 눈에 보이는 형태로 나타날 때, 그리하여 생경한 언어와 삶의 방식이 들이닥칠 때, 그것을 견디기 어려웠다고 보아야 할 것 같다.

문학적 출발에서부터 이광수가 '민족'이나 '조선'을 상정하지 않은 적은 없었다. 꾸준한 노력의 필요성에 대해서도 마찬가지다. 병합 이전에 '문학'이라는 것을 소개할 때에도 그는 "인류사" 차원에서의 문학의 정의에 무게를 두되 문학과 "아한(我韓)"의 관계를 시야에서 배제하지 않았다.[29] 그러나 문학이라는 범주 안에서 민족을 생각한다는 것이, 문학에서 민족적인 것을 가장 중요하게 생각한다는 것을 의미하지는 않는다. 「문학이란 하오」(1916)에서 문학은 "민족성의 근원"이기도 하지만, 그보다는 먼저 인생을 "여실하게, 진(眞)인 듯 하게 묘사"하는 것이었다. 이때 문학의 언어는 민족성의 구현체로서의 조선어(문)이라기보다는 "현대를 묘사"하기에 적절한 "생명있는 현대어"로서의 조선어(문)이다. 그렇기 때문에 조선어문보다 더 편한 언어가 있다면 그것으로 교체될 가능성도 열려 있어야 한다. 요컨대 1920년경 이광수에게 시작된 변화란, 문학을 현실의 핍진한 반영체로 보는 관점과 민족성의 산물로 보는 관점의 공거 상태에서 후자에 무게중심을 두는 쪽으로 옮아간 것이라 할 수 있다. 이 변화는 "인생을 여실하게 묘사"한다는 문학적 지향이 일군의 문사들에 의해 실천되어 나타난 현실태가, 민족적 산물로서의 문학을 위협하는 것처럼 보여지는 지점에서 이루어진다. 그리고 '데카당스'에 대한 부정으로서의 그의 문학론은 "국민정신의 고취"라는 교

---

29 이보경, 「문학의 가치」, 『대한흥학보』 11, 1910.3, 14~16면.

육적 목표와 불가분의 관계를 이루는 가운데 시 쪽으로, 그중에서도 '민요'로 수렴되고,[30] 1924~1925년 『조선문단』을 통해 주요한, 김억의 시론과 더불어 하나의 그룹을 형성하며 '국민문학'과 관련된 논의로 확장된다.

2_ 미세·황석우와의 논쟁을 통한 현철의 시론 전개 방식은, 몇 년이라는 시간을 두고 일어난 이광수 문학론의 변화, 그리고 주요한과 김억의 변화가 압축된 형태로 나타난 것이라 할 만하다. 반박문의 형태를 취하고 있기에 비록 이광수에게서만큼 명료하게 정리된 언술 형식으로 시를 정의하고 있는 것은 아니지만, 이광수적 테마는 현철에게서도 거의 그대로 발견된다. 유교적인 "편협한 도덕률"은 감정의 자유를 읽어매는 한시 식의 "운각"에, 일군의 문학청년들이 실천한 '데카당스'는 황석우의 코스모폴리턴적 언어관에 대응되며, 그 귀결로서 조선적인 시 형식의 추구가 도출된다. '민요'를 중심에 두는 김억과 주요한의 시론이 "우리 고래의 시형을 먼저 연구"해야 한다는 현철의 임시적 논쟁 귀결점에서 이미 예비되어 있는 것처럼 보이는 동시에 이광수의 문학 일반론과 동일한 지향점을 공유하게 되는 것은 우연이 아니다.

이광수 식의 속박-자유의 논의는 언어형식-내용의 논의와 비슷한 궤를 걷는다. 이광수가 자유를 주장하되 궁극적인 자유를 끝까지 밀어붙일 수 없었던 것과, 현철이 형식의 구속을 넘어서는 내용의 자유를

---

30 「문학강화」(『조선문단』 1~4, 1924.10~1925.1)에서 이광수는 문학의 가치를 설명하기 위한 예시로 '시' 혹은 '노래'를 취하고 있으며, 1회만 연재된 「민요소고」(『조선문단』 3, 1924.12) 역시 일정정도는 「문학강화」의 연장선상에 있다고 볼 수 있다.

주장하되 형식을 폐기하려는 주장에 도달할 수 없었던 것은 같은 메커니즘을 토대로 한다. 거기에는 '황석우'가 존재한다. 현철에게는 황석우라는 구체적인 개인으로 나타났다면, 이광수에게는 '다수화된 황석우'가 있었다고 해야 할 것이며, 이와 같은 각도에서 최남선과 김억과 주요한으로 하여금 한결같이 방향전환을 하게 만든 것도 '황석우 같은 존재' 혹은 '유령화된 황석우'라고 할 수 있을지 모른다. 애초의 출발은 '근대적 자유의 실천'이라는 모토에 있었겠지만, 그것이 멀리 있는 지향점이 아니라 현실로서 어른거리게 될 때, 질료로서의 조선어문이 무효화될 가능성 역시 인식의 범위에 포착된다. 그리고 이에 대한 방어로서 조선어는 '커뮤니케이션의 도구'가 아닌 '이념적 가치'로서 재발견되며, 이는 '조선적 시 형식'을 찾는 것으로 가장 먼저 초점화된다. 1920년대의 '문단 건설적인' 분위기 속에서 황석우적 관점은 언술의 영역에서 자취를 감추지만, 그것은 사라졌다기보다는 새도복싱 파트너로 변했다고 보아야 할 것이다. 그런 점에서 본다면 현철과 황석우의 논쟁은 계승되거나 심화되는 것이 아니라 '어쩔 수 없이' 반복되는 운명에 처해 있는 것이라고도 할 수 있겠다. 현철의 자리가 조선의 자리라면, 황석우의 자리는 즉자적 조선어문을 의식 대상으로서의 조선어문으로 만드는 대타자적인 자리에 해당한다. 그것은 조선문학의 구성을 추동하고 그 자체로는 구성된 것에 포섭되지 못한 채 배제되지만, 언제 다시 출몰해서 조선에서 '시를 하는 사람'들을 괴롭힐지 모르는 유령적인 존재-장소가 된다.

그러나 김억·주요한이 '유령화된 황석우'와의 조우 속에서 현철의 자리를 반복하고 있다고 하더라도, 이들이 시를 '책임'지려고 한 사람들이란 것은 여전히 중요한 문제로 남는다. 이광수의 문학론은 시를 앞세우는 쪽으로 나아갔지만, 그는 '시를 하는 사람'이 아니었기에 시를 끝까지 고민할 필요가 없었다. 「민요소고」가 짧게 끝나버린 것도 그러한 까닭일 것이다. 현철의 경우는 더욱 그러하다. 결과적으로 그는 '시를 하는 사람'인 황석우 식의 문학관을 조선의 주류문단에서 쫓아냈다고도 할 수 있지만, 그의 관심은 시가 아니라 연극이었으며 더더구나 시를 논하게 된 계기 자체가 우연에 의한 것이었다. 민족적 산물로서의 "우리 고래의 시형"을 찾는 것에 방점이 놓일 때, 그렇다면 그들 자신이 정의했던 현대적 삶의 반영체로서의 문학, 열렬한 감정 표현을 목적으로 하는 시란 무엇이 되는가, 와 같은 질문을 끝까지 물고 늘어지지 않아도 되었던 것이다.

하지만 김억과 주요한의 경우는 이광수나 현철과 다르다. 조선어 시의 장을 형성하고 유지하며 '시를 계속 하기' 위해서는, 그리고 시의 존재 의의를 조선인에게 설명하기 위해서는, 이런 식으로 끝내버릴 수는 없다. 즉 시에서는 내용이 형식보다 중요한데 한편으로 시에서 가장 중요한 것은 형식이라는 이 이율배반을 뚫고나가거나, 아니면 그 논리모순을 정교하게 은폐하는 작업이 따라주어야 한다. 그 작업은 어떻게 이루어졌는가. 이제 이를 살필 차례다.

2. 독창성의 감옥―주요한과 김억의 행보

1) 변증법적 시사(詩史)를 향한 욕망

1_ 먼저 주요한의 '짧고 굵은' 문학적 행보를 간단히 짚어보자. 「불놀이」가 한국 최초의 근대시이건 아니건, 주요한은 그 시대에 '신시'와 얽혀 있던 가장 빛나는 사람이었다. 부친을 따라 열세 살에 도일한 그는 일본말이 자유로웠다. 도쿄 소재의 메이지학원 입학 후 얼마 지나지 않아 교지인 『백금학보(白金學報)』에 산문과 시를 발표하기 시작했고, 상급생이 되었을 때는 편집부원으로도 활동하였다. 교지가 아닌 중앙문단의 문예지에 '정식'으로 시를 발표하고 당대 명망이 높던 시인 가와지 류코(川路柳虹), 미키 로후(三木露風) 등의 인정을 받기도 했다.[31] 새로운 시의 체험에 있어서라면 김억이나 황석우 등과 격이 달랐다고 해도 좋겠다. 「불놀이」가 『창조』의 첫 호 첫 페이지에 실릴 수 있었던 것도 자타가 공인하는 이 두터운 경험치 때문이었을지 모른다. 더불어 신문학의 정황에 밝았던 그는 일본 "로만티시즘"과 "로만틱 심볼리즘" 경향의 근대시를 선별하여 소개하고 번역하는 일을 맡기도 했다.

요컨대 뉴웨이브의 선방에 서 있었다고 할 수 있는 주요한은, 그러나 1924년에 이르면 방향을 급선회한다. 그해 말 그는 세 달에 걸쳐 「노래를 지으시려는 이들에게」라는 글을 연재하는데(『조선문단』, 1924.10~12),

---

31 심원섭, 「주요한의 동경 유학시대」, 『한·일 문학의 관계론적 연구』, 국학자료원, 1998 참조.

이 글은 주요한 자신의 방향전환이 분명하게 선언되었다는 점에서뿐 아니라 이후 조선의 시 관련 담론을 방향 짓는 물꼬를 트고 있다는 점에서 주목을 요하기도 한다. 찬미가, 『소년』의 신체시, 창가라는 맹아 단계를 거쳐 『학지광』의 창작시에서 "신시의 싹"이 텄다는 일반화된 문학사적 관점은 바로 이 글에서부터 시작된다. 한편 이광수는 주요한 이 시가를 가리키는 말로 사용한 "노래"라는 용례에 적극 호응했으며,[32] 같은 지면에 「민요소고」라는 글을 발표하여 주요한이 조선 신시의 "발족점"으로 강조한 민요에 구체적으로 접근하고자 한다. 민요에 대한 관심은 물론 그 이전부터 있어 오긴 했지만, 아직 문학적 자장 안에서 논의되던 때는 아니었다. 각종 잡지와 신문에 실리는 시 관련 평문에서 '민요적'이라는 기준이 평가의 중요한 잣대로 작용하게 되는 것은 주요한의 이 글을 즈음해서다. 현철이 논쟁 속에서 좌충우돌하다가 꺼내 든 결론, "우리 조선(朝鮮)에는 고래의 시형이 어떠한 것인지 우리의 조선(祖先)의 시상(詩想)은 무엇인지 우리 시의 형식은 그 특점(特點)과 결점이 어디 있는지 우리 시에 유래하는 국민의 민족성은 어떠한 점에서 잠재하였는지"[33]를 살펴야 한다는 과제는 이로써 조선 문인들의 시야를 확고히 사로잡기에 이른다.

2_ 제목이 알려주듯 「노래를 지으시려는 이에게」라는 글은 일종의 창작방법론에 해당한다. 주요한은 '자유시나 신시를 어떻게 지어야 하

---

32 그는 "노래"라는 말을 사용하며 "시가를 병칭하는 조선말이다. 주요한 군이 이 용례를 열었거니와 그것은 마땅한 것이라고 생각한다"는 설명을 부기하고 있다. 이광수, 「문학강화 (3)」, 『조선문단』 3, 1924.12, 50면.

33 현철, 앞의 글, 1921.2, 129면.

는가'의 문제를 "신시운동"으로 파악하는데, 이에 대한 본격적인 서술에 앞서 일단 지난 십몇 년 간 신시의 역사를 개괄한다. 이 글은 그러니까 지나간 역사의 '과오'를 깨닫고 그것을 어떻게 바로잡아나갈 것인가를 제시하는 방식으로 이루어져 있다고 할 수 있다.

공교롭게도 바로잡아야 할 그 십 몇 년 역사의 마지막 부분에는 주요한 자신이 "외래적 기분"에 사로잡혀 쓴 『창조』의 자유시들을 비롯하여 "외국서 들어온 악마주의, 유미주의, 데카당주의"적 경향이 포함된다. 그리고 조선 신시의 앞길을 밝혀주는 출발점으로서 "민요"가 상정된다. 말하자면 주요한이 '민요' 앞에 도달하는 과정은, 현철이 황석우와의 논쟁을 통해 "그 형식은 소위 자유시라는 이름에 밀고 그 뜻은 상징주의라는 간판에 붙여" 만든 "몽롱체"를 부정하고 "우리 고래의 시형"을 찾아야 한다는 주장을 내어놓는 과정과 유사하다. 또 "편협한 도덕률"을 비판하던 이광수가 막상 도덕률의 속박을 떨치려던 "망국정조"의 청년들과 대면하게 되자 "민족의 생활을 위"한 문학을 강조하게 되던 과정과도 유사하다. 단 현철이나 이광수와 달리 주요한은 그 당시 '시단(詩壇)'의 한복판에 있었던 만큼, '무엇을 지양하고 무엇을 해야 하는가'에 대해 좀더 구체적으로 접근하여 그 당위에 합당한 논거를 제시할 필요가 있었다. 더구나 지양해야 할 그 대상에는, 주요한 자신의 시력(詩歷)이 포함되어 있었다.

그는 자신이 자유시를 쓰게 된 계기, 그리고 지금 다른 방향을 모색하게 된 이유에 대해 다음과 같이 서술한다. 1919년에 대해 말하고 있지만, 1919년의 주요한 그대로라기보다 1919년을 재구성하는 '1924년의 주요한'이라는 점을 주의하며 읽어볼 필요가 있다.

자유시라는 형식으로 말하면 당시 주로 불란서 상징파의 주장으로 고래로 나려오든 각법과 '라임'을 폐하고 작자의 자연스러운 리듬에 마초아 쓰기 시작한 것입니다. 그런데 조선말로 시험할 째에 자유시의 형식을 취하게된 것은 그 시대의 영향도 잇섯거니와 조선말 원톄의 성질상 그러지 아늘수 업섯슴이외다. 과거에 조선말 시가의 형식으로 말하자면 시됴이던지 민요이던지 운다는 법은 업섯고 다만 글자 수효(다시 말하면 '씰라블'의 수효)가 일뎡한 규률을 싸를 쑨이엇습니다. 민요의 형식 중에는 팔팔됴(여덟 자식 한귀가 되는 것)가 가장 만헛습니다. 그러나 이런 형식이 심히 단됴한것은 면치 못할 것입니다. 그럼으로 엇던이는 일본시가의 형식인 七五 혹은 五七됴를 시험해본 것도 잇습니다. 만은 그 결과가 다 새론시를 지으랴는데 합당한 재료가 못되엿습니다.[34]

그 자신을 비롯한 몇 명이 자유시를 쓰게 된 이유를 위 인용문은 두 가지로 서술하고 있다. 하나는 "그 시대의 영향", 다른 부분에 나오는 표현으로 구체화해보면 "불란서 및 일본 현대작가의 영향"이다. 아마 좀 더 경박한 표현으로 바꾼다면 '유행' 때문이었다고 할 수 있을 것이다. 뒤에 서술된 또 다른 이유는 좀 더 주목을 요한다. 그는 불란서나 일본 현대작가를 모방할 수밖에 없었던 이유를 "조선말 시가의 형식" 문제로 돌리고 있다. 조선말 시가는 "운 다는 법"이 없고 "글자 수효"의 규칙만이 있을 뿐으로 "심히 단조"하다. 연재 3회분에서 그는 이에 대해 "단조하고 유치한 난점"이라는 보다 직접적인 표현을 쓴다. 그리하여

---

34 주요한, 「노래를 지으시려는 이에게 (1)」, 『조선문단』 1, 1924.10, 49면.

"아무 본 뜰 데도 없는 당시에 어린 필자의 경우로는" 어쩔 수가 없었다는 것이다.

그런데 이 논리에는 다소 자가당착적인 데가 있다. 그가 민요를 단순 유치한 것으로 판단하여 본뜰 만한 적절한 대상으로 삼을 수 없었던 것은, "운 다는 법"이 있는 시와의 비교에 의해서다. "운 다는 법"이 있는 시는 복잡하고 정교한데, 글자 수만을 규칙으로 삼는 시는 "단조하고 유치"하다. 물론 여기에는 형식이 어떠한가의 여부에 따라 복잡하거나 정교한, 혹은 단조하거나 유치한 내용이 담길 수 있다는 내용-형식의 논리가 전제되어 있다. 그렇지만 그가 실제로 모방한 자유시란 어떤 것인가 하면, 민요의 단조로운 정형성을 결격사유로 인지케 한 복잡한 각운의 시가 아니라 그 반대로 "각운(脚韻)과 라임을 폐"한 시였다. 불과 4, 5년 전의 자신을 부정해야 하는 착잡한 심경이 뒤얽힌 위 인용부분의 논리를 정리해보면 다음과 같은 역설과 마주하게 된다 : '조선의 시가에는 각운이 없어서, 어쩔 수 없이 각운을 폐한 시를 따라해야 했다.'

여기서 눈여겨보아야 할 것은 '운(韻)'에 대한 집착이다. 위의 인용문에 '운(韻)'에 대한 언급이 없다고 가정한다면, 주요한의 논지는 '조선의 민요와 시조는 단조롭고 유치해서 서양 자유시를 따라했다'로 요약될 것이다. 실제로 1919년의 주요한이 가창 장르인 민요와 시조를 시 쓰기의 모델로서 고려했는가에 대해서는 의문의 여지가 있지만, 어쨌든 자기변호를 위한 언설로서는 흠잡을 데가 없다. 즉 그의 언급이 논리적 모순에 부딪히는 것은, 자기반성이나 변호라는 맥락 속에서 꼭 필요해 보이지 않는 '운(韻)'을 두 번에 걸쳐 문제시하고 있기 때문이다. 왜 주요한은 '운(韻)'을 언급하지 않으면 안 되었던 것일까.

위 인용문에서 민요와 시조는 각운이 있는 시와 비교된다. 비교 기준은 외적 규칙성, 즉 "형식"의 층위에 놓인다. 한쪽은 단순하고 다른 한쪽은 복잡하다. 즉 일차적으로 그가 결핍으로 느낀 것은 '복잡한 형식'이 된다. '복잡한 형식'이 '단조로운 형식'보다 더 고차원적이고 진화된 형식이다. 그는 1928년경에도 이런 생각을 밝힌 바 있다. "조선시형은 양시(洋詩)와 같이 조선어의 본질로 보아 일고일저(一高一低)가 없고 또 운(韻)을 밟을 수가 없어 시형의 완전을 기하기 어렵다."[35] 그러나 결핍으로 느꼈다는 것이, 그저 그 '복잡한 형식'을 따라하고 싶었다는 것을 의미하지는 않는다. 그는 서양의 자유시가 '복잡한 형식'인 "각운과 라임"의 구속을 떨쳐내고 "자유로운 리듬", 혹은 '자유로운 내면'을 추구하는 과정에서 생겨났다는 것을 '이미 알고 있다.' 그는 이런 과정 속에서 생겨난 자유시를 부정하지 않는다. 단, 이런 자유시를 흉내 낸 자유시는 거부한다. 말하자면 복잡한 형식에 사로잡힌 정형시가 선재해야만, 그 형식의 구속을 떨쳐낸 '진정한 자유시'가 가능하다.

　의식적인 것은 아니었을지 모르지만 실제로 위 인용문은 변증법적 사유 위에서 기술되고 있다. 단순한 형식이 지양되어 복잡한 형식이 나온다. 이는 형식의 세련화 과정이다. 그러나 형식의 세련화가 지나치게 되면 억압과 구속으로 변질된다. 이 구속적 형식이 지양될 때, 감정과 사상의 자유를 강조하며 형식 자체를 벗어던지려는 자유시가 나온

35　김안서, 「『조선시형에 관하여』를 듣고서 (1)」, 『조선일보』, 1928.10.18. 이는 주요한의 「조선시형에 관하여」라는 강연회를 들은 후 김억이 옮겨 전한 것이다. 김억의 글은 주요한의 강연 내용에 대한 반박을 목적으로 쓰인 것이기 때문에 주요한의 의도가 왜곡되었을 가능성을 배제할 수 없다. 강연회에서 주요한이 강조한 대목이 어떠한 것이었는가를 대략적으로 파악하는 선에서 활용할 수 있는 자료다.

다. 도식화시켜보면 〈표 2〉와 같다.

〈표 2〉

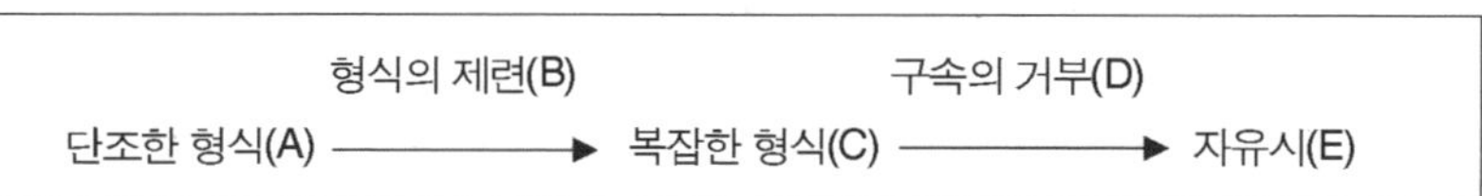

1924년의 주요한이 1919년의 주요한을 '변호'하는 근거로 활용한 것은 조선에는 A밖에 없다는 점이었다. 그와 함께 1924년의 주요한이 1919년의 주요한을 '과오'로 여긴 것은 A에서 곧바로 E로 건너뛰려 했다는 점이었다. 운 혹은 각운에 대한 주요한의 집착은 C를 의심의 여지 없이 '있어야 할 것'으로 생각한 데에서 비롯된다. '조선의 시가에는 각운이 없어서, 각운을 폐한 시를 따라해야 했다'로 정리되는 기이한 논리전개는, B-C-D를 계기화하지 못했던 1919년의 세계를 B-C-D에 해당하는 언어를 동원하여 설명하려는 과정에서 나타나는 착종 현상이라 해야 한다.

이제 1924년의 주요한은 B, C, D를 거쳐 E에 이른 변증법적 시사(詩史) 전체를 결핍으로 느낀다. 이는 현철의 경우보다 한층 철저하다. 현철 역시 「소위 신시형과 몽롱체」에서 자유시가 생겨나게 되는 사정으로 복잡한 '운각(韻脚)'의 구속을 들었다. 단 현철은 운각이 있는 서양시와 한시에 비해 "그 형식이 가조(歌調)에 탁(托)하는 고로 비교적 형식에 여유 있음은 우리 시의 자랑거리"라고 말했다. 이는 B와 C의 과정을 거치지 않은 A가 오히려 E와 가까울 수 있다는 판단을 담고 있는 것이기도 한다. 더불어 현철은 A-B-C를 단계적으로 생각하지 않고 한꺼번에 정형시형의 단계로 묶어 파악하는 면을 보이기도 한다. 그러나 주요한에게 중요한 것은 C나 E에 해당하는 시 형식이 아니라, A에서 B, C, D를 온전히 거쳐 E에 이르는 과정 전체다. 그가 그때까지의 신시를 거부하면서 제안한 다른 "신시운동"이란 이 과정 전체를 아우르는 작업, 시 한 편 한 편이 아니라 서구시의 역사 전체를 통째로 받아들이는 방법을 찾는 일과 관계된다. 이렇게 본다면, '민족문학', '조선문학'으로 방향을 튼 것처럼 보이는 1924년의 주요한은 실은 그 시점에서 더 철저히 서구적 문학 모델에 골똘해 있었다고 해야 할 것이다.

어떻게 하면 저 역사를 한꺼번에 도래하도록 할 수 있는가. 어떻게 하면 B와 D라는 과정을 동시에 진행시켜 C와 E가 겹쳐진 결과물을 생산해낼 수 있는가. 그리고 어떻게 하면 그것을, A에서 E에 이르는 역사를 이미 거쳐 온 다른 언어의 시가들과 어깨를 나란히 겨루도록 할 수 있는가. 주요한은 「노래를 지으시려는 이에게」 2회와 3회에서 그 방법을 구상한다. 그 방법의 검토를 통해 우리가 살필 수 있는 것은, 저 선적(線的)이라 할 만한 계기들이 동시적으로 지향될 때 나타나는 결과, 선적인 느린 전개 속에서는 나타날 수 없는 '의외의 결과'이다.

3_ 「노래를 지으시려는 이들에게」의 1회 끝부분에서 주요한은 "신시운동의 목표"를 "민족적 정조와 사상을 바로 해석하고 표현하는 것"과 "조선말의 미와 힘을 새로 찾아내고 지어내는 것"으로 제시한다. 그는 이것들에 대해 "두 가지 목표"라는 표현을 썼다. "두 가지 목표"는 각각 연재 2회분과 3회분에서 「신시의 내용」 및 「신시와 우리말」이라는 소제목하에 '독립된' 과업인 듯이 논의된다.

그러나 실제로 이 두 가지는 "두 가지 목표"라기보다는 전자가 목표,

후자가 방법이라고 하는 것이 좀 더 적절해 보인다. 주요한은 2회분 「신시의 내용」 서두에서 "내용과 형식이란 나누지 못할 물건"이라는 전제하에 형식의 중요성을 간략히 서술하지만 곧이어 "결국 형식보다도 더 중요한 것은 내용"임을 강조한다. 그는 그 근거로서 프랑스 자유시를 예로 든다. 프랑스 자유시가 시가 상에서 점하는 중요한 지위는 "그 형식이 파괴적임보다 그 내용의 영원성에 의"한 것이며, "그 기교 여하보다도 그 속에 있는 사상과 정서의 가치에 의한 것"이다. 이 주장을 앞에 그려놓은 〈표 2〉와 함께 검토해보자. 그는 D의 단계를 거쳐 E에 이른 시들을 기준으로 삼고 있다. 그리고 형식의 파괴라는 형태로 나타난 D 단계가 사실은 형식 자체를 중시하는 것이 아니라 '내용'의 가치에 의한 것임을 주장하며, 조선의 신시 앞에 높인 첫 번째(혹은 가장 중요한) 과제를 이와의 유비 관계 속에서 파악한다. "그와 마찬가지로 오늘날 우리가 창작코저 시험중에 있는 조선의 신시도 그 신시라는 형식으로 인하여 생명을 얻을 것이 아니라 신시의 속에 실린 사상과 정서의 독창적이고 아님에 그 생명이 달릴 것이외다." 사상과 정서의 독창성을 강조할 때, 그는 D-E의 전개를 염두에 둔다.

여기에서도 조금 이상한 점이 있다. 그는 프랑스 자유시가 "그 내용의 영원성에 의"하여 시사적(詩史的) 중요성을 갖는다는 점을 지적했다. 시공을 초월하여 소통되는, 혹은 보편적인 무엇인가를 그 시적 가치로서 지목하는 셈이다. 하지만 "그와 마찬가지로"라는 접속어구에 이어 서술하는 조선의 신시는 "사상과 정서의 독창"성에 방점이 놓인다. 독창성이라고 한다면, 통시적으로건 공시적으로건 뭔가 '새롭다' 혹은 '다르다'는 기준이 작동한다고 보아야 할 것이다. 말하자면 그는 짧은 한

단락 안에서 '내용'의 중요성을 서술하기 위해 '새로우면서 영원하라'는 기준을 제시하고 있는 것이다. 이는 예술의 현대성을 '일시적인 것으로부터 영원한 것을 끌어내는 것'으로 파악한 보들레르식 명제의 변주인가. 아니면 다른 의도에 의한 것인가. 아니면 단순한 실수나 부주의에서 비롯된 것인가. 만약 실수였다면, 그 실수의 '무의식'은 무엇인가.

뒤이어지는 서술은 이 문제를 조금 더 선명하게 부각시키는 듯이 보인다. 주요한은 '영원하면서도 새로운' 그 내용이 어떠해야 하는가에 대해 두 가지를 열거식으로 제안한다. "하나는 개성에 충실하라 함이요 둘째는 조선사람된 개성에 충실하라"는 것이다. "개성"이라는 말이 일단 두드러진다는 점에 주목하자. 그러나 이 두 가지는 사실 대등한 층위에서 의미를 부여받기는 힘들다. 일차적으로는 형식논리상 그렇다. "조선사람된 개성"이라는 용어가 가능하다면, "개성"과 "조선사람된 개성"은 상하위 범주 관계를 형성한다. 한편 의미 차원으로 들어가서 '개(個)-성(性)'이라는 말이 지닌 원래 뜻을 존중한다면, "조선사람된 개성"이란 말은 아무래도 형용모순에 해당한다. 표현을 트집 잡을 것 없이 "조선사람된 개성"이라는 말을 '조선인의 특성'이라는 뜻으로 받아들인다고 하더라도, 주요한의 제안은 '자기 자신에 충실한 동시에 민족적 집단성에도 충실하라'라는, 너무 어마어마하거나 불가능한 요구가 되어버리고 만다. 이에 대해 주요한은 첫 번째 과제로 내세운 "개성"의 문제가 모든 예술의 보편적 속성이기에 누구나 동의할 것이라고 간단히 언급한 후 후자 쪽에 초점을 두어 서술을 이어나가는 것으로 "개성"과 "조선사람된 개성"이라는 두 과제가 충돌하거나 논리가 뒤틀리는 것을 피해간다. 결국 그가 "조선의 신시"에서 핵심과제로 내세운 "사상과 정서의 독창"성

확보는, "조선사람된 개성"의 문제로 방향지어진다.

이는 앞서 내용의 중요성을 강조하며 영원성(혹은 보편성)과 독창성을 내세울 때의 논리와 유사하다. "내용의 영원성"이라는 가치는 프랑스 자유시에 의심 없이 부여되고 가볍게 넘어간다. "신시운동"의 중요한 과제는 독창성 쪽에 주어진다. 그와 마찬가지로 서양에서 연원한 '개성에의 충실'이라는 근대문학의 모토는 예술로서의 문학이 갖추어야 할 자명한 이치로 이해되고 간단히 소개된 후, "조선사람된 개성"의 문제가 부각된다. 여기서 주요한은 수형도(樹型圖)에 가깝게 논의를 전개시켰을 뿐 두 층위의 항목들을 맞대응시키지는 않았다. 그러나 (서양)근대 문학을 문학일반으로서 전제한 다음 조선의 경우를 각론처럼 문제 삼는 논법은 그와 비슷한 결과를 만들어낸다. 도표화시키면 다음과 같다. 실선은 주요한의 논지 전개 방식, 점선은 주요한의 의도와 무관한 대응 관계, 볼드체는 핵심적으로 다루어진 논의 대상을 표시한 것이다.

〈표 3〉

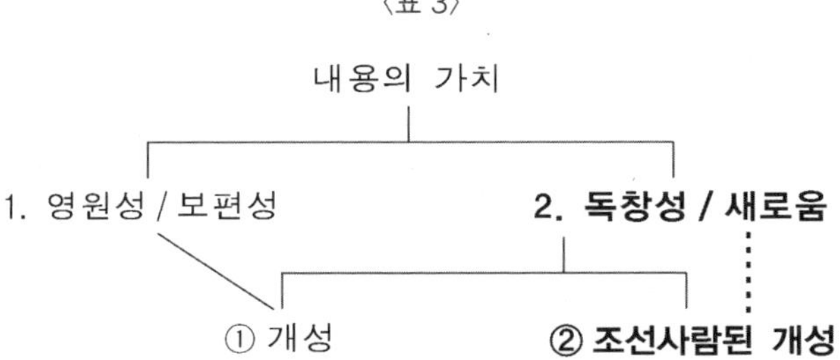

언뜻 1과 ①은 단어나 문장 수준에서 가볍게 언급되고 넘어간다는 점에서, 불필요하게 논지를 흐리지 않도록 삭제되는 편이 좋았을 요소처럼 보이기도 한다. 그러나 그것들이 이미 2와 ②로 형성되는 굵은 논의의 축을 위한 자명한 전제가 되고 있다는 점을 짚고 가야 한다. 조선의 신시가 사상과 정서의 면에서 독창적이어야 한다는 당위는, "형식의 파괴"를 거쳐 "내용의 영원성"을 얻게 된 프랑스 자유시의 의의를 참조하는 과정에서 나온다. 한편 "조선사람된 개성"의 중요성은, "개성"의 중요성이 강조되는 서양근대예술의 인식 패러다임으로부터 나온다. ①을 기반으로 하지 않는다면 ②에 대한 강조가 불가능해진다. 주요한이 '조선적 독자성'이나 '조선인의 특성' 같은 말을 쓰지 않고 무리수를 두어가면서까지 굳이 "조선사람된 개성"이라는 말을 쓴 이유는 여기에 있었던 것이 아닐까.

그러나 1과 ①에 내재된 서양예술에 대한 뿌리 깊은 믿음으로부터 도출된 2와 ②는, 아이러니컬하게도 1과 ①로부터 등을 돌릴 것을 요구한다. 주요한은 프랑스 자유시의 독창성이 앞선 세대에 대한 차별화 기획으로부터 나타난 결과임을 알고 있었다. 그런데 이를 모델로 해서 독창성의 가치를 역설하는 순간, 조선 쪽에는 과업이 하나 더 늘어난다. 동시대적 다른 언어공동체와 차별화되는 것으로서의 독창성과 개성이 그것이다. 과거의 구속으로부터 독창적이어야 하는 것보다도, 주위의 독창성으로부터 독창적이어야 하는 것이 우선과제가 되어버리는 것이다. '개성'과 '예술'의 필연적 관계에 대한 굳은 믿음으로부터 도출된 "조선사람된 개성"이란 과제 역시 '개성'의 내포를 'individuality'에서 'nationality'로 굴절함으로써만 가능해진다. 주요한은 재빨리 이것을 "조선혼"이라 재명명한다.

그렇다면 '조선혼'은 어떻게 문학 속에 표현될 수 있는가. 주요한은 다만 "천재시인"의 출현을 기다린다고 말한 후 다음 테마인 "조선말의 미와 힘을 새로 찾아내고 지어내는 것"의 문제로 옮겨간다. 하지만 「노래를 지으시려는 이에게」라는 글의 주된 목적 자체가 '운동'이라는 집단적 성격에 방향성을 제시하는 데에 있었다는 점, 또한 "형식보다 더 중요한 것"으로서의 '내용'이 '조선혼'으로 규정되었다는 점을 감안할 때, "조선말의 미와 힘"에 대한 논의는 독립된 테마라기보다는 '조선혼'을 형상화하는 방법으로서 위치지어진다고 보는 편이 적절하다.

주요한이 '조선혼'을 담을 수 있는 "국민적 독창문학의 건설"을 위해 항목화한 것은 네 가지다. 일단 "민요와 동요"를 살필 것(①). 더불어 "한문구조"에 구속되지 말 것(②), "외국어의 직역"을 피할 것(③), "고어의 부활"에 집착하지 말고 현재의 생명력 있는 언어를 사용할 것(④). 단 그는 이 과제들 역시 "예술적 천재"의 몫으로 남긴다. 그리고 「노래를 지으시려는 이에게」 이후 이와 관련된 논의에 더 이상 적극 나서지 않는다. 주요한의 명민함은 어쩌면 조선의 신시를 원론적 차원에서 사유하고 구체화하려 하면 할수록 막다른 골목에 닿고 만다는 점을 간파했다는 데에 있을지 모른다.

반면 김억은 주요한과 달랐다. 주요한이 덮어버린 문제, 즉 '혼'의 문제, 그리고 '시형(詩形)'의 문제를 이력 내내 끝까지 붙들고 늘어진다.

2) 영육일치론의 굴절과 의복의 비유

1_ 김억이 보여준 초기의 문학적 행보는 주요한과 흡사해 보인다. 상징주의 문학 쪽에 주력하던 그가 "현대의 조선심", "조선혼"을 문제시함으로써 '조선적인 시'에 대한 본격적인 관심을 드러낸 것은 1924년 벽

두였다.[36] "우리의 주위의 시작(詩作)에는 우리의 주위를 배경 잡은 사상과 감정은 하나도 없고 남의 주위를 배경 잡은 사상과 감정을 빌어다가 우리의 시작을 삼는 경향"이 있다는 것이 주된 문제의식이었으며, 이후 그는 줄곧 이를 시야에 둔 채 시에 대한 논의를 이어가게 된다.

다만 1924년을 기점으로 김억이 상징주의의 영향을 벗어나 '조선적인' 것을 모색하는 쪽으로 방향을 급선회했다고 보기는 다소 어려운 점이 있다.[37] 먼저 그 시기의 정황을 보다 정밀히 살펴볼 필요가 있다. 김억이 시와 예술에 관한 글을 쓰기 시작한 것은 『학지광』 시절이던 1916년부터였지만, 본격적으로 평문을 쓰기 시작한 시기는 1923년경이었다. 그해 2월 『개벽』에 쓴 박종화를 향한 반론을 시작으로 그는 외국문학 소개를 넘어 조선어로 쓰여진 문학 텍스트를 대상으로 하는 글을 발표하기 시작한다. 시, 문학, 예술에 대한 자신의 관점을 보다 분명하게 정리해 나가는 것도 이 무렵부터다. 시선을 조선의 안쪽으로 돌린 이 첫 번째 글에서 이미 김억은 그의 시가 "말 만들기"와 "기교"에 너무 취해있다는 박종화의 지적을 반박하면서 "人間, 未練, 過卷, 洞窟이라는 일본어를 그대로 조선어로 쓰려고" 하는 것이 "도리어 조선어의 고유한 미(美)와 역(力)을 허물내는 것"이라 주장한다.[38] 박종화가 말했듯 1922년은 『개벽』과 『백조』의 발간으로 상당한 지면이 문예에 제공됨으로써 신시 역시 적잖이 발표되기 시작한 해였다.[39] 외국어가 뒤섞인

---

36 김억, 「조선심을 배경삼아―시단의 신년을 맞으며」, 『동아일보』, 1924.1.1.

37 김억에 관한 연구는 대체로 이 시기를 기준으로 대별되며, 문학활동 전반을 아우르는 연구들도 시기별 변모양상에 주목하는 경향이 강하다.

38 김억, 「무책임한 비평―「문단의 일년을 추억하며」의 평자에게 항의」, 『개벽』 32, 1923.2, 5면.

39 박월탄, 「문단의 일년을 추억하여 현상과 작품을 개평(槪評)하노라」, 『개벽』 31,

조선어에 대한 김억의 우려는 이와 때를 함께 한다. 즉 김억의 변화를 말하기 이전에, 문예 판도의 변화가 고려되어야 하는 것이다.

또한 「조선심을 배경삼아」(1924), 「시단 1년」(1925) 등을 통해 '조선심', '조선혼'의 중요성을 역설하는 가운데에도 그는 아더 시몬즈, 어네스트 도우슨, 윌리엄 버틀러 예이츠 등 서구 근대 시인에 대한 관심을 한동안 이어갔으며, 베를렌과 투르게네프에 대한 관심은 1930년대까지 지속되었다. 1927년에 출간 예정이었던 역시집 『이향(異鄕)의 꽃』[40]의 경우도, 시몬즈와 타고르를 제외한 영미권 시 중심의 단행본이었던 것으로 보인다.

그러나 서구문학에 대한 지속적 관심의 실증적 사례보다 더 중요한 것은, 상징주의를 필두로 하여 김억이 젊은 시절 받아들이게 된 서구 근대시의 이념이 그의 문학 활동 속에 기본 전제로서 뿌리 깊게 자리를 잡고 있다는 점이다. "기술을 말아라, 다만 신비로운 암시"(1920)라는 구절로 받아들여진 상징주의의 모토는 비단 1920년대 초반의 글에만 한정적으로 나타나지 않는다. "필경 예술은 무한을 암시"하는 것이며, 독자가 위대한 작품에서 느끼는 깊은 감동은 "작자의 내부생명의 감동과 암시의 최면을 받아 크게 공명된 까닭"이라고 보는 예술 일반론으로 이어지고(1925), 그가 정형시 쪽으로 선회하는 무렵에 와서조차도 시형과 기교의 중요성을 설명하는 기반으로 작용하게 된다. "순간에 영원을,

---

1923.1, 6면.

[40]　김억, 「'이향(異鄕)의 꽃' 서문」(『조선문단』 18, 1927.1)은 다시 역시집을 내는 데에 대한 소감을 밝힌 글이다. 마지막 부분의 시들이 대부분 자신의 창작시라는 점까지 별도로 밝힌 것을 보면, 글을 쓸 무렵(1926.11.30)을 즈음하여 출간이 확정되어 있었던 것 같지만, 이후 어디에서도 별도의 언급이 없는 것으로 보아 발간계획은 무산된 것으로 보인다.

유한에 무한을 담아놓"을 수 있기 위해서는(1929), 시형과 기교를 반드시 갈고 닦아야 하는 것이다.[41] 박종화에서 정노풍, 조벽암까지 김억의 시와 시론이 지나치게 기교에 치우쳐 있다는 지속적인 비판 속에서도 그가 내용—형식의 분리불가능성을 전제하며 언어와 시형의 세련화를 굽힘없이 강조할 수 있었던 것도 이러한 토대 위에서였다. "눈에 보이는 것이 시형" 뿐이므로 "형식으로의 시형을 무시한다 하면 우리는 암만 하여도 그 내부에 숨어 있는 위대한 □□한 시상(詩想)을 얻을 길이 없는 것"[42]이라는 생각은, '무한성의 암시', '내부 생명의 여실한 표현'으로서 시·예술을 바라보는 관점으로부터 도출된다. 즉 조선어 형식의 중요성을 강조하는 그의 논리는 실제로 '무한성', '내적 생명', '감정' 등으로 언표되는 '형식 이전'의 것, 혹은 본질이라는 심급을 설정함으로써 가능해진다.

'우리 것의 발견'이라는 모티프에 긍정적 가치를 부여하고자 했던 1980년대의 한 연구서는 김억이 "중요한 고비"에 "다시 자아망실 현상 같은 것"을 나타냄으로써 그 자신이 "내세운 전통계승론을 단속적인 것으로 만들어 버"렸다고 아쉬움을 표한 바 있다.[43] 서구 시론이 김억에게 미친 뿌리 깊은 영향력을 인정하되, 서구 시론의 수용과 조선적 시가론을 단절적인 것으로 파악하는 관점에서 나올 수 있는 평가이다. 하지만 앞에서 잠깐 살폈듯 후자의 논의는 전자의 토대 위에서 이루어

---

41 상세서지는 아래와 같다. 억 생, 「스핑크스의 고뇌」,『폐허』1, 1920.7, 117면; 김안서, 「예술 대 인생 문제 (4 · 5)」,『동아일보』, 1925.5.25 · 31; 김안서, 「프로메나도 센티멘탈라 (4)」,『동아일보』, 1929.5.21.
42 김안서, 「시형, 언어, 압운 (1)」,『매일신보』, 1930.7.31.
43 김용직,『한국근대시사』제1부, 새문사, 1983, 557면.

진다. 그러므로 김억의 관심이 서구의 시와 시론에서 조선문예 쪽으로 옮겨지는 과정과 관련하여 좀 더 주목해야 할 것은, 일본을 매개로 서구 상징주의를 학습하여 자기 이념으로 체화한 그의 문학관·예술관이 '조선어 시'와 직접 부딪혀야 했을 때 일어나는 굴절현상에 대한 것이어야 한다.

2_ 일단 김억의 용법을 둘러보자. 「조선심을 배경 삼아」를 쓴 이후 그는 "조선심"보다는 "조선혼"이라는 말을 더 자주 사용하게 된다. 이는 김억이 시를 평하는 데에 중요한 근거로서 삼은 바 있는 "시혼(詩魂)", 또 언어의 문제에 중점을 둘 때 언급한 "어혼(語魂)"과 연장선상에 놓이는 것으로 파악될 수 있다.[44] 창작자 개인을 강조하는 자리에서 '시혼'이 강조된다면, 조선어 창작물임을 강조하는 자리에서는 '조선혼', 언어의 생명성을 강조하는 자리에서는 '어혼(語魂)'이 사용된다. 그의 방점은 '혼'에 놓인다. 정말 중요한 것은 '혼'이며, 언어 선택과 기교 및 시형의 중요성은 '혼의 온전한 표현'을 위한 것으로 자리매김된다. '조선혼'을 둘러싼 그의 논의는 일차적으로 '시혼' '어혼'에 대한 논의와 연장선상에 있다.

다만 '조선혼'이 문제의 중심에 서는 순간, 흥미로운 현상이 하나 나타난다. '조선'이라는 계기가 강조되면서 '내용-형식'의 분리불가능성 역시 함께 강조된다는 점, 그러나 분리불가능성이 강조되면 될수록 오

---

[44] 개별 시 텍스트의 평가에 "시혼"이 주요한 잣대로 활용된 글은 다음과 같다. 김안서, 「시단의 일년」, 『개벽』 42, 1923.12; 김안서, 「시단산책―『금성』『폐허』 이후를 읽고」, 『개벽』 46, 1924.4. 또한 「현시단」(『동아일보』, 1926.1.14)에서도 "시혼"이 언급된다. "어혼(語魂)"이라는 말은 「역시론」(『동광』 21, 1931.5)에서 등장한다.

히려 두 가지는 분리 가능한 것으로서 언표화된다는 점이 그것이다. 그
가 선호하는 의복의 비유는 이 문제를 선명하게 보여준다. 몇 부분을
인용해 보기로 한다.

①詩壇의 詩作이 **現在의 朝鮮魂을 朝鮮말에 담지 못하고 남의 魂을 빌어다
가 옷만 朝鮮것을 입히지 안앗는가** 疑心한다 다시 말하면 **洋服 입고 朝鮮 갓을
쓴 것이며 朝鮮옷에 日本 '게다'를 신은 것이란 말이다**

—「시단 일년」, 『동아일보』, 1925.1.1.

②나는 언제나 詩的 要素에 짤아서 詩形의 音節數를 定하고 맙니다 웨
그런고 하니 **옷이 몸에 쏙 마저야 하는 모양으로** 詩的 要素의 엇더함을 짤아
서 그 그릇인 詩形과 언어를 먼저 選擇하지 안을 수 업는 까닭입니다

—「『조선시형에 관하여』를 듣고서 (4)」, 『조선일보』, 1928.10.21.

③나는 言語는 어쩌한 것을 勿論하고 그 民族의 宿命이라는 感을 禁할
수가 업게 됩니다, 더욱 言語에 담긴 詩歌가 뿌리쏩혀진 꼿송이와 가티 그
自身의 芳香의 生命을 일허버리고 **詩想만으로 낫설은 言語의 옷을 입게 될** 새
에 이러한 생각이 깁허지는 것은, 아마 내 自身 하나쑨만이 아니고, 적어도
詩歌를 사랑하는 人士에게는 다 가튼 感이 잇슬 줄 압니다.

—「격조시형론 소고(小考) (1)」, 『동아일보』, 1930.1.16.(강조는 인용자)

①은 '조선혼-조선말'의 관계를 '혼-옷'의 관계로서 파악한다. '조선
혼'이건 '조선심'이건 보통 혼(魂)이나 심(心)의 짝으로 여겨지는 건 '육

체'이며, 김억 역시 영혼-육체의 비유를 사용한 바 있다. "정신이라든가 심령이라든가 그 자신을 포용하는 육체"를 예술의 핵심으로 파악했으며, "시의 내용과 기교"는 "육체를 떠나서 영(靈)이 존재치 못하며 영(靈)을 떠나서는 육체가 존재치 못하는 것과 같"다고 말하기도 했다.[45] 그런데 ①에서는 육체의 심급이 사라지고, '육체'가 놓일 자리를 '옷'이 대체한다. 한편 ②와 ③에서는 영혼-육체를 아예 벗어난 '몸-옷'의 비유가 시상(詩想, 시적 요소)-시형(詩形, 언어)의 관계를 구상화하기 위해 활용되고 있다.

복장이 비유 대상으로 설정되면서 '사상'과 '감정'은 '혼'의 층위에서 '몸'의 층위로 자리를 옮긴다. 동시에 '조선혼-조선말', 혹은 '시상(詩想)-시형(詩形)'은 분리 불가능함의 강조에도 불구하고 오히려 그 비유를 통해 분리의 가능성이 열리게 된다. ①의 '혼-옷'은 이미 이 둘을 연결 지을 수 있는 '몸'의 결락에 의해 그 간극을 분명히 한다. 또한 ①과 ③에서 각각 "남의 혼을 빌어다가 옷만 조선 것을 입"은 상태, "시상(詩想)만으로 낯선 언어의 옷을 입"은 상태가 문제시되는데, 이는 이미 이 두 층위가 분리되어 있는 현실을 지적하고 있는 것이기도 하다. 의복의 비유 속에서라면, 잘 맞는 옷-형식을 입는 것이 좋지만, 몸에 맞지 않는 옷-형식을 입는 것 역시 충분히 가능하며 자주 일어나는 일로서 의미화될 수 있다.

그러나 의복의 비유는 김억의 자의나 선호, 혹은 부주의에 의한 것이라기보다는 '불가피하게' 선택될 수밖에 없었다는 점이 중요하다. 문제

45　김안서, 「시형의 음률과 호흡」, 『태서문예신보』14, 1919.1.13, 5면; 김안서, 「작시법 (1)」, 『조선문단』 7, 1925.4, 25면.

는 '조선'을 계기화하는 데에서 출발한다. 김억의 판단을 따라가 본다면, 외래적인 것의 유입에 의하여 시작된 조선의 신시는 '조선적인 것'을 누락하고 있으며, 이는 바람직하지 않은 현실이 된다. 김억은 이를 증명하기 위해 그가 초기부터 굳게 믿어 온 예술론인 '내용-형식' 또는 '시상(詩想)-시형(詩形)'의 일원성에 논거를 두고 그것이 조선에서는 제대로 실현되지 않고 있음을 보여주고자 한다. 그러나 실현되지 않은 상태를 보여주는 데에는 '영혼-육체'의 비유가 사용될 수 없다. '영혼-육체'는 형식과 내용이 둘이 아니라 하나일 수밖에 없음을 보여주기 위한 은유이기 때문이다. 비유는 한 단계 외형적인 것으로 물러나서, 탈착이 가능한 의복처럼 '분리가능한 것'으로서 제시되어야 한다. 그래야만 '조선적인 것'이 빠져버린 현 시단을 비판할 수 있다.

물론 의복의 비유는 김억의 창안이 아니다. 1장에서 살폈듯 '상징주의'라는 말을 처음 사용했던 장 모레아스도 감각적 형식을 옷에 비유했다. 그리고 바로 그 비유가 '상징주의'를 '상징'의 본래적 상태에서 멀어지게 했다. 아마 의복의 비유는, 이념과 형식이 돌이킬 수 없을 만큼 소외된 시대에 소외를 극복하기 위한 시도 속에서 창안되었다가 거꾸로 그 소외를 확고하게 만드는 데 기여하는 악순환의 클리셰 중 하나일 것이다. 다만 김억으로 대표되는 조선 문인의 경우, 이 악순환의 늪은 조금 더 깊고 질척했다고 해야 할 것 같다. 의복의 문제로 치환하지 않고서는 영육합일의 테제 속에 '조선적'인 무엇이 끼어들 여지가 없었다. 그러나 또한 바로 그로 인해, '조선혼'과 '조선말', '시상(詩想)'과 '시형(詩形)'은 의도와는 정반대로 자의성과 분절성을 지닌 관계인 듯 표상될 수밖에 없었다.

3_ 의복의 비유 자체가 지닌 아이러니 외에 위 인용문에서는 눈길을 끄는 면이 또 하나 있다. '몸-옷'이라는 형상적 비유를 '조선적인 것'과 관계짓는 방식의 비일관성이 바로 그러하다. ①에서는 '남의 혼'이 '조선옷'을 빌렸음을 지적한다. 그렇다면 '남의 혼'을 대신할 '조선혼'을 찾는 것이 당위적 과제로 따라 나오게 된다. 그러나 곧이어 첨언되는 '양복에 조선 갓', '조선옷에 일본 게다'라는 비유는 전체가 복장의 층위에 놓인다. 한편 ③에서는 반대로 "낯선 언어의 옷"을 문제 삼는다. 시상(詩想)이 남의 것인 게 문제가 아니라 언어(言語)가 남의 것인 게 문제로 부각된다.

옷의 비유를 들지 않는 다른 많은 경우에서도 김억은 때로는 서구적 사상과 감정의 생경한 직접성을, 때로는 외래어투가 뒤섞인 문장과 구문들을 비판의 대상으로 삼곤 했다. 이런 점을 감안한다면 실제로 김억은 시상(詩想)이 남의 것인가 언어가 남의 것인가를 구분하는 일에 그다지 역점을 두었던 것 같지는 않다. 구분을 할 필요가 없을 만큼 양쪽 모두 큰 문제를 안고 있다고 판단했을지도 모를 일이다. 문제는 내용이 남의 것인지 형식이 남의 것인지를 분명히 짚어낼 수 없는 바로 그 지점에서, ①의 '양복에 조선 갓', '조선옷에 일본 게다', 혹은 "양복에 짚신 신고 상투를 짜고 모자를 쓰는 판"처럼[46] 복장의 부조화가 메타포로 활용되고, '어울리지 않음'이 문제의 초점이 된다는 것이다. 영육일원론 혹은 내용형식 일원론이라는 기반 위에서 전개되기 시작한 논의는 '조선'이라는 계기가 의식됨에 의해 '조화로움' 혹은 '어울림'의 문제로 변

---

[46] 김안서, 「언어의 순수를 위하여 (3)」, 『동아일보』, 1931.4.1.

경·축소된다. 그 과정 속에서 피가시성(被可視性)을 표나게 드러내는 옷차림새의 비유가 조선어 시를 '조선-이미지' 혹은 '조선-표상'으로 받아들이게끔 이끈다는 것도 주목해야 할 부분이다.

그렇다면 그는 어떤 '조화로운' 차림새를 염두에 둔 것일까. 쇄말적인 질문인 것 같지만 실제로 이 문제에 답하기는 그리 쉽지 않아 보인다. 또한 이 난감함은 김억의 딜레마, 넓게는 근대시의 이념을 후발적으로 실천하고자 한 이들의 딜레마를 지시하고 있기도 하다. 조선 신시의 상태에 빗대어진 기이하고 우스꽝스러운 차림새에 대한 비판이 양복에 구두와 중절모, 혹은 게다에 기모노라는 조화로움을 주문한 것은 당연히 아니었을 것이다. 그렇다고 조선의 흰 옷에 조선 갓, 조선 고무신이라는 차림새로 비유될 만한 조화로움을 지향한 것인가 하면, 이에 대해서도 선뜻 그렇다고 답하기는 어렵다. 의복의 비유는 현 단계의 '부정'을 위해서만 도입 가능할 뿐 새로운 비전의 제시로 이어지지는 못한다.

이는 김억과 민요시 운동의 관계를 살피는 데에 있어서도 유의해야 할 사항이다. 대체적인 평가와는 다소 달리 실제로 김억은 "조선혼"을 역설하는 가운데에도 조선적이라고 생각되는 기성의 형식에 대해 그렇게 적극적인 자세를 취한 편은 아니었다. 작품 평에서는 "민요체"의 시에 대해 호의적이었고, 민요나 시조, 유행 속요 속에서 조선시가의 시형을 구할 필요가 있을 것이라고 한 두 문장 수준에서 언급한 바는 있다.[47] 또한 1924년 출간된 것으로 보이는 시집 『금모래』는 '민요시집'

---

[47] 김안서, 「밟아질 조선시단의 길 (상)」, 『동아일보』, 1927.1.2; 김안서, 「『조선시형에 관하여』를 듣고서 (6)」, 『조선일보』, 1928.10.24.

이라는 부제를 달고 있기도 했다.[48] 그러나 주요한, 이광수, 홍사용, 김동환 등처럼 민요 혹은 민요시에 대한 본격적인 글을 발표하거나 민요 수집에 나선 적도 없고,[49] 시조부흥운동이 한창이던 시절에 시조에 대한 의견을 적극적으로 보태거나 하지도 않았다. 또한 창작의 면에서도 『봄의 노래』(1925)나 『안서시집』(1929)에 실린 김억의 시들은 '민요적'이라는 특성으로 온전히 수렴되지 않는다. 그는 소극적인 차원에서만 민요시 운동을 함께 하고 있었다고 보아야 한다.

대신 그는 "서양의 이지적 사상에 조선의 옷을 입혀놓아 어깨가 꿀리고 허리가 굽어"지는 현상을 비판하면서도, 꾸준히 비조선어 작품을 조선어로 소개하고 번역했다. 1920년대 초반엔 프랑스시에, 1927년까지는 타고르를 포함한 영미권 시에 집중하였고, 1930년대 전반엔 에스페란토 역 동구권 문학에 초점을 두었으며, 1934년 이후로는 한시 및 시경(詩經)과 만요슈[萬葉集] 등을 번역하는 일에 치중했다.[50] 그러나 번역 대상이 변화해 가도 번역에 임하는 자세는 변하지 않는다. 그가 내내 골몰한 것은 '남의 것'을 가지고 "김안서식 표현품"[51] 만들기, 비조선어 작품을 통한 조선어 작품 만들기였다.

---

48 현재 실물은 확인되지 않고 있다. 『영대』 3호(1924.10)에 광고가 실려 있다.

49 민요시론의 전개에 대해서는 다음 글들을 참고할 수 있다. 오세영, 『한국 낭만주의 시 연구』, 일지사, 1980, 101~123면; 박경수, 『한국근대민요시 연구』, 한국문화사, 1998, 115~143면; 구인모, 『한국근대시의 이상과 허상—1920년대 '국민문학'의 논리』, 소명출판, 2008, 166~187면.

50 1934년에서 1943년까지 7권의 한시번역집을 발간하였다. 그 외 『시경』의 번역에 대해서는 신두환, 「김억의 시경 번역에 대한 일고찰」, 『한국언어문화』 24, 한국언어문화학회, 2003 참조. 만요슈(萬葉集) 번역에 대해서는 박상현, 「김억의 「만엽집초역」 연구—선역기준을 중심으로」, 『일본어문학』 40, 한국일본어문학회, 2009 참조.

51 김안서, 「한시역(漢詩譯)에 대하여」, 『망우초(忘憂草)』 서문, 한성도서주식회사, 1934, 7면.

의복의 비유에 잠재된 그의 과제는 그러므로 양복과 구두를 가지고, 혹은 게다와 기모노를 가지고 어떻게 '조선적인 차림새'를 만들어낼 것인가로 모아진다. '나'로부터 구분되는 '나 아닌 것', 즉 아(我)와 비아(非我)의 구분이 아니라, '남'으로부터 구분되는 '남 아닌 것'으로서의 '나', 즉 타(他)와 비타(非他)의 형식으로 전도된 주체성의 문제가 부각된다. 김억 앞에 놓인 난제는 이러하다. '조선의 문학은, 혹은 조선에서 문학을 하는 '나'는, '남의 것'을 불가피하게 필요로 한다. 그렇다면 어떻게 '남'을 통해 '非-남'을 만들어 그것을 전유할 수 있는가.' 그는 민요와 시조에 우호적이었으되 그것 자체를 조선의 표상으로 삼거나 그것들에 닻을 단단히 묶어두고 '조선적인 것'을 추구하려 하지 않았다. 최남선이 조선에 뚜렷한 표상을 부여하는 작업을 지속적으로 수행한 것과는 반대로, 김억의 경우 '非-남'이어야 한다는 의식은 쉽사리 '나의 선명한 표상'으로 가시화되지 않았다. 비단 최남선뿐 아니라 1920년대에 조선적 시가, 혹은 '국민문학'을 주창한 다른 문인들의 경우와 비교해 보더라도 이는 김억의 특수한 면모에 해당한다. 주로 예시의 나열을 통해 전개되는 그의 논의에서 '조선시형' 혹은 '조선적인 것'의 내포는 상당히 흐릿하고 애매하며 요약정리를 쉽게 허락하지 않는다. 또 그가 1928년 이후 모색해 간 정형시 형식조차도 그 구체적 윤곽은 끝내 분명하게 드러나지 않는다.

주요한도 분명 얼마쯤은 그러했다. 앞서 지적했듯 그는 「노래를 지으시려는 이에게 (3)」에서 "조선말의 미와 힘"을 새로 찾기 위한 방법을 네 가지 과제로 항목화한 바 있다. 단 그 세목들은 '~을 해야 한다'가 아니라 '~만은 하지 말아야 한다'는 부정의 형식으로 열거되었다. 또 창

작 지침인 양 기껏 열거해 놓고도, 결국 그는 '조선혼'의 구현과 관련된
문제를 천재의 몫으로 돌렸다. 하지 말아야 할 것은 분명한데 뭘 하자
고 해야 할지는 알 수 없는 막막함. 주요한은 이 지점에 이르러 말을 아
꼈다. 그러나 김억은 쓰고 또 쓰면서 타자에 대한 관계가 항상 자기 정
립에 앞서 존재한다는 것을, 주체성이란 근본적으로 전도된 주체성이
란 것을, '진행 중'의 형태로 누설한다. 그의 집요한 번역론, 그리고 에
스페란티스토로서의 면모는 이러한 관점에서 검토되어야 한다.

3) 빗금친 번역의 의미

1_『오뇌의 무도』(1921) 서문에 간략한 번역관을 밝힌 이래 김억이
소위 '창작적 번역' 혹은 '의역'을 강조했다는 것은 널리 알려진 사실이
다. 이에 한 가지 사실을 덧붙이자면, 시간이 갈수록 그의 관점은 보다
더 과격해지며 적용 범위도 넓어져 간다. 위 서문에서 밝힌바 "시가의
역문(譯文)에는 축자, 직역보다도 의역 또는 창작적 무드를 가지고 할
수 밖에 없다는" 생각은 양주동의 축자역에 대한 비판으로 이어지고,
곧 시의 영역을 넘어 "엄정한 의미로 보면 번역이란 산문이고 운문이니
할 것 없이 도대체 불가능"[52]하다는 총체적인 번역 불가능론으로 이어
진다. 나아가 "절대로 어떻게든지 할 수 없는 것을 기어이 어떻게든지
한다고 하면 그곳에는 파괴가 있을 뿐"이어서 "결국 원시(原詩)라는 집

52　김안서, 「현시단」, 『동아일보』, 1926.1.14.

을 뚜다려 버리고 그 자리에다가 자기식 집을 세워놓는 수밖에 별 도리
가 없는 것"이라는,[53] 질풍노도식 문학론을 보는 듯한 번역론을 만나게
된다. 그의 견해는 확고했고, 다른 가능성은 허용되지 않았다. 1927년
『해외문학』의 발간 직후 이루어진 번역의 존재론적 의미에 대한 문제
제기 및 논쟁은 확실히 1924년 양주동과 김억 사이에 있었던 축자역-
의역 논쟁보다 생산적인 논점을 포함하고 있는 것이었지만,[54] 김억은
이에 대해서도 그다지 '대화'의 의지를 보이지 않았다. 직역의 난점을
정면으로 돌파하면서 그 문화사적 의미를 선언적 어조와 정밀한 논리
로 펼쳐낸 김진섭에 대해 "사이비 조선어(외래어)를 사용하는 데 대하여
는 동의할 수 없다"는 말로 일축했을 뿐이다.[55] 물론 해외문학파 역시
김억을 무시하기는 마찬가지였던 듯하다. 이하윤은 베를렌느의 「가을
노래」에 대한 자신의 번역을 비판한 양주동에 대해 "그러면 없는 '아-'
나 없는 '우리'를 붙여서 훨씬 원의나 원작의 기분을 잃은 모씨(某氏)의
일역 영역에 의한 역이 낫더란 말인가"라고 반문하는데, 여기서 "모씨
(某氏)"는 거의 확실히 김억을 가리킨다.[56] 번역을 대하는 태도에 있어

---

53 김안서, 「역시론 (상)」, 『동광』 21, 1931.5, 61면.
54 논쟁의 양상에 대해서는 다음 글들을 참고할 수 있다. 김병철, 『한국근대번역문학사
    연구』, 을유문화사, 1975, 508~526면; 서은주, 「번역과 문학 장의 내셔널리티-해
    외문학파를 중심으로」, 『현대문학의연구』 24, 2004, 62~65면. 단 이 논문들은 양
    주동과 해외문학파 사이 논쟁의 발단이 된 글을 누락하고 있는데, 이는 양주동의 「문
    예비평가의 태도 기타」(『동아일보』, 1927.2.28~3.4)이다. 3회부터 「『해외문학』을 읽
    고」라는 소제목하에 『해외문학』의 번역을 평하고 있다.
55 김안서, 「이식문제에 대한 관견-번역은 창작이다 (2)」, 『동아일보』, 1927.6.29.
56 이하윤, 「『해외문학』 독자 양주동 씨에게 (2)」, 『동아일보』, 1927.3.20. 김억이 번역한
    베를렌느의 「가을의 노래」에는 원문에 없는 '아아'가 삽입되지만, '우리'라는 단어는
    등장하지 않는다. 그러나 현재까지 알려진 바에 의하면 1927년 이전 「가을의 노래」는
    김억에 의해서만 다섯 차례 번역되었다. 구인모, 「베를렌느, 김억, 그리고 가와지 류코
    [川路柳虹]-김억의 베를렌느 시 원전 비교연구」, 『비교문학』 41, 한국비교문학회,

서 김억과 이하윤·김진섭은 논쟁 자체가 불가능할 만큼 극과 극에 서 있었다고 보아도 좋을 것이다.

그러나 오히려 그 먼 거리 때문에 해외문학파의 번역론, 특히 김진섭의 논의는 김억의 번역론이 지니는 입지를 살피는 데에 다소간의 도움을 준다. 김진섭도 양주동이나 김억과 마찬가지로 "완전한 역시(譯詩)란 것은 없다"는 데에서 논의를 출발한다. 그러나 그는 이 완전한 번역의 불가능성을 일차적으로 '지금 여기의 조선어문'과의 관계 속에서 파악한다. 조선어의 어휘가 풍부하지 못하기 때문에 "비어(非語)"처럼 보이는 말들을 도입하여 미래의 언어적 풍요를 기약해야 하는 것이며, "우리의 연문(軟文)이 가장 빈약하고 가장 천박한 사상 감정을 표현"하는 것 이상으로 나아가지 못하기에 "산문적"이고 "고삽적"인 문장들로 "표현의 생산성"을 높여야 한다는 것이다. "조선 기(其) 자신은 현재에 완전한 번역문학을 요구할 자격도 없고 그것을 운위할 시기도 아니"다. "우리가 번역의 출발에 있는 이상 제1기의 번역산문화시대에 속하고 있"다는 인식이 그로 하여금 축자적 직역에 무게중심을 두도록 만든다.[57]

김진섭이 '조선어문의 현재'에 초점을 두고 문장의 역사적 발달 단계에 기반해서 논의를 전개하고 있다면, 김억의 경우는 언어 일반을 '표현의 매개체'로 보는 관점에서 번역의 문제에 접근한다. "번역한다는 그것의 의미가 원문 그대로의 의미와 어미(語美)와 율조를 조금도 상처내지 아니하고 원문과 꼭 같은 것을 다른 언어에 재현시키는 것"[58]이라

2007 참조.
57 김진섭, 「기괴한 비평 현상—양주동 씨에게」, 『동아일보』, 1927.3.22~3.26.
58 김안서, 「이식문제에 대한 관견—번역은 창작이다 (1)」, 『동아일보』, 1927.6.28.

할 때, '번역'은 이념적 차원에서는 가능하되 지상의 자연어로는 불가능한 과제가 된다. 이는 낭만주의 언어관, 혹은 상징주의 문학론의 번역 버전이라 할 만하다. 김억의 말을 빌리자면, "문자와 언어의 덕택으로 사상과 감정을 얼마큼이라도 표현"할 수는 있지만, "언어와 문자는 불완전"하기 때문에 완벽한 표현은 불가능하다. 김억에게 근대문학의 입문서 역할을 해주었을 구리야가와 하쿠손[廚川白村]의 상징주의론을 빌리자면, "현대인의 내부생활의 심오함에는 이러한 경지(유현몽롱한 신비적 경지—인용자)가 숨어 있어서, 따라서 그것을 노골적인 언어의 기록과 서술로 지탱하는 말은 도저히 불가능하다."[59] 언어표현의 불가능성에 대한 이러한 논리는 김억에게서 번역의 불가능성에 대한 논리로 이어진다.

요컨대 김진섭의 직역론이 조선어의 불완전한 현 단계를 논의하는 차원에서 가능해진다면, 김억의 창작적 번역론, 혹은 번역불가능론은 언어 일반의 본질적 불완전함이라는 전제 위에서 전개된다. 그 역시 조선어의 단순함과 형용사·부사의 부족으로 인한 번역의 어려움을 토로한 바가 없지 않지만,[60] 이 난감함은 곧 언어 일반이 가지는 본래적 성격의 것으로 통합된다.

2_ 그러나 언어의 본래적 한계를 강조하며 번역 불가능론을 주장하

---

59 김안서, 「시단의 일년」, 『개벽』 42, 1923.12. 42면; 김억, 「무책임한 비평—「문단의 일년을 추억하여」의 평자에게 항의」, 개벽 23, 1923.2, 4면; 廚川白村, 『近代文學十講』, 東京 : 廚川白村集刊行會, 1924, 501~502면.
60 김억, 「서문 대신에」, 『잃어진 진주』, 평문관, 1924.8(박경수 편, 『안서김억전집』 2-1, 한국문학사, 1987, 446면에서 인용).

면서도 김억이 번역의 주변을 끊임없이 배회하고 있다는 점, 번역의 현
실태를 지속적으로 이야기하고 있다는 점은 여전히 중요한 문제로 남
는다. 양주동이나 해외문학파 문인들은 번역에 대한 견해를 각기 달리
하고는 있었을지언정, 조선문화나 조선문학을 풍요롭고 튼실하게 해
야 한다는 분명한 목적을 가지고 있었다. 그렇기 때문에 완벽함을 기할
수 없다 하더라도 번역은 도전할 가치가 있는 일이 된다. 반면 김억의
번역론에서는 목적이나 사명감 같은 것이 강조되지 않는다. 번역으로
써 도달해야 할 목표도 지향점도 희박하고, 진정한 번역에 대한 믿음도
없다. 그렇다면 왜 그는 번역에 대한 관심을 접지 못하는가. 번역이란
어차피 불가능하여 "원작자의 원시의 체면 같은 것을 돌아보지 아니하
고 맘대로 허물도 내고 심하게는 그 고운 얼굴까지라도 문질러" 버릴
수 있는 거라면, 그렇기 때문에 "독립한 일개의 창작"이라 생각한다
면,[61] 그냥 그런 식으로 창작을 해도 되었을 것이다. 실제로 김억은 그
근사치까지 가기도 했다. 그는 『봄의 노래』(1925) 서문에서 이 시집에
실린 시의 절반 이상이 번역에 기초한 것임을 밝히고 있다. 그러나 원
저자를 명기하지 않았을 뿐 아니라, 소챕터 「따님의 노래」나 「제비의
노래」의 경우는 번역도 있지만 자기 창작도 섞여 있다고 말함으로써
번역과 창작의 경계를 적극적으로 허물고자 했다. 번역의 '윤리'와 관
련해서라면 확실히 이런 태도에는 적지 않은 문제가 있다. 하지만 김억
이 직접 밝히지 않았다면, 『봄의 노래』에 번역시가 섞여 있는지 아닌지
조차 우리는 알 수 없었을 것이다. 말하자면 그는 자신의 신념대로 번

61　김억, 「'이향(異鄉)의 꽃' 서문」, 『조선문단』 18, 1927.1, 48면.

역 과정을 통해 창작을 했을 뿐이고, 아무 말 없이 그렇게 창작시집을 출간할 수도 있었을 것이다. 하지만 그는 원저자도 원작품의 제목도 숨겨두지만, 자신의 작업이 '번역=창작'에 있다는 점만은 굳이 노출한다. 번역이라는 기원을 은폐하지 않은(못한) 채 빗금만 치는 이러한 태도는 그의 문학적 이력에서 매우 큰 비중을 차지한다. 나아가 그의 시론 자체가 '창작=번역'의 구조를 띠고 있다는 것도 유심히 살펴야 할 부분이다.

① 우리 詩壇에 發表되는 대개의 詩歌는 암만 하여도 朝鮮의 思想과 感情을 背景한 것이 아니고, 엇지 말하면 구드를 신고 갓을 쓴 듯한 創作도 飜譯도 아닌 作品임니다, 달마다 나오는 몟 種 아니 되는 雜誌에는 이러한 病身의 作品이 각금 보임니다.

　　　　―「조선심을 배경삼아―시단의 신년을 맞으며」, 『동아일보』, 1924.1.1.

② 譯詩에 對한 내 自身의 경험으로 말하더라도 勞力만 만코 效果업는 것이 그 事業이엇슴니다 西洋의 肉體에 朝鮮옷을 입히는 不自然도 不自然이려니와 어느 便에서 어느 便을 본다 하더라도 勿論 볼 맛이 적은 것임니다 한데 여긔에다가 半西洋 半朝鮮의 肉體(誤譯)에 朝鮮옷을 내려덥흔 것이 昨年 一年의 譯詩엇스니 말할 것이 무엇이겟슴닛가 (…중략…) 나의 意見으로 보아서는 原詩를 씹을 대로 씹어 잘 消化하야 朝鮮式 思想을 만들은 뒤에 朝鮮옷을 입히는 것이 엇덜가 함니다

　　　　―「현시단」, 『동아일보』, 1926.1.14.

①은 번역을 문제 삼은 글이 아니다. 인용부분에서 "창작도 번역도 아닌 작품"이라고 할 때의 "번역"은 '남의 것'을 가리키는 표현으로서 이 글 안에서는 특별히 더 이상 문제시되지 않으며, 김억 자신도 이 단어의 선택에 큰 의미를 부여한 것 같지는 않다. 그러나 이 표현을 다른 글들과의 연관 속에서 살펴보면 새로운 조명점이 발견된다. 역시(譯詩)를 직접 다룬 ②에서 그는 번역시의 부자연스러움을 "서양의 육체에 조선옷", "반서양 반조선의 육체에 조선옷"으로 비유한다. 또는 "양복바지에 조선주의(周衣)를 입은 것"[62] 같다는 식으로 예의 의복의 비유를 반복한다. 이는 ①의 "구두를 신고 갓을 쓴 듯한 창작도 번역도 아닌 작품"에 공명한다. ①의 "번역"이 '남의 것'을 가리킨다면, ②의 "역시(譯詩)"는 남의 것과 나의 것이 뒤죽박죽 된 상태를 가리킨다. 다소간의 의미 차이가 있으나, 양쪽 모두에서 '번역'이란 해소되어야 할 어떤 상태로서 설정된다. 이질적인 것을 "씹을 대로 씹어 잘 소화하여 조선식 사상을 만든 뒤에 조선옷을 입히는 것", 즉 '번역 = 창작' 혹은 '남의 것 = 창작'이 핵심과제가 되는 것이다. 애초에 그의 창작적 번역론의 전제가 되어주었던 것은 진정한 번역의 실현불가능성이었지만, 이 과정에서 '번역'은 그 자체로 '부자연스러운 모방'이라는 의미로 변경된다.

창작과 번역에 대한 그의 논의가 '정말로' 같은 대상을 다루는 듯 전개된다는 것은 역설적인 차원에서 의미심장하다. 표면적으로 김억은 번역을 창작 쪽으로 수렴시키고자 했다. 그러나 번역을 완전히 지우고 그 위에 창작을 덧씌우는 작업으로 나아가는 대신, 그는 빗금친 번역을

62　위의 글.

반복적으로 강조한다. 빗금 치는 행위는 그 행위의 대상을 무로 되돌리지 않는다. 그보다는 오히려 빗금 대상에 대한 매혹과 욕망을 현시한다. 실제로 번역에 대한 열망, 즉 타 언어 텍스트에 대한 욕망 없이 번역론을 지속적으로 문제 삼았다고 보기는 어려울 것이다. 그러나 여기서 문제는 그러한 욕망이 있다는 것이 아니라, 무엇이 그 욕망에 빗금을 치게 만드는가 하는 것이다. 가령 김진섭이나 이하윤이 번역의 사회적 필요성을 내세워 자신들의 번역 지향성을 정당화할 수 있었던 것과 달리, 김억의 경우 번역에 대한 욕망을 노출과 동시에 금지시키는 것은 무엇인가.

이 질문은 다시 김억의 문학적 뿌리라 할 수 있는 낭만주의 / 상징주의 이념으로 되돌아가도록 만든다. 그는 번역을 논하는 자리에서 거의 언제나 '역자(譯者)의 개성'을 강조했다. 중요한 것은 원텍스트의 보존이나 숭상을 가능케 하는 어학능력이 아니라, 그것을 다른 언어의 예술품으로 바꾸어내는 자의 '개성'이다. 즉 "예술이란 작자 개인의 내부적 생명의 감동을 표현"[63]하는 것이어서 자기의 개성에 충실하지 아니하면 안 된다는 문학 이념이 초자아로서 작동하고 있는 것이다. 이 초자아의 강력함이 '번역자'가 지닌 매개적 지위의 특수성을 애써 외면하도록 만든다.

조선 신시의 창작에 대한 김억의 논의들이 번역론과 상동적 구조를 이루는 것도 이러한 사정을 반영한다. 표면적으로는 번역론이 창작론을 닮아가는 것처럼 보이지만, 뒤집어놓은 거울상처럼 심층에서는 창

---

[63] 김안서, 「예술과 감상」, 『조선문단』 14, 1926.3, 4면.

작의 범주가 번역의 범주, 좀 더 범박한 표현을 쓰자면 '남의 것을 옮겨 오는 행위'의 자장 속에 부정의 형식으로 흡수된다. 그의 조선적 시가론은 많은 경우 '~이어야 한다'가 아니라 '~이지 않아야 한다'의 형태로 전개된다. 앞 절에서 지적했듯 조선 신시의 현상태를 비유하는 기이하고 우스꽝스러운 차림새는 '양복'의 제거로 해소될 수 있는 것이 아니다. "외래의 사상과 감정"은 삭제될 수 있는 것이 아니라 빗금 치는 것만이 가능하다. 욕망을 뒤따르는 욕망의 금지에 의해, 즉 '남'의 형식으로써만, 나의 개성과 조선민족의 개성이 상상 가능해진다. 1절에서 살핀바 주요한이 "사상과 정서의 독창"성을 위한 주문으로서 "개성"과 "조선사람된 개성"을 나란히 병치할 수밖에 없었던 것도 결국은 이러한 메커니즘에 근거한다고 할 수 있을 것이다.

속어문학의 기원에 '번역'이 놓여있다는 것은 이제 널리 알려진 사실이다. 유럽의 문학 장(場)에서 이 기원이 서서히 '망각'될 수 있었던 것과 달리, 신생의 문장어로 글을 써야 했던 식민지 조선의 문인 김억은 이 기원에 아무런 차폐막 없이 노출되어 있었다고 보아도 좋을 것이다. 그는 유럽 근대문학·예술 이념의 자장 안에서, 그 망각의 예를 좇아, 창조성과 개성을 강조하며 번역이라는 기원을 애써 '억압'하는 작업에 많은 열정을 쏟아 붓는다. 하지만 오히려 그의 강박적 열정이 드러내는 것은, 부인하고 있는 것의 승인, 즉 번역 없이는 한 발자국도 나아갈 수 없다는 사실이다. 남의 흔적을 드러내지 않는 진정한 조선시가(창작 = 남의 것), 이미 번역이라 할 수 없는 창조적 번역(남의 것 = 창작)을 강조하는 과정 속에서 거꾸로 그는 번역이라는 기원을 현시한다.

여기서 한 가지 더 주목되어야 할 점은 욕망의 대상과 욕망을 금지하는 초자아가 동일하다는 점이다. 애초에 욕망의 대상이 된 것은 바로 '서구의 근대문학'인데, 서구 근대문학은 개성과 창조성을 강조하는 이념으로서 오히려 그 욕망을 금지시킨다. 말하자면 욕망의 정도가 클수록 욕망을 금지하는 초자아의 명령도 그에 비례하여 강해지고, 반대로 자아의 운신 폭은 그만큼 좁아질 수밖에 없는 구조인 셈이다. 외적인 것에 대한 강한 욕망이 역설적으로 외적인 것 자체를 강하게 금지시킬 때, 가능한 유일한 길은 추상적이고 관념적인 방식으로 "언어의 순수", "조선의 순실성"을 추구하는 것이다. 김억의 문학적 결과물이 분량의 방대함에 비해 질적으로 빈곤하게 느껴진다면, 그것은 식민지 조선의 문학인을 가두고 있던 이 낭만주의·상징주의의 감옥을 고려하는 가운데에 이해되어야 한다. 이런 관점에서 김억은 근대 낭만주의가 그 본거지를 벗어난 다른 언어공동체의 문학인들에게 부과하는 욕망-금지의 메커니즘에 보다 철저하게 옥죄어져 있었다고 해도 좋을 것이다.

4) 에스페란토, 완전한 언어라는 가상

1_ '남의 것'을 빗금 치는 방식으로 전개되는 김억의 시론과 번역론은 어문민족주의적 사유와 보다 적극적이고 구체적으로 교섭하는 방향으로 나아가게 된다. 1928년 이후 그는 조선어와 어울릴 수 있는 시형(詩形)과 압운법을 여러모로 모색하기 시작하고, 어감과 음조의 면에서 조선어의 '순실성'이 담보된다고 생각되는 사례들을 나열해 간다. 나아가 "그 자신의 생명과 정신"을 지닌 언어를 "그 민족의 숙명"으로

규정하는 가운데, 일상적 대화에서도 "반더틈이 잡종어"의 척결을 요청하게 된다.[64] 1926년 가갸날 제정 이후 활발히 논의된 조선어문 정비의 문제와 관련되어 있는 것인 한편, 애초부터 김억 자신에게 내장되어 있던 생각이 구체적으로 발현되어 가는 과정이기도 하였을 것이다. 그렇다면 김억으로 하여금 '내적인 진정성', '조선적 순실성'만을 오롯이 추구하도록 추동한 그 빗금 쳐진 것, 즉 '남의 것' '번역'의 향방은 어떻게 되는가. 정신분석학이 우리에게 알려주었듯 억압·금지된 것은 사라지지 않는다. '남의 것'을 전유하고 싶은 그 금지된 갈망은, 조선이라는 세계 안에서는 어떤 식으로 충족될 수 있을까.

이 질문과 함께 에스페란티스토 김억에게 접근해 보기로 하자. 김억은 보통 시인·시론가로서 우리에게 익숙하지만, 시인·시론가였던 내내 에스페란티스토이기도 했다. 1916년 「Mia Koro(나의 마음)」라는 시를 『La Japana Esperantisto(일본 에스페란티스토)』에 발표한 이래 강좌 개최, 교재 제작, 연맹 설립, 에스페란토 작품 소개, 조선문학작품의 번역 등 조선에 에스페란토를 보급할 수 있는 거의 모든 일을 했다.[65] 에스페란티스토로서의 김억의 활동은 시인·시론가로서의 활동보다 결코 적지 않은 수준이다. 그런 점에서 그는 "국민과 민족 사이에 굳게 서 있는 언어라는 성벽"을 허물어줄 "절대중립"의 언어[66]를 현실화하기 위해 노력한 언어 코스모폴리탄이었다고도 할 수 있다.

---

64 김안서, 「언어의 순수를 위하여」, 『동아일보』, 1931.3.29~4.4.

65 김삼수, 『한국에스페란토운동사』, 숙명여대 출판부, 1976, 61~72면·125~151면 참조. 한편 에스페란토 문학과의 관련 속에서 시인 및 번역가로서의 김억에 접근한 대표적 경우로는 다음 논문이 있다. 김윤식, 「에스페란토 문학을 통해 본 김억의 역시(譯詩) 고(攷)」, 『국어교육』 14, 한국국어교육연구회, 1968.

66 김억, 「에스페란토에 대하여」, 『동아일보』, 1923.9.23.

그러니까 거칠게 말해 보자면, 그는 20년 이상 한결같이 언어민족주의자인 동시에 언어코스모폴리탄이었던 셈이다. 양쪽의 관점을 어떻게 평행적으로 유지할 수 있었는가 하는 문제는 생각만큼 간단하지 않다. 물론 신문학 초기인 1910년대 후반~1920년대 초, 조선의 문사 혹은 문사지망생들 중 에스페란토에 관심을 가진 것은 김억만이 아니었다. 창시자 자멘호프(Zamenhof)는 선언문을 통해 '종족 간 분열과 증오를 뛰어넘는 형제애'를 에스페란토의 내적 사상으로 기입해 두었고, 그 연장선상에서 동아시아의 아나키즘 그룹도 일찍부터 에스페란토를 언어적 힘의 불균형을 넘어서 국제적 연대를 가능하게 하는 인류 해방의 무기로 받아들였다.[67] 중국 체류 중이던 홍명희, 일본 유학생이던 황석우, 오상순, 김찬영 등도 이러한 자장 안에서 에스페란토를 접하게 되었던 것으로 보인다.[68] 에스페란토에 대한 김억의 소개와 논의도 일단 같은 지평 위에서 시작되는 것은 분명하다. 그는 "향토어를 억압시키고 자국어를 강력으로 사용시키는" "열강의 식민정책에 대한 저주를" 뛰어넘어 "모든 민족에 대하여 평등이며, 정치, 종교 및 인습에 대하여 절대적 중립"인 언어, "학습하기 쉽고 실용하기에 편의한" 언어를 통해(①), "모든 민족 또는 국민의 맘과 맘은 서로 충분한 이해의 왕래가 있"으리라는 기대를 표출한다(②).[69] 현재까지도 에스페란토의 기본정신

---

67 안종수, 『에스페란토, 아나키즘 그리고 평화』, 선인, 2006, 55~124면; 조세현, 「에스페란토와 중국 아나키즘 운동」, 『역사와경계』 63, 2007.6 참조.

68 김삼수, 앞의 책, 56·64면; 정우택, 「『근대사조』의 매체적 성격과 문예사상적 의의」, 『국제어문』 34, 2005; 소영현, 「아나키즘과 1920년대 문화지리학」, 『현대문학의 연구』 36, 2008; 박윤희, 「오상순의 문학과 사상―1920년대, 동아시아의 지적 교류」, 『문학사상』, 2009.8 참조.

69 김억이 에스페란토 및 에스페란토 문학 전반에 관해 쓴 글은 총 6편이다. 이하 인용의 경우 번호를 사용하기로 한다. ① : 김억, 「세계어 연구실」, 『학생계』 1, 1920.7, ② : 김

으로 통용되는 '1민족 2언어주의'를 김억은 충실하게 소개하고 있다.

그러나 근본취지와 당대적 의미에 대한 공감이, 김억으로 하여금 에스페란토와 관련된 논의 및 실천을 지속적으로 이어가게 한 직접적인 동력이었다고 보기는 다소 어려운 것 같다. 다른 문인·지식인들이 에스페란토에 반짝 관심을 보이다가 멀어진 후에도 김억만은 끝까지 에스페란티스토로 남아있었다. 왜 그랬을까? 더구나 에스페란토의 가능성을 탐색하는 그의 작업은 조선어의 민족적 가치를 역설하는 작업과 동시에 진행되었다. 그는 한쪽의 가치를 긍정적으로 열어놓은 상태에서 다른 한쪽의 가능성을 중점적으로 탐색한 것도 아니었고 한쪽에서 다른 쪽으로 활동 및 논의의 무게중심을 이동시킨 것도 아니었다. 그는 동시적으로 양쪽 모두에 정력적이었다. 이 문제에 보다 세심하게 접근하기 위해서는 '낡와 것'의 의미가 함께 고려되어야 한다.

2_ 1920년대 초반 김억은 에스페란토에 대한 전반적 소개를 목적으로 세 편의 글을 발표했다. 이어서 『개벽』(1922)과 『조선일보』(1924)에 독학용 강좌를 연재했다.[70] 그 이후 김억의 관심은 대체로 '에스페란토 문학' 쪽을 향해 간다.[71] 또한 에스페란토 전반을 다룬 「국제공통어에

억, 「국제공통어에 대하여」, 『개벽』 22, 1922.4, ③: 김억, 「에스페란토에 대하여」, 『동아일보』, 1923.9.23, ④: 김억, 「에스페란토와 문학」, 『동아일보』, 1925.3.16, ⑤: 김억, 「에스페란토 문학」, 『동아일보』, 1930.4.8~4.13, ⑥: 김억, 「에스페란토와 문학」, 『매일신보』, 1931.5.6~5.11.

70　에스페란토의 대중적 보급을 위한 김억의 활동에 대해서는 다음 글을 참조할 수 있다. 김삼수, 앞의 책, 62~72면.

71　작품번역과 소개는 1931년부터 본격화되었다. 소개는 『동아일보』와 『조선일보』를 통해 이루어졌다. 목록은 다음과 같다. 『동아일보』에는 『불가리아 문수집(文粹集)』(1931.3.16), 『폴란드 문수집』(1931.3.30), 『자멘호프의 일생(*Vivo de Zamenhof*)』(1931.4.16), 잔 포르쥐

대하여」(1922)에서도, "필자가 문예에 대하여 흥미를 가진 까닭"에 "문예 이외의 다른 방면에 대하여 자세한 보고를 하지 못하겠"다는 말로 자신의 한계를 분명히 밝혀 둔다. 에스페란토에 관련된 다른 논설들이 민족·지역·계급을 초월하는 평등한 '링구아 프랑카(lingua franca)'로서의 가치를 역설한 것과 비교해 볼 때 김억의 차별성은 보다 분명해진다.[72] 말하자면 김억의 경우 에스페란토에 대한 관심이 에스페란토 문학에 대한 관심으로 확장되었다기보다는, 문학에 대한 관심으로부터 에스페란토의 필요성을 인식하게 되었다고 보는 편이 적절해 보인다. 그리고 김억이 '문예적 입지'에서 에스페란토에 부여하는 의의는, 에스페란토 보편 이념과 다소간의 간극을 노정하게 된다.

일단 김억의 에스페란토 관련 논의가 일차적으로 "번역"과 관련하여 전개된다는 점에 주목할 필요가 있다. 그는 이 국제공용어에 "관용어법"이 없다는 점을 언제나 강조하는데, 이는 단순히 학습의 용이성 차원에서가 아니라 '번역 가능성'의 측면에서 접근된다. "자연어에는 그

(Jean Forge)의 『심연(*Abismoj*)』(1931.4.20), 프두스의 『애굽왕(*La Faraono*)』(1931.5.4), 율리오 바기(*Julio Bargy*)의 시집 『인생의 곁을 지나며(*Preter la vivo*)』(1931.11.9)와 소설집 『꼭둑각시여, 춤을 추라(*Danceu Marioneto*)』(1931.12.27), 『조선일보』에는 『스타마토프 단편집』(1932.2.4~8), 칼롯싸이(K. Kalocsay)의 시집 『골라진 금현(*Streĉita Kordo*)』(1932.3.6~8)이 소개되었다. 번역은 게오르기 보네브(헝가리)의 「임종」(『시종』 2, 1926.10)을 시작으로, 『삼천리』에 발루츠키(폴란드)의 희곡(1931.10), 벨리치코프(불가리아)·체르코프스키(불가리아)·칼롯싸이(헝가리)의 시 각각 1편 및 이반 바조프(Ivan Vazov, 불가리아)의 소설, 모르넬(헝가리)의 희곡, 리디아 자멘호프(폴란드)의 소설(1931.11), 율리오 바기의 소설(1932.1)을 실었다. 또한 『신동아』에 이반 바조프의 소설(1932.1), 게오르기 스타마토프의 소설(1932.9)을 번역하였다.

72 1923년 2월부터 1924년 12월까지 『동아일보』에는 에스페란토 고정란이 마련되었다. 김삼수, 앞의 책, 96~110면 참조. 그 외 「청년제군에게 에스페란토를 권함」(투고 생, 『동아일보』, 1920.6.24), 「언어의 국제화운동—바하이 교(敎)와 에스페란토」(『동아일보』, 1921.9.5), 「민족과 국제어」(장석태 역, 『동아일보』, 1931.2.21~26) 등이 그 필요성과 가치를 논한 글들인데, 논조는 비슷하게 유지된다.

나라와 민족의 풍습과 관습에 따라 관용용법이라는 것이 있어 외국문 이식에는 불가능한 점이 있"다. 이는 진정한 번역의 불가능성에 대한 핵심적 근거가 되었던 것이기도 하다. 반면 "에스페란토어는 절대중립인 것만큼 한 나라와 민족의 풍속과 관습 때문에 생기는 관용어법이라는 것이 있을 리가 없어 외국문 이식에는 그 류(類)가 없게 편의"하다(④). 김억은 5년 후 이러한 논지를 확장한 글을 또 다시 발표하는데(⑥), 여기서는 "외국문 이식"이 "문예품 이식"의 문제임을 보다 분명히 한다. 김억에게 에스페란토는 무엇보다도 '이식 가능성'을 높여주는 언어로 받아들여진다.

그런데 관용어법이 없다는 것(A)과 번역이 용이하다는 것(B) 사이의 관계는 좀 더 유의해서 살펴볼 필요가 있다. 김억은 에스페란토 문학을 얘기하면서 번역론을 먼저 말할 수밖에 없는 이유를 "에스페란토 문예품의 대부분은 이식품이기 때문"이라고 했다(⑤). 그리고 권위자의 말을 빌려 햄릿의 에스페란토 역이 세계 최고라는 것을 여러 차례 강조한다. 즉 사실적 차원에서 에스페란토 논의와 번역 논의를 엮어 주는 것은 '자연어 → 에스페란토'라는 방향성이다. 그러나 A가 B의 전제조건이 될 수 있는 것은 그 반대, '에스페란토 → 자연어'일 경우이다. 원본 텍스트를 에스페란토 작품으로 상정할 때에만, 관용어법이 없다는 언어적 특징이 번역을 위한 장점으로 작용할 수 있다. 가령 조선어를 에스페란토로 번역하는 경우라면, 조선식 관용어법의 삭제가 불가피해지기 때문에 A는 B의 전제조건이 될 수 없는 것이다. 그가 소개한 서양의 사례들과 달리, 에스페란토 텍스트는 김억의 논리 속에서 잠재적으로 '오리지널'의 지위를 차지하게 된다.

또한 김억은 번역의 문제와 관련하여 에스페란토의 장점을 인공어적 특수성, 즉 관용어법의 부재에서 찾는 한편으로, 자연어와의 본질적 유사성을 들어 그 문학어로서의 가치를 강조하기도 한다. "에스페란토어가 자연어와 같이 예술품을 낳을 만한 표현과 정신과 생명이 있을까" 하는 세간의 의심에 대해, 그는 "사상과 감정의 극히 세밀한 것까지 그려낼 수가 있는 에스페란토어는 표현과 음조와 리듬을 생명으로 아는 문학품을 이식 또는 창작함에는 가장 적합한 언어라고 하지 않을 수가 없"다고 답한다(④). 이 지점에서 동원되는 논거가 바로 어문민족주의의 연장선상에 있다는 데에 주목해야 한다. '요한복음'에서 말하듯 "언어는 하나님이요 또한 생명"이며, "언어란 하나도 우연히 된 것이 아니요 어떠한 것을 물론하고 그 민족의 생명과 정신을 거쳐서 생긴 것"이라는 데에서 그의 논의는 출발한다. 에스페란토도 이 범주를 벗어나지 않는 것으로 설명된다. 그것은 "인조어"라기보다는 "정리되지 못한 대로 이리저리 흐트러져 버린 자연어를 규칙 있게 정리해 놓은" 언어에 가까우며, "자연어를 정리해 놓은 것인 만큼 생명이 있고 정신이 있"는 언어다. 역설적으로 이러한 논리 전개 방식은 예의 번역 불가능성에 대한 논리로 귀착된다. "아무리 에스페란토어가 완미한 표현능(表現能)을 가졌다고는 하여도 그것이 그 자신의 생명이 있고 정신이 있는 이상에는 꼭 같은 물건을 두 개 제작할 수는 없으니," 번역작품도 "일개 독립한 예술품"으로 보아야 한다는 것이다(⑤). 뒤이어 소개되는 에스페란토 번역 작품, 즉 '자연어 → 에스페란토'인 텍스트들은 이러한 규정 속에서 '창작품의 가치'를 지닌 것으로 조명된다.

김억은 실로 에스페란토를 '세상에서 가장 뛰어난 언어'로 기술한다.

자연어의 "불편한 점은 모다 제거해 버리고 그 미점과 특색"만을 취했기에, 번역 측면에서 우월할 뿐만 아니라 "자연어가 표현할 수 없는 극히 세밀한 사상과 감정의 파동을 표현할 수"도 있다는 것이다(⑤). 이것이 어떻게 실현 가능할 수 있는지는 확실히 의문으로 남는다. 지역과 민족적 특성에 의해 생긴다는 자연어의 관용어법으로부터 자유로우면서도 동시에 그러한 자연어가 지닌 "미묘한 표현과 깊은 감동"을 오롯이 보존하고 있는 언어란 어떻게 존재 가능한 것인가. 김억이 그려낸 에스페란토의 이미지는 현실태적인 언어라기보다는 차라리 '이상적 언어상'에 가깝다. 앞에서 살핀바 황석우가 꿈꾼 '영어(靈語)의 재림'을 김억은 에스페란토에서 발견하고 싶었던 것일지 모른다.

3_ 여기서 중요한 것은 그가 '국제공통어'를 '이상적 언어'로 보는 오류를 범했다는 데에만 있는 것이 아니라, 그러한 오류를 노정시킨 메커니즘이 무엇인가를 찾는 일일 것이다. 일차적으로는 김억이 '유럽인의 눈'으로 이 문제에 접근하고 있다는 점을 지적할 수 있겠다. 에스페란토가 단순한 인조어가 아니라 "정리된 자연어"라 말할 수 있는 것은, 그것이 "구미 각국에 산재한 공통성을 가진 언어"에 기반해 있기 때문이다. 유럽이라는 범주 안에서 얻을 수 있는 타당성을 그는 그대로 일반화한다. 다만 그쪽의 조건과 조선의 조건이 다르다는 것을 그가 몰랐던 것이 아님은 분명하다. "구미 각국에 산재한 공통성"이라는 것을 보다 분명하게 하기 위해 그는 이를 곧바로 "조선과 중국과 일본에서 발견되는 한자와 같은 문자"에 비유한다(④). 이 비유가 가능한 것은, "정리된 자연어"라고 할 때의 그 '정리'의 대상에 조선이나 중국, 일본이 포함되

어 있지 않기 때문이다. 또 그는 에스페란토로 번역된 이백과 두보의 시집에 대해서도 언급하고 있다. 그 사실 자체는 반갑게 여기면서도 "엄밀하게 말하면 이백이나 두보의 영불역된 시를 에스페란토어로 또 다시 중역한 것인 만치 어째 그런지 서양도 동양도 아니라는 감을 금할 수가 없"다(⑤). 분명하게 의식되는 수준은 아니었을지라도, 유럽어족과 언어적 유사성을 지니지 않은 언어 텍스트들의 번역과 관계되는 경우 에스페란토 고유의 장점이 장점으로 기능할 수 없다는 점을 그는 이미 감지하고 있었다고 보아야 한다. 그러나 김억은 곧바로 이것을 에스페란토 자체가 지니는 한계가 아니라, "그것을 조리해 놓은 역자의 소질", 즉 개성의 문제로 돌린다. 이때 에스페란토가 로망스계 언어와 게르만계 언어를 기반으로 하여 만들어졌다는 사실에 대한 인식은 '억압'된다. 즉 에스페란토를 '이상적 언어'의 자리에 위치시키는 데에는, '유럽 언어로부터 정리된 언어'라는 사실에서 '유럽 언어'라는 사실을 삭제하고 '정리된 자연어'라는 점만을 부각시키는 작업이 일차적으로 개재된다.

이와 더불어 번역의 방향성 및 언어적 거리에 따라 '번역 가능성'과 '번역 불가능성'이 각각 다르게 적용된다는 점을 검토해야 한다. "조금도 역문(譯文)하기 어려운 것은 없"으면서(②) 동시에 번역 불가능한 언어적 고유함은 어떻게 동시적으로 획득될 수 있는가. 일단 김억의 논리 전개를 잠시 괄호 쳐 두고 가설을 제기해 본다면, 번역의 진행 방향에 따라 두 자질을 각각 달리 할당하여 그 봉합 가능성을 생각해 볼 수 있을 것이다. 먼저 훼손 없는 번역 가능성과 관련해서는 '에스페란토 → 자연어'의 방향을 염두에 둘 수 있다. 앞에서 잠시 언급했듯 에스페란토에 관용어법이 없다는 점에 대한 김억의 강조는 이러한 방향성 속에서 유의미해진다. 한편 번역 불가능한 언어적 고유함이라는 가치는 에스페란토가 '종착지'로 생각되는 지점에서, 즉 '자연어 → 에스페란토'의 방향이 고려되는 지점에서 강조될 수 있다. 번역의 문제에 초점을 두되 그 방향성에 대한 논의를 누락할 때, 에스페란토는 완벽한 언어의 '현실태'로 오인될 수 있는 가능성을 지닌다.

그러나 이 가설도 또한 김억의 논의에 그다지 쉽게 적용되지는 않는다. 그는 '자연어 → 에스페란토'를 염두에 두면서 훼손 없는 번역 가능성을 상찬하기도 하고 '에스페란토 → 자연어'의 문제를 다룰 때에 고유한 언어적 생명력을 강조하기도 한다. 위의 가설에는 좀 더 정교한 현실연관과 계기에 대한 검토가 보태어져야 한다.

먼저 번역의 방향성과 관련해서 볼 때, '자연어 → 에스페란토', '에스페란토 → 자연어'의 번역이 현실적으로 대칭적 쌍방향성을 이룰 수 없다는 점이 지적되어야 한다. 문화인류학적으로 '앎의 축적'을 위해 문화번역이 시도되는 경우를 제외한다면, 대부분의 현실적 번역은 번역될 대상을 전유하고 싶은 욕망에 의해 작동되면서 문명의 '중심부'에서 '주변부'로 흐른다. '조선시인'이라는 현실을 살고 있던 김억은 이 비대칭성의 한가운데에 있었다. "영불독과 같은 자연어의 힘을 빌지 아니하고라도 고전품 같은 것은 에스페란토어만으로도 넉넉히 감상할 수가 있"다는 기대(⑤), 즉 서구문명권의 문학작품을 전유하고 싶다는 욕망이 그로 하여금 에스페란토의 번역적 투명성을 강조하게끔 만든다. 말하자면 '자연어 → 에스페란토'가 문제될 때 이 자연어는 "영불독과 같은 자연어"이며, '에스페란토 → 자연어'가 문제될 때 이 자연어는 '조선어'가 된다. 간단히 아래와 같이 도식화시킬 수 있는데, ②의 경우는 실제로 번역이 얼마나 이루어졌는가에 한정되지 않고 '특정 자연어(조선어) 공동체의 감각과 사유의 틀 속에 다른 언어가 받아들여질 수 있는 가능성'까지를 포함시켜 볼 수 있을 것이다.

$$\underbrace{\text{자연어(유럽어)} \rightarrow \text{에스페란토어}}_{①} \rightarrow \underbrace{\text{자연어(조선어)}}_{②}$$

일단 에스페란토가 "미묘한 표현과 깊은 감동을 줄 만한 생명과 정신"이 살아 뛰노는 '또 다른 자연어'로 평가되는 것은 ①을 염두에 둔 논의에서이다. 그리고 훼손 없는 투명한 번역을 가능케 하는 절대 중립의 매개어로 자리매김하는 것은 ②의 맥락 속에서다. 단 ①에 대한 언급일지라도 ① 자체에 집중하지 않고 ②를 위한 전제로서 다루어지는 경우는 '원문 그대로'를 가능케 하는 매개어임이 강조된다. 가령 불가리아 작가 스타마토프의 에스페란토 번역단편집을 소개하면서 김억은 "이 식품인지라 그 원문이 얼만한 표현으로서의 평가를 가졌는지" 알 수 없지만, "에쓰어가 자연어보다는 훨씬 더 이식이 가능하다는 점으로 보아서 대개 원문의 표현이 얼마만한 정도의 것인지는 짐작"할 수 있고, "이러한 언어인지라 우리는 안심하고 이 역문에서 원문의 묘미를 엿볼 수가 있는 것"이라고 말한다.[73]

한편 ②는 문화번역의 차원에서 맥락화되는가,[74] 언어 간의 일대 일

---

[73] 김안서, 「불가리아 현대작가 스타마토프 단편집 (1)」, 『조선일보』, 1932.2.4.
[74] 김억이 '문화번역'이라는 층위를 의식적으로 사고한 것은 아니다. 그러나 그의 문학적 이력을 관통하는 주요의제였다고 할 수 있는 '창작적 번역론'은 일대 일 번역뿐 아니라

번역을 직접 문제 삼는가에 따라 다시 에스페란토에 상반된 가치를 부여한다. 서구근대문학의 수용과 관련된 넓은 의미의 문화번역이 문제될 경우, 관용어법이 없다는 에스페란토의 특성은 "모든 민족 또는 국민의 맘과 맘" 사이에 "충분한 이해의 왕래"를 보장케 하는 것으로 의미화된다. 에스페란토는 저쪽(유럽)의 세계를 훼손 없이 이쪽(조선)으로 번역해 주는 투명한 매개어다. 그러나 일대 일 번역의 문제를 건드려야 할 경우, 반대로 에스페란토 고유의 '아름다운' 표현력과 음조가 강조된다. 칼롯싸이(K. Kalocsay)의 에스페란토 창작 시집 『골라진 금현(Strêĉita Kordo)』을 소개하면서 그는 "자연어로는 그 흥미를 번역해 놓을 수가 절대로 없"어서 "이 시인의 시작을 자연어로 옮겨놓는다는 것은 한 개의 무모한 맹목에 지나지" 않는다고 말한다.[75] 그는 마치 어떤 자연어로도 번역 불가능한 듯이 말하지만, 실제로 이 맥락에서 고려되는 것은 '에스페란토→조선어'다. 이 앞에서 로망스 제어(諸語)에 뿌리를 둔 인공적 공용어와 아시아의 교착어 사이의 언어적 거리를 생각하지 않기는 어렵다. 전반적으로 ②는 에스페란토의 호혜평등과 상호소통의 가치를 강조하도록 하지만, 막상 '에스페란토→조선어'라는 좁은 의미의 실제적인 번역에 직면할 때 김억은 이 국제공용어에서 번역 불가능한 생명성이라는 가치를 부각시킨다.

요컨대 일방향적인 번역의 흐름 속에서 ①은 ②를 염두에 둔 것인가 아닌가에 따라, ②는 잠재적 번역인가 실제적 번역인가에 따라, '번역

타 언어문화 수용의 태도로서도 받아들여질 수 있다는 점에서, 문화번역의 차원에서 검토될 만한 충분한 가치가 있다고 생각된다.

75 김안서, 「시집 『골라진 금현(琴絃)』 (1)」, 『조선일보』, 1932.3.6.

상의 편이'라는 자질과 '번역 불가능한 고유성'이라는 자질이 각각 다르게 할당된다. 또한 실제적 번역에 있어서 호환 대상이 유럽어로 설정되는가 비유럽어로 설정되는가에 따라 에스페란토가 인공어로서 지니는 장점은 확연히 그 가능성을 달리한다. 조선어와 현실적 번역이라는 연관 속에 묶이게 될 때 에스페란토의 가치는 번역 상의 편이라는 측면에서 부각되기 어렵다. 이때 에스페란토의 가치를 높이기 위한 근거는 "번역해 놓을 수가 절대로 없"는 고유한 언어적 아름다움이 되어 버린다. 이러한 난맥 위에서, 그러나 동시에 이 난맥으로부터 시선을 돌림으로써, 에스페란토를 '완전한 언어'로 자리매김하려는 김억의 시도가 이루어진다.

위 도식의 테두리를 벗어나 번역의 방향성을 달리하는 '조선어 → 에스페란토'가 문제될 때 그가 애써 쌓아올린 에스페란토의 가치가 무의미해져버린다는 것은 이에 대한 한 증거라 할 수 있을 것이다. 그는 1930년 일본에서 발행되던 에스페란토 잡지 『*La Revuo Orienta*(동방평론)』에 현진건의 「피아노」, 전영택의 「사진」, 김동인의 「감자」를 번역해서 실은 바 있다.[76] 그는 이 작업이 "맨 처음에는 원문을 그대로 에쓰역 해 놓고 다음에는 같은 중첩된 말과 어구가 있으면 그것은 용서 없이 후려대"고 "표현으로 조선식인가 아닌가를 살펴보아서 조선식으로도 넉넉히 외인(外人)이 이해할 수가 있는 것이면 그대로 두고 그렇지 아니한 것이면 눈을 감고 깎아버"렸다고 말한다.[77] 얼핏 번역의 창작성

---

[76] 상세 서지는 김삼수, 앞의 책, 128~129면 참조. 「감자」의 일부는 『삼천리』 1936년 2월 호에도 번역・게재되었다.

[77] 김억, 「『현대조선단편집』 에쓰 역에 대하여」, 『삼천리』 6-9, 1934.9, 249면.

을 강조하는 말처럼 들리기도 하지만, 이때 에스페란토는 '원문 그대로'의 번역을 가능하게 하는 언어도 아니고, 그 말 자체의 아름다움을 살리기 위해 고심해야 하는 언어도 아니다. 그는 "구상과 목적"만은 원작과 다르지 않음을 강조한다. "습관과 감정이 다"른 외국인을 위해 어쩔 수 없었다고 하고, 또 그것을 이해 못할 바도 아니다. 그러나 어쨌건 이러한 번역-창작-문학이라고 한다면 그 자신이 경멸해 마지않았던 "언어란 표현의 수단에 지나지 않는다는 생각을 가진 이"들의 문학, "원기가 빠지고 남는 것은 설명밖에" 없는 "원문의 패러프레이즈"로서의 번역과 다를 바가 없어진다.[78] 더불어 그는 다른 약소국들처럼 세계문단에 조선을 합류시켜야 한다는 조바심을 여과 없이 드러낸다. "조선문예라는 것을 세계적으로 소개하기" 위해 문학 관련자들이 "에쓰어를 배워 이 말로 창작을 하였으면" 좋겠다는 바람도 표출한다.[79] '조선어→에스페란토'가 고려되는 자리에서, 에스페란토는 '약소문예의 일원'으로서 '세계'에 전시될 가능성을 높여주는 유용한 도구 이상도 이하도 아닌 것이 된다.

애초의 관심은 "모든 민족에 대하여 평등"인 언어라는 데에서 시작된 것이었을지 모르지만, 문학적 관점에서 에스페란토의 가치를 강조하면 할수록 그는 역설적으로 세계의 언어적·문화적 흐름이 힘과 권력 속에서 일방향적으로 흐른다는 사실을, 그리고 그 스스로도 이 흐름에 적극적으로 휩쓸려 있다는 사실을, 무의식적으로 승인하는 결과를

---

78 김안서, 「현시단」, 『동아일보』, 1926.1.14; 김안서, 「이식문제에 대한 관견―번역은 창작이다 (1)」, 『동아일보』, 1927.6.28.
79 김안서, 「에스페란토어 시가 (2)」, 『조선일보』, 1932.1.15.

낳는다. 에스페란토에 대한 김억의 끈질긴 관심과 노력이 노정하고 마는 착종된 논리는, '근대의 오리지널'인 서양문학에 대한 욕망이 욕망의 금지라는 우회로를 거쳐 형성하게 된 하나의 증상이라 할 수 있을지도 모른다.

5) '남의 것'이라는 독창성

무엇을 하건 무엇에 대한 이야기를 하건, 김억의 관심이 '자기의 독창성'으로 수렴되고 있다는 것을 다시금 강조할 필요가 있다. 사실 김억뿐 아니라 주요한을 비롯한 거개의 문인들이 그러했다. 민족을 환원 불가능한 원자 단위로 파악하는 관점 속에서 이들이 조선어 시에 주문한 "조선혼"이란 모방을 넘어서는 독창성을 의미하는 것이었다. 단 다른 이들이 '독창성'을 '민족성'으로 슬그머니 덮어두거나 대체하는 길을 택했다면, 김억의 경우는 한시도 '독창성'을 시야에서 놓치려 하지 않았다. 그가 번역론을 집요하게 이어가며 강조한 것도 독창성이었다. 그의 번역론은 그 자체로 목적적이라기보다는 차라리 창작론을 위한 방법론적인 성격을 강하게 띠는 것이었다. 번역은 빗금 쳐지기 위해서 존재하며, 독창성으로서의 '조선혼'은 그 빗금 위에서만 가능해진다. 그가 선호한 의복의 비유는 그의 시론들 역시 '조선혼'의 표상을 실체화하기보다 주로 비조선적 현 상태를 빗금 치는 방식으로 전개되고 있음을 선명하게 보여주는 것이었다. 김억의 시론과 번역론은 타(他)와 비타(非他)의 형식으로 전도된 근대적 주체화 과정을 진행형으로 드러낸다.

근대의 자국어문으로 글쓰기를 시작하게 된 작가·시인들 중 이 과정을 거치지 않은 사람은 거의 없을 것이다. 그러나 김억에게서 우리가 눈여겨보아야 하는 것은, 모방을 거부하고 번역의 흔적을 지우려는 그의 '빗금치기'가 역설적으로 모방과 번역에 대한 강한 열망을 누설하고 있다는 점이다. 최남선을 비롯한 소위 '국민문학파' 문인들이 '조선혼'의 자리를 시조, 민요 등의 실체로 메우려고 했을 때, 김억은 '남의 것'을 어떻게 만들어야 하는가에 골몰했다. 김억의 '조선혼' 논의가 관념적인 수준을 넘어서지 못한다는 그간의 비판적 평가는 이 지점과 관련된다. 한편 1920년대 후반 해외문학파 문인들이 '남의 것'이라는 기원을 당당하게 노출하며 오히려 그에 의해 기죽을 필요가 없음을 역설할 때, 김억은 이 기원을 부끄러워하고 부인하기 위해 애썼다. 이 과정에서 그의 번역론은 번역이라는 작업의 의미를 제대로 이해하지 못했다는 비판으로부터도 자유롭지 못하게 된다. 빗금치기를 넘어 흔적의 완벽한 삭제에 도달하지 못함으로써 그의 의도는 실패로 돌아간다. 그러나 이 실패는 모방과 번역에 대한 강한 열망, 그리고 그 열망조차도 억압하도록 강제하는 독창성이라는 초자아-감옥을 현시함으로써 모종의 진실을 드러낸다. 독창성이라는 감옥에 갇혀 도리어 창조적 깊이를 상실할 수밖에 없었던 제3세계 인간형을 김억만큼 분명하게 보여주는 예도 흔치 않을 것이다.

에스페란토는 아마도 조선인이라는 정체성을 지닌 김억이 '빗금치기'라는 부인 행위를 넘어 창조적 영역을 구상할 수 있게 하는 유일한 방편이었을지도 모른다. 에스페란토는 특정 민족-원자 단위에 귀속되지 않기에 '남의 것'이 되어야 할 필요도 없다. 이에 의해 서구 근대문학을 향한 열망을 삭제하지 않으면서도 '자기의 창조'를 가능케 하는 장소로 설정될 수 있다. 김억이 에스페란토를 편리하기 그지없는 동시에 창조적 생명력으로 충만한 '최고의 이상적 언어'로 그려내려 했던 데에는 이러한 심리적 정황이 깔려 있었던 게 아닐까. 물론 이는 에스페란토가 연관된 번역의 현실 역학을 애써 외면함으로써만 가능할 수 있는 것이었다. 그리고 애써 외면하기 위해 동원되는 그의 착종된 논리는 "모든 민족에 대하여 평등"이어야 할 언어에 대한 몰두가 실은 문명의 '위계'로부터 활력을 얻고 있음을, 그 위계 정점으로서의 '오리지널'을 향한 욕망을 대리체현하고 있음을 보여준다.

제3장

'내면성'과 '운율'의 봉합

1. 리듬이라는 난제, 불안의 아이러니

1_ 앞선 논의를 잠시 복기해 보자. 이 시대에 조선어로 시를 쓴다는 것은 무엇인가, 어때야 하는가. 이 질문과 대면한 조선의 문인들은 최소한 한 가지에는 동의했고, 동시에 그 한 가지 앞에서 머뭇거렸다. 바로 '리듬'이다.

현철은 "정열에는 이미 리듬[節奏]"이 있다고 했다. "시상(詩想)이 정에서 나오는 이상에는 율어의 형식이라고 하는 것이 결코 인위적이 아니요 내면의 필연적으로 생기는 것"이라고 했다. 그러나 이 명제를 그대로 밀고갈 수는 없었다. 그는 "고래의 시 형식" 쪽으로 돌아와야 했다.

주요한은 '운(韻)' 앞에서 난감해졌다. "작가의 자연스러운 리듬"에 맞추
어 시를 써야 하긴 했는데, '각운과 라임'에 대한 조선적 경험 없이 그래
도 되는지 불안해했다. 황석우는 '율(律)'이라는 것을 "기분의 織目[오리
메]"[1]로 정의하며 "영률(靈律)"이라는 조어를 썼다.[2] 머뭇거리지 않았던
그는 조선문단의 중심부에서 멀어져갔다. 반면 김억은 끈질기게 서성
이고 머뭇거렸다. 그는 "시가란 것은 어디까지든지 무엇보다도 감정을
생명 삼은 것"임을, "감정 그 자신 속에 이미 '리듬'이 내재"되어 있음을,
자유시란 고정된 형식의 구속을 떨치고 "시인의 복받쳐 나오는 감정의
내재 '리듬'"을 표백하는 것임을 역설했다.[3] 그러나 동시에 그는 빗금을
치고 '조선혼'과 '조선의 시형'에도 눈길을 돌려야 했다.

　요컨대 리듬이라는 난제. 좀 더 구체적으로는, 이 시대의 새로운 시
가 지녀야 할 리듬이라는 난제. 리듬이 발생하는 장소로 시인의 내면을
지정하는 바로 그 순간, 외적 형식으로 눈을 돌리게 되니 말이다. 김억
의 경우 이 문제는 '내재율'이라는 단어 주변에 침전된다. 그는 1920년
대 초부터 이미 이 단어를 심상한 일상어처럼 쓰고 있었다. "자유시의
특색은 모든 형식을 깨트리고 시인 자신의 내재율을 중요시하는 데 있
습니다."[4] 단 그의 글에서 '내재율'이라는 말이 빈번하게 출몰하는 것은
아이러니하게도 그가 '조선의 순실성'을 추구하는 가운데 "음절수의 정
형성"을 탐색하여 "격조시형"을 제안하게 되면서부터다. 「격조시형론

1　'직물의 결'을 뜻하는 일본어다.
2　상아탑, 「시화(詩話)─시의 초학자에게」, 『매일신보』, 1919.9.22.
3　김안서, 「작시법 (5)」, 『조선문단』 11, 1925.9, 77~78면.
4　김억, 「서문」, 『잃어진 진주』, 1924.2. 원고 말미에는 작성 시기를 '1922.1'로 표기하고
　　있다.

소고」에서 그는 "시인 그 자신의 내재율을 존중하자는 점에서 나는 자유시형을 중히" 본다고 말한다. 그러나 "자유시의 내재율은 실로 십인십색"이어서 "어떤 정도까지 진정한 의미로의 내재율"을 지니는지 알 수가 없다. "아무리 내재율을 존중하지 아니할 수 없다 하더라도 자유시형의 가장 무서운 위험은 산문과 혼동되기 쉬운 것"이다.[5] 당연히 있는 것이라고 믿었는데, 막상 유심히 살피니 보이지도 만져지지도 들리지도 않는 데서 오는 막막함. 김억은 그 스스로 "불안"하다고 했다. 이 불안 때문에 그는 자꾸 '내재율'이라는 말 주변을 배회하고, '내재율'을 대신해 "음률과 내용의 조화"를 기할 수 있는 '격조시형'을 탐색한다. 그러니까 문제는 바로 오래 응시하고 그 주위에서 머뭇거리게 만드는 '불안'이라고 해야 할지 모른다. 그 때문에 '남'에 빗금을 긋고 '번역'에 빗금을 긋고 나아가 '내재율'에도 빗금을 그으려 하지만, 빗금은 오히려 빗금 쳐진 것을 또렷이 부각시키는 쪽으로 작용한다.

실제로 리듬을 시의 전제로 의심 없이 받아들였던 만큼이나, 적어도 1930년대 초 조선에서는 자유시의 '내재율' 역시 자명하게 받아들여졌던 것 같다. 김억이 워낙에 '내재율'을 자주 언급한 탓인지 아닌지는 분명치 않다. 어쨌건 '내재율'은 전혀 생경할 것 없는 말로서 유통된다. 조벽암은 '내재율'에 대해 불안을 느끼는 김억의 "시대에 뒤떨어지는 소리"을 향하여 이렇게 일갈한다. "우러나오는 소리 우러나는 분만(憤懣) 우러나는 의리(義理) 우러나는 힘 열광! 이 모든 것을 그대로 적어놓으면 시가 될 것이다. 길게 쓰면 소설이 될 것이고 내재율에 맞추어 짧게

5　김억, 「격조시형론 소고 (2)~(3)」, 『동아일보』, 1930. 1. 17~18.

쓰면 시가 되는 것이다."[6] 김억은 이에 대해 "어중이떠중이 할 것 없이 모두 다 내재율이니 호흡율이니 하면서 되는대로 짤막짤막하게 찍어 놓으면 이것이 신시거니 하게 되었"다며 비웃었다.[7] 한편 '내재율'은 이제 운율 분류 속에서도 한 자리를 차지하게 된다. 가령 "조선시 운율은 평측법, 압운법, 음수율, 내재율 여러 가지 있는 가운데 어느 것이 기본 형식이 될까?"라는 질문.[8] 양주동 역시 '음수율'과 '내재율'을 같은 층위에서 다룬다. 시집 『조선의 맥박』(1932) 서문에서 그는 조선시 운율론에 대한 관심을 천명하는 가운데, 이 시집에 실린 시들을 "여러 가지 음수율을 배합하거나 병용"한 것과 "이른바 내재율에 치중하여 자유시를 시험한 것"으로 나누어 본다.

시인 자신의 감정과 기분을 반영하는 것으로서의 비물질적인 리듬. 그리고 이 리듬에 붙여진 '내재율'이라는 이름. 바야흐로 이것은 조선어 신시의 존재론에 대한 만연한 '불안'을 동력 삼아, 조선 문인들의 마음속에 각인되어가고 있었다고 해도 좋을 것 같다.

2_『조선의 맥박』 서문에서 자유시-내재율을 심상하게 대응시키기 약 8년 전, 양주동은 '리듬'을 집중적으로 다룬 글 한 편을 발표한 적이 있다. 1924년 1월 『금성』 3호에 실린 「시와 운율」. 한 달 전에 쓴 「시란 무엇인가」(『금성』 2, 1923.12)에서 "음률적 언어"를 "시의 가장 중요한 특징"으로 밝힌바, 여기서는 이제 그 '가장 중요한 특징'에 포커스를 맞춘

---

6 조벽암, 「김안서 씨의 정형시론에 대하여 (2)」, 『조선일보』, 1933.1.13.
7 김안서, 「오인의 오인―조벽암 씨에게」, 『조선일보』, 1933.1.26.
8 최영한, 「조선민요론」, 『동광』, 1932.5, 88면.

다. 실제적으로 이 텍스트는 조선에서 최초로 '리듬'에 골몰한 글인 동
시에, 김기진의 「시가의 음악적 방면」(『조선문단』 11, 1925.9)과 함께 식민
지 시기 유일하게 '자유시의 운율'에 집중한 글이기도 하다.

양주동은 운율을 크게 '형식운율'과 '내용운율'로 나눈다. '형식운율'
은 또 셋으로 나눠진다. 이른바 평측법, 압운법, 음수율. 그는 표면상
'형식운율'과 '내용운율'을 대등하게 다루고 있지만, 그의 진짜 관심이
어느 쪽에 있는지는 명백하다. "형식운율이 전습적, 형식적"이라면 "내
용운율은 개성적, 내용적"이다. "내용률은 곧 시인 그 사람의 호흡이요
생명"이다. 더불어 그는 "보통 우리가 리듬이라 할 때에는 물론 음수율
의 의미도 포함되는 것이지만, 그 주체는 이 내용률을 가리키"는 것이
라고 덧붙인다.

양주동의 판단을 따르자면, 그러니까 리듬의 다른 이름이 '내용률'인
셈이다. 그는 앞서 시 번역의 어려움을 토로하면서도 지나가듯 이런 생
각을 표출한 바 있다; "물론 소설이나 희곡 같은 것도 완전히 역(譯)한다
는 말은 거짓말이지만, '말'과 '소리'의 융합한 것 ── **리듬이라 할는지, 내재
율이라 할는지**(강조는 인용자) ── 을 근본의(根本義)로 삼는 시에 이르러는,
그것이 절대로 불가능이라 하여도 과언이 아니겠습니다."[9] 단 「시와 운
율」에서는 '내재율'보다 '내용율' 혹은 '내용운율'이라는 말이 주로 쓰임
으로써 '형식운율'과의 대비효과가 부각된다. '리듬'은 '형식'의 일부가
아니라 그와 대척적인 관계에 있다는 것. '리듬'은 차라리 '내용'의 층위
에 있다는 것. 양주동은 이 점을 강조하고 싶어 했다. 「시란 무엇인가」

---

9   양주동 역, 「근대불란서시초 (1)」, 『금성』 1, 1923.11, 15면.

에서 시와 산문의 문제를 다루며 지적한 것도 이 점이었다. 그는 "산문과 시의 구별은 근본적으로 그 형식에 있는 것이 아니요" "그 리듬에 있는 것을 잊어서는 안 될 것"이라고 역설한다.

단 그가 실례(實例)를 들어 '내용률'에 대해 좀 더 자세하게 설명하려 드는 순간, 그의 의도는 미묘하게 엇나가기 시작한다. 그는 자신의 시 한 편을 들어 "이 시의 내용률은 분노와 복수에 타는, 급박하고 격렬한 남성적 리듬"이라고 했다. 또 주요한의 시를 예로 들어 보이며 "고요한 평화로운, 여성적 리듬"이 있다고 했다. 여기서 "남성적 리듬", "여성적 리듬"이라는 말은 쉽게 '남성적 정조', '여성적 정조' 등으로 치환될 수 있다는 것을 일단 지적해 두자. 다음으로 그는 "조선시의 내용률"을 이루는 것으로 "어음(語音)과 어세(語勢)"를 들었다. '흰', '허연', '하얀' 같은 말은 뜻은 같아도 강도는 다르다는 것, '운다'와 '통곡하다'라는 말에서 매우 다른 "기분"이 느껴진다는 것, 그리고 "어세의 완급"이 시에 나타난다는 것 등을 그는 실례로 제시한다. 양주동은 이렇게 강조한다. "시상(詩想)과 맞는 내용률을 쓰려면, 우선 말의 소리부터 잘 생각하여 쓸 필요가 있습니다."

시를 시로 만드는 제1전제로 위치 지어졌던 '내용률'은 여기서 그 자리를 "말의 소리"에 넘겨주게 된다. "시인 그 사람의 호흡이요 생명"인 것이 가장 중요하나, 이 가장 중요한 것을 구현하기 위해서는 다시 또 말의 물질성, 시니피앙이 가장 중요해지는 순환논리가 만들어진다. 이때의 '내용률'은 이미 김억이 두려워했던 "십인십색"의 '내재율', 즉 개개인의 감정 속에 내재해 있는 것으로 여겨지는 리듬과는 다소 다르다. 출발은 그렇지 않았으나, 예시를 들어 '내용률'을 구체적으로 설명하려

드는 순간 양주동은 차라리 "음률과 내용의 조화"를 위해 "격조시형"을 탐색하던 김억의 길을 잠재적으로 먼저 걸은 셈이 된다.

이 글의 말미에서 그가 "내용률과 형식률의 조화"를 언급하게 되는 것도 그 때문이다. "자유시를 쓸지라도, 시상(詩想)이 형식률적으로-예(例)하면 7·5조적 기분으로 된 것은 물론 7·5조의 형식률을 쓰는 것이 당연"하다고 그는 덧붙인다. 여기까지 오면 '내용률'과 '형식률'은 얽히고설켜 정녕 대비되는 개념으로 쓰일 수 있는 것인가 의아해진다. 그는 '형식운율' 항목에서 음수율을 두고 "7·5조는 유창하고 온화하여 여성적 애달픈 맛"이 있고 "5·7조는 장중, 소박한 취(趣)"가, "5·5조는 적막한 비애"가, "6·4조는 애를 끊는 탄식"이 있다고 했다. 그렇다면 이런 '형식률'도 정서나 기분을 담지하고 있다는 점에서 일종의 '내용률'이랄 수 있는 게 아닌가 하는 의문이 드는 것이다.

이것이 단순히 '내재율'이냐 '내용률'이냐 하는 용어 선택과 관계된 것만은 아닌 것 같다. 문제는 구체적인 증거를 제시해 보려 할수록, 그 증거가 자꾸 반증의 방향 쪽으로 길을 튼다는 것이다. 그 길목이었을 「시와 운율」 끝부분에서 양주동은 "과학적으로 연구함보다, 시를 짓는 이나 읽는 이가 각자의 경험과 성찰"로서 직관적으로 운율에 접근해야 한다고 말했다. 그러나 8년이 지나 『조선의 맥박』 서문을 쓰면서는, 조선 신시의 "형식에 대한 학적 연구가 없기 때문에 지금껏 완전한 운율론 하나가 나타나지 않았다"는 점을 아쉬워한다. 자유시와 연동된 '내재율'은 그것대로 한켠에 괄호 쳐둔 채, 양주동은 '눈과 귀로' 실제 확인 가능한 운율 쪽으로 현저히 기울고 있다.

3_ 양주동은 「시와 운율」의 '형식운율' 부분에서 이와노 호메이[岩野泡鳴]를 거론하며 그가 분석한 일본시가의 '과학적' 운율 분석을 간단히 빌려오고 있다. 그러나 사실 양주동이 직접 참고한 글은 이와노 호메이의 운율론이 아니라 이케다 슌게츠[生田春月]의 『새로운 시의 작법(新しき詩の作り方)』(1918) 4장과 5장인 것이 거의 확실해 보인다.

이케다 슌게츠의 책 4장의 제목은 「운율 이야기(韻律の話)」, 5장의 제목은 「내용률 이야기(內容律の話)」이다. 형식운율의 세 가지인 '평측법, 압운법, 음수율', 그리고 '형식의 리듬'과 '내용의 리듬'이라는 분류, 양자의 내포를 축약적으로 밝히는 "전습(傳習)의 리듬", "개성의 리듬"이라는 표현, 어세의 완만함과 급함을 각각 물결선과 직선으로 표시하는 방법, '남성적 / 여성적'이라는 성별 할당 방식 등은 모두 이케다의 저서에 나오는 내용으로 양주동의 글에서 그대로 활용된다. 바이런(Byron)과 시마자키 도손[島崎藤村]의 시 인용, 일본시가 운율에 대한 이와노 호메이의 분석, 위에서 언급한 "7·5조는 유창하고 온화하여 여성적 애달픈 맛"이 있고 "5·7조는 장중, 소박한 취(趣)"가 있다는 식의 서술 역시 이케다의 책에서 가져온 것이며, 이케다가 "파조(破調)의 자유로운 시형"에 나타난 운율을 이름하여 "내용률(혹은 내재율, 심률)"이라 한 부분은 양주동에게서 "내용적 운율(혹은 내용률, 내재율, 심률)"로 거의 변형 없이 옮겨진다.[10]

이케다 슌게츠의 책은 황석우에 의해서도 참조되었던 것으로 추정된다.[11] 그는 '영률(靈律)'이라는 자신의 조어와 관련하여 일본 문학계의

---

10 生田春月, 『新しき詩の作り方』, 東京 : 新潮社, 1918(1926), 38~61면 참조.
11 이 책은 일본뿐 아니라 조선 및 중국시인들 사이에서도 널리 읽혔던 것으로 추정된다

논의를 참조했음을 밝히고 있다. "미토미 쿄요[三富朽葉], 고인(故人) 가토 가이슌[加藤介春], 후쿠시 코지로[福士幸次郎]의 자유시운동"과 함께 "내용율, 혹 내재율, 혹 내심률, 혹 내률, 심률"이라는 "율명(律名)"이 지어졌으며 이는 "자유율", "개성율"에 해당하는 것인즉슨, 이 모두를 포함할 수 있는 말로 황석우 자신은 "영률(靈律)"을 쓰겠다고 한 바 있다.[12]

그러니까 1930년 이후라면 '내재율'이라는 말이 조선 문인들의 입에 붙어버렸지만, 1920년을 전후해서는 아직 내재율, 내용률, 심률, 자유율 등의 이름 사이에서 떠돌던 그 리듬. 감정 그 자체의 분출로서의 리듬인지, 글자 수와 소리의 결을 잘 다스려서 감정을 말의 형식으로 구현한 리듬인지, 양쪽의 함의 사이에서 진동하고 있는 그 리듬. 최소한 확인 가능한 것만으로도, 그 뒤에는 이와노 호메이와 이케다 슌게츠가 있었다.

'음각분석'을 통해 일본시가 운율론의 초석을 다진 것으로 알려진 이와노 호메이의 『신체시 작법(新體詩の作法)』은 1907년에 나왔다. 이케다 슌게츠의 위 저서와 함께 다이쇼 시대 대표적인 시작법 책으로 거론되는 무로우 사이세이[室生犀星]의 『새로운 시와 그 작법(新しい詩とその作り方)』이 나온 것은 1918년이었다. 이 책들은 제목만으로는 엇비슷하게 '작시법'을 다룬 것처럼 보이지만, 10여 년을 사이에 두고 있어 실제로는 시를 대하는 패러다임이 근본적으로 다른 것들이었다.[13] 조선에서

(于耀明, 「生田春月の『新しき詩の作り方』と中國初期口語詩」, 『武庫川國文』 55~56, 武庫川女子大學國文學會, 2000.3; 2000.12).

12 황석우, 「조선시단의 발족과 자유시」, 『매일신보』, 1919.11.10.

13 竹本寬秋, 「「詩の作り方を教へることは出來ません」: 大正期「詩の作り方」が生成する「詩」概念についての一考察」, kader0d, Vol.6, 2011.9, 66~68면 참조. http://hdl.handle.net/2115/47864 (최종 검색일 : 2014.3.31)

는 같은 시간대에 뭉뚱그려지며 문인들을 괴롭힌, 다른 패러다임의 리듬 이념. 이를 둘러싼 문제들을 보다 정밀히 살피기 위해서는 양주동과 황석우가 참조한 책들을 포함하여 일본에서 있었던 논의들을 포괄적으로 둘러볼 필요가 있다. 자유시의 리듬을 두고 어떤 설왕설래가 있었으며, 그 향방은 어떠했는가. 그 리듬은 어쩌다가 술어적으로 설명되는 데에 그치지 않고 '내재율'이라는 고유한 이름을 얻게 된 것일까.

2. 제국일본의 '내( )률'론

1) 두 개의 분열된 욕망과 '내용률' – 이와노 호메이의 『신체시 작법』(1907)

1_ 일본에서 서구시의 운율론을 통해 7·5음의 형식을 되비추어 보게 되는 것은 대략 1890년대, 서구의 수사학와 미학이 이입되던 시기이자 7·5음의 신체시가 확립되어 가던 무렵이었다. 7·5음이 새로운 시 형식으로 '확립'되어 간다는 것은, 바꿔 말하면 7·5음을 일본시가의 규칙으로 받아들이는 '문학적 자의식'이 생겨난 것이라고도 할 수 있을 것이다. 최초의 '신체시'를 내놓은 이노우에 데츠치로[井上哲次郞], 도야마 마사카즈[外山正一], 야다베 료키치[矢田部良吉]의 『신체시초(新體詩抄)』(1882) 이전에도 7음 5음의 반복으로 '새로운 문명'을 노래하는 텍스트들이 이미 존재하긴 했다. 찬미가가 그러했고, 후쿠자와 유키치(福澤諭吉)의 『세

계의 나라들(世界國盡)』(1869)도 세계지리의 지식을 전달하기 위해 7 · 5음을 채용했다. 단 이 텍스트들의 경우, 7음 5음 4구의 절을 연속하는 이마요(今樣) 형식을 취한 것이라 해도, 계승에 대한, 혹은 형식 자체에 대한 자의식이 개재되어 있다고는 할 수 없었다.[14] 대한제국 시대 『대한매일신보』에 실린 4 · 4조의 '시사평론' 텍스트들이 재래의 가사 형식을 이어받았다고 해서, 의식적으로 가사의 장르적 전통을 계승했다고는 할 수 없는 것과 마찬가지다. 리듬이나 형식이 반성적 사유의 범주에 들어서기 위해서는 창작 과정 속에 규칙에 대한 '자의식'이 생기는 것을 기다려야 한다.

야마다 비묘(山田美妙)의 「일본운문론(日本韻文論)」(1890~1891)은 이 시기의 대표적 시가론으로서 서구의 운율학(prosody)을 따라 일본시가를 고찰한다. 서구의 리듬 규칙에 비해 아무래도 헐거워 보이는 7 · 5음, 5 · 7음의 기저에서 보다 작은 단위를 발견하려는 시도 역시 이 글에서부터 시작되어 다른 논자들의 관심을 불러일으켰다.[15] 이러한 기반 위에서 시마무라 호게츠(島村抱月)는 『신미사학(新美辭學)』(1902)이라는 영향력 있는 저서의 한 항을 할애하여 각국의 '율격'을 총괄적으로 체계화한다. 율격에는 세 가지 원리 및 종류가 있다. "평측법 / 운각법 / 조구법(造句法)" 혹은 "음성률 / 음위율 / 음수율". 일본시가에서 평측법(음성률)이나 운각법(음위율)은 "일정한 격(格)을 만드는 게 없다."(86) 일본시가의 율격은 모두 조구법(음수율)에 맡겨진다. 단 그는 여러 가설을 제

---

14 久松潛一, 「近代詩歌論集解說」, 『日本近代文學大系 59 : 近代詩歌論集』, 角川書店, 1973, 11~13면 참조.

15 위의 글 참조.

시하며 5음 7음의 문제를 미완의 연구과제로 열어둔다. 5음이나 7음은 "서양의 음보"에 상응하는 것은 아닌가. "5음을 2음과 3음으로" 나누고 "7음을 4음과 3음, 혹은 2음 두 개와 3음으로" 나누어 볼 수는 없는가. "음수"와 "음보"가 율격 원리로서 함께 작용하는 것은 아닐까. 이것들은 "심리작용과 밀접한 음률적 관계"가 있는 것은 아닐까.[16]

시마무라 호게츠가 던져놓은 미완의 과제가 본격적인 연구대상이 되는 것은 그로부터 몇 년 뒤, 당시 시인으로 활동하던 이와노 호메이[岩野泡鳴]에 의해서였다. 그는 「신비적 반수주의(神秘的半獸主義)」(1906)와 「자연주의적 표상시론(自然主義的表象詩論)」(1907)[17]이라는 센세이셔널한 평론을 통해 일종의 상징주의 예술론을 전개하는 동시에, 수년간의 리듬 연구를 집대성하고 체계화하여 『신체시 작법(新體詩の作法)』(1907)을 출간한다. 양주동이 「시와 운율」에서 언급한 이와노 호메이의 5·7조 분석은 바로 이 책에 나온다.[18]

『신체시 작법』은 음절수가 아닌 음각(音脚) 분석을 방법론으로 내세운다. 이와노 호메이는 7·5조, 5·7조 등으로 불리던 리듬 단위의 기저에서 2음, 3음, 4음의 음각(音脚)을 찾아낸다. 가령 5음절 구(句)는 2-3, 혹은 3-2의 음각으로 구성되고, 7음절 구의 경우는 2-2-3, 2-3-2, 3-2-2, 3-4, 4-3의 음각으로 구성된다는 식이다. "음각을 가르는 소휴지(smaller pause)가 있고, 이 음각이 몇 개 결합하여 5로 끊어지거나 6으로 끊어지거나, 7 또는 8로 끊어지는 것은 대휴지(greater pause)이다." 즉 리듬의 구

---

16 島村瀧太郎, 『新美辭學』, 東京 : 早稻田大學出版部, 1902, 300~308면.
17 이와노 호메이는 'symbol'을 '표상(表象)'으로 번역한다. 다른 문헌에서 나타나는 '표상시', '표상파', '표상주의' 역시 마찬가지다.
18 양주동, 「시와 운율」, 『금성』 3, 1924.1, 32면.

성은 음각에 기초한 소휴지와 대휴지의 결합방식에 있다. 그 결합방식
이 어떤가에 따라 시가는 "몽롱회삽(朦朧晦澁)"하기도 하고 "명확장대(明
確莊大)"하기도 하고 혹은 "명미현묘(明媚玄妙)"해지기도 한다.[19]

이러한 이론적 구상을 토대로 그는 『고사기(古事記)』와 『만엽집(萬葉
集)』의 시가에서부터 근세의 다양한 속요 및 인형악극 죠루리[淨瑠璃]의
인물별 대사에 이르기까지 방대한 자료를 수합하여 118개의 음각 형식
을 추출한다. 그리고 이를 분석한 통계치의 의미를 세세히 예를 들어가
며 설명하는 동시에 시대별 변천을 살핀다. 가령 7·5조의 하나인 4·3
-3·2조는 "고풍스런 코우타[小謠] 및 비장한 비와우타[琵琶歌]에 가장 많
고, 평명염려(平明艶麗)한 하우타[端唄], 나가우타[長唄]" 등에서 가장 적다.
말하자면 "장중하거나 전단적(專斷的)인 경향이 있다." 반면 4·3-2·3
조는 "여성적인 하우타(端唄) 및 비애의 분자가 많은 비와우타(琵琶歌)에
서 가장 유행"한다(47). 변천과 관련해 보면, 7·5조는 고시가에서는 아
주 드물게 나타나다가 후대로 갈수록 점점 늘어난다(41). 공시적 분포와
통시적 변천을 통계적으로 아울러 일본시가 리듬에 총체성(totality)을 부
여하는 것. 나아가 역사적 두께를 지닌 일반시학의 반열에 일본시가를
올리는 것. 이와노 호메이의 지향점은 여기에 있었던 듯하다.

여기서 일단 주목되는 것 중의 하나는, 일본 '고유'의 정교한 운율론
을 체계화하려는 이와노 호메이의 구상이 일종의 공백 메우기로서 이
루어지고 있다는 점이다. 19세기 후반 근대적 문학 개념의 도입과 함께
詩-poetry의 대응 관계가 형성될 때 그 공분모가 되어준 것은 물론 운

---

19 岩野泡鳴, 『新體詩の作法』, 修文館, 1907(『岩野泡鳴全集』11, 臨川書店, 1996, 33면에서
    인용). 페이지는 본문에 괄호로 묶어 밝히기로 한다.

(韻)과 율(律)이었다. 중국 시, 영미 시, 독일 시, 프랑스 시, 인도 시 등의 원리가 의식의 범위 안으로 들어왔고, '음수율' 혹은 '자수율'이 일본시가의 리듬으로 구상되었다. 그러나 이 구상과 함께 또한 눈에 들어온 것은 일본시가 리듬의 초라함이었다. 왜 다른 나라의 시가들은 섬세하고 복잡한 규칙이 있는데, 우리에게는 7음 5음이라는 거칠고 투박한 규칙밖에 없는가. 일본시가의 리듬은 '예외'로서만 리듬일 수 있었고, 그렇기 때문에 리듬 원리를 공백으로 둔 채 리듬의 '바깥'에 있는 것이기도 했다. 이와노 호메이의 기획은 이 결핍감을 겨냥하고 있다. "구주통(歐洲通)은 서구시의 음세(音勢)에만 눈이 어두워 **이 점**을 깨닫지 못하기 때문에 신체시 등에 대해서도 여하튼 단조롭다는 논의를 쉬이 펴고, 또 그에 뇌동(雷同)하는 전문가도 나오는 것이다."(강조는 인용자, 31)

그가 말하는 "이 점"은, 'foot'을 '음각(音脚)'으로 번역·전유하여 서구시(특히 영시)와 일본시의 리듬을 매치시키는 작업을 통해 발견된다. 어떤 언어로 된 시이든지 리듬의 기초는 '음각'이되, 다만 음각을 구성하는 방식이 다르다. 영어나 독일어 시가 '음세(音勢)' 혹은 '악센트'를 통해 약강 격, 강약 격, 강약약 격 등으로 하나의 '각(脚)'을 구성한다면, 일본어 시는 2음, 3음, 4음의 '음시(音時)' 혹은 '음량(音量)'으로 하나의 '각'을 구성한다. 그는 감바라 아리아케[蒲原有明]의 애가조에 대한 음각 분석에서 테니슨의 시 한 구절을 함께 살피며 "우리 시의 음시적 분각법과 영시의 음세적 분각법"이 "동일한 효과를 나타낼 수 있"음(35)을 증명하고자 한다. 요컨대 음절수 대신 음각(音脚)을 일본시가의 리듬 단위로 부각시키는 이와노 호메이의 작업은, 서구시와 일본시의 리듬 원리를 '대등'하게 조정하려는 구상 속에서 이루어지고 있다고 할 수 있다.

그러나 문제는 유사성을 정립하는 것으로 끝나지 않는다. '음세', 즉 액센트가 강약의 반복과 변주를 통해 음각을 이룬다면, '음시(音時)' 혹은 '음량(音量)'이 음각을 구성하는 원리는 무엇인가. 이 문제와 관련하여 그는 한 해 전 『신비적 반수주의』에서 강조해 두었던 것을 다시 한 번 반복한다. "음세(音勢)로 진행하는 것은 음량을 주로 하는 것보다 신체의 율적 활동을 따르는 것이 절실하고, 음량을 주로 하는 것은 음세로 진행하는 것보다 표정적 절주(節奏)를 이용할 여지가 많다."(30) 다소 거칠게 해석하자면, 음세(音勢)는 '외부'로부터, 음량은 '내부'로부터 음각을 구성한다. 이러한 관점이, 음각 구성의 양적 통계치의 의미를 "장중", "우미(優美)", "건강" 등의 형용어를 통해 설명하려는 시도를 낳는다. 죠루리[淨瑠璃]의 캐릭터 별 대사가 끊임없이 근거로 제시되는 것도 이러한 까닭일 것이다. 인물의 성별과 성격이 설명을 보다 용이하게 해줄 수 있기 때문이다.

이 지점에서 과학적 정밀성을 지향하는 이와노 호메이의 운율론은 『신비적 반수주의』와 『자연주의적 표상시론』을 관통하는 '찰나적 생명의 발현으로서의 예술론' 쪽으로 이어진다.[20] 그는 이렇게 말한다. "음각배합과 그 변화의 이(理)는 미묘정확하게 심리적 과학과 그 치(致)를 하나로 하고 있는 것이니, 호메이의 소위 심리적 시가란 그것이 자각환발(自覺換發)을 근저로 한 위에서 내용의 자유분출을 실현한 것이다."(45) 그가 서문에서 "구조(口調), 음각, 내용률의 문제"(4)을 다루겠다고 밝힌 것은 이러한 맥락 속에 있다. 현재까지 조사한 바에 따르면 '내

---

20 이를 둘러싼 이와노 호메이의 시론(詩論) 전반에 대해서는 다음 논문을 참고하였다.
松原勉, 「岩野泡鳴の詩論」, 『日本文藝研究』 15-3, 關西學院大學日本文學會, 1963.9.

용률'이라는 단어는 여기서 처음 등장한다. '내용률'에 대해 더 이상 별도의 설명을 하지는 않지만, "형상일치(形想一致), 육령불이(肉靈不二)의 시경(詩境)"의 상태로 옮겨간 "미묘한 내용적 음률"(117)은 이 책에서 이상적 예술의 최고 경지로 간주된다.

2_ 과학적 체계화를 지향하는 운율론이 어떻게 "내용의 자유분출"을 중요시하는 시론(詩論)을 정당화할 수 있는가. 이와 관련된 한계는 이미 지적된 바 있거니와,[21] 사후적 관점에서 이와노 호메이의 저술이 노정하는 모순과 문제점을 잡아내는 것은 크게 어려운 일이 아니다. 다만 지금 우리에게 보다 유의미한 것은, 이 모순들을 포함하지 않을 수 없게 만든 복합적 욕망을 살피는 일일 것이다.

일단 책의 제목부터 문제적이라는 점을 짚고 갈 필요가 있다. 『신체시 작법』이란 제목은 창작론을 기대하게 한다. 그러나 위에서 언급했듯 이 책은 대부분의 분량을 일본시가 운율 분석에 할애하고 있다. 말하자면 '운율 연구서'이다.[22] 1장 「시의 분류」를 포함하여 넓게 보더라도 '시문학 개론'의 범위를 넘어선다고는 볼 수 없다. 즉 책의 내용은 과거의 총량을 학적으로 체계화하고 있는데, 책의 제목은 미래적 실천을 지향하고 있는 것이다.

이 분열은 비단 내용과 제목 사이에서만 나타나는 것이 아니라 이 책 전체를 관통하는 것이기도 하다. 일본시의 리듬 규칙을 구상하는 과정

---

21 위의 글, 54~55면.
22 실제로 이 책은 1915년 증보 작업을 거쳐 「일본음률의 연구」라는 제목하에 학위청구 논문으로 제출되었다. 위의 글, 55면 참조.

속에서 통계적 정확성이 지향된다면, 추구해야 할 예술적 가치로서는 극단적 주관성이 강조된다. 전자의 기획 속에서 그는 서구시의 리듬 체계에 등가적으로 대응될 수 있는 일본 '고유'의 리듬을 체계화하려 하고, 후자의 기획 속에서는 말라르메, 베를렌느, 휘트먼, 입센, 메테를링크 등에 의해 실천된 모던 예술의 세계, 혹은 상징주의 문학의 대열에 동참하려고 한다. 그러나 이와노 호메이는 이 두 가지 기획이 서로를 밀어내며 분열의 양상을 가시화하도록 내버려두지 않는다. 그는 '우리 고유의 리듬 체계'에 대한 철저한 앎이 현대성, 혹은 첨단의 예술적 가능성을 담보해 주리라 역설하는 것으로 두 욕망의 통합을 시도한다. 그동안 일본시가는 7음 5음 식의 글자 수에만 신경 썼을 뿐 "근대적 예술에 필요한 자각적 노력이 조금도 보이지 않았다."(31) "각종 음률의 특성과 문제"에 대해, "근대적 대시인이려는 이상 그것을 하나하나 분간하지 않는다면, 완전히 신뢰할 만한 훌륭한 시는 도저히 불가능하다."(45) 베를렌느의 예술적 성취 역시 "이 음률의 힘을 자각했기 때문이"며, "신리듬 즉 신음률"이 있는가 없는가가 "자연주의적 표상시"의 필요조건이 된다(46).

또 한편 역으로, 그는 자신이 추구하는 문예적 관점과 그 관점을 통해 명명한 "자연주의적 표상시"를 '유행'이나 '모방'으로부터 구제하여 '보편성'의 자리에 올려놓고자 한다. "소위 내가 말하는 자연주의적 표상시" 혹은 "사이콜로지컬 포에트리(심리적 시가)"는 "반드시 불란서의 심볼리즘에서 배울 수 있는 것이 아니라 다만 우리나라의 고대 신들의 생활을 지금 우리가 실행하는 것이다."[23] 그는 이런 점을 특별히 부각시켜 「일본 고대사상에서 근대의 표상주의를 논하다(日本古代思想より近

代の表象主義を論ず)」(『와세다문학』, 1907.4)라는 제목의 글을 발표하기도 한다. 맹아적인 상태로나마 그는 근대성의 실천이라는 과제를 일본적 보편성에 겹쳐 놓는다. '음량'에 기초한 일본시가의 리듬이 악센트를 통해 구성되는 리듬보다 "표정적 절주(節奏)를 이용할 여지가 많다"(30)는 언급도 이와 맥락을 함께 한다. 이때 일본시가는 본질적으로 내면과 주관에 충실하여 '이미 상징주의적인' 것으로 의미지어진다.

요컨대 서구에 대해 대등한 대타적 지위를 정립하려는 욕망과 서구에서 시발된 문예 흐름 속에 하나가 되고 싶은 욕망. 이 두 가지 욕망의 통합을 위해, 전자를 방법으로 후자를 목적으로 삼는 하나의 방식과 전자를 목적으로 후자를 방법으로 삼는 또 하나의 방식. 두 가지의 분열된 욕망과 이 분열을 통합하려는 두 가지 방식. 서문에 무심히 던져진 "내용률"이라는 단어에는 이 욕망들 및 이에 대처하는 방법론들이 총체적으로 응축되어 있다.

3_ 단 『신체시 작법』에는 이러한 문제들이 모호한 상태로 묻혀 있다. 이 책이 출간된 것은 1907년 12월. 그 무렵까지 일본시단의 중심에 있었던 것은 도이 반스이[土井晩翠], 스스키다 규킨[薄田泣菫], 감바라 아리아케[蒲原有明] 등의 문어 정형시였고, 이와노 호메이의 기획은 일차적으로 이 정형성에 정밀함을 더할 수 있는 리듬 연구에 집중되어 있다. 『신체시초(新體詩抄)』(1882) 이래 일상의 구어로 현대적 삶을 노래해야 한다는 논의가 간간히 이어져 왔지만, 실제의 창작에서는 구어와 산문

---

23 岩野泡鳴, 「自然主義的表象詩論」, 『帝國文學』, 1907.4(『日本近代文學大系 59—近代詩歌論』, 角川書店, 1974, 102면에서 인용).

성의 문제가 아직까지 크게 문제시되지 않던 때였다. 말하자면 리듬의 학적 체계화 작업과 근대 예술의 지향점이 어떤 관계에 있는지, 이를 의식화할 만한 적극적 계기는 마련되지 않은 시기였다고도 할 수 있을 것이다.

그러나 『신체시 작법』이 나오던 그 해 후반 무렵부터 일본 시단에는 바야흐로 새로운 경향이 등장한다. 1907년 9월 구어자유시의 최초 작품이라 일컬어지는 가와지 류코[川路柳虹]의 「쓰레기통[塵溜]」이 발표되고, 이후 언문일치체 혹은 구어체를 강조하는 구어자유시 논의들이 본격화되기 시작한다.[24] 소마 교후[相馬御風]가 연이어 발표한 「스스로를 기만하는 시계(自ら欺ける詩界)」(1908.2)와 「시계의 근본적 혁신(詩界の根本的革新)」은 이 시기의 대표적 논의로 일컬어지는데, 그는 이 글들에서 "시계(詩界)에서의 자연주의"를 주장하며 일체의 형식적 제약, 나아가 이제까지의 신체시 역사 전체를 파괴할 것을 제안한다. "참된 시"는 "안으로부터 끓어 넘쳐서 바깥에 형태를 이룬다." 그러나 "우리나라의 소위 신체시는 그 기원에서 이미 바깥으로부터 안을 둘러싸는 병근(病根)을 빚어내고 있다." 소마 교후는 내용과 형식이 일치해야 한다거나 영육일치가 시 속에서도 이루어져야 한다는 식의 온건한 논법을 경유하지 않고, 내용 혹은 내면의 우선성을 확고하게 밀고나간다. 중요한 것은 "적나라한 마음의 외침으로 돌아가는 것", "순정한 자기중심의 외침을 그대로 발표하는 것"이다. 이를 위해서는 첫째로 일상의 구어를 사용함으로써 기존의 "아언(雅言)"을 파괴해야 하며, 둘째로 기존의 "외박

24　구어자유시 운동이 시작되던 무렵의 일본시단에 대해서는 羽生康二, 『口語自由詩の形成』, 東京 : 雄山閣出版, 1989, 69~87면 참조.

적(外迫的)인" 리듬을 파괴해야 하며, 셋째로 행과 연의 제약을 파괴해야 한다.[25]

구어자유시와 관련된 논점은 크게 용어상의 현대성 및 일상성 확보, 그리고 재래의 정형성 탈피로 모아졌다. 이 중 전자는 비교적 무리 없이 시단의 주요과제로 수용될 수 있었지만, 후자는 쉽게 해소되기 어려운 상당한 난점을 포함하는 문제였다. 기존의 리듬을 버린다면, 시는 왜 시이며 산문과는 어떻게 다른가. 이 아포리아의 해결을 위해 던져진 구체적 질문들은 다음과 같은 것이었다. "산문시"를 어떻게 정의할 것인가. 재래의 외적 규칙성 없이 리듬은 어떻게 리듬일 수 있는가. 이러한 질문들에 대한 응답으로서, 『신체시의 작법』과 『자연주의적 표상시론』 안에 느슨하게 공존하던 이와노 호메이의 두 가지 기획은 보다 분명한 관계 설정이 필요해지고 있었다.

'구어시' 혹은 '산문시'가 문제로 떠오르던 초반, 그러니까 1908년 무렵까지는 '주관의 리듬'을 강조하는 방향으로 논의가 수렴되는 편이었다. 자연주의 문예운동의 일선에 섰던 시마무라 호게츠[島村抱月]는 시도 산문과 마찬가지로 "살아있는 현대의 말들"로 "언문일치"를 이루어야 한다는 관점하에[26] "랭귀지 미터"와 "쏘트 미터"를 구분한다. "언어형식에 정확히 제한을 두지 않더라도 그때그때의 정조에는 또한 그때그때 저절로 된 리듬이 수반되기 마련"이니 이것이 바로 "쏘트 미터 즉 사상 상의 절주(節奏)" 혹은 "자연적 율격"이다.[27] 구어자유시론의 대표

---

25 相馬御風, 「詩界の根本的革新」, 『早稲田文學』, 1908.3(『日本近代文學大系 59 ─ 近代詩歌論』, 角川書店, 1974, 142~145면에서 인용).

26 島村抱月, 「現代の詩」, 『詩人』 6, 1907.11(人見円吉 編, 『日本近代詩論の研究』, 角川書店, 1972, 332면에서 인용).

적 논객 중 하나였던 핫토리 요시카(服部嘉香)는 이와노 호메이의 자연주의적 표상시론을 그대로 수용하면서 주관적 찰나를 "입체적으로 묘사하면 거기에 주관의 리듬이 떠오"름을 강조한다.[28] 이와노 호메이 역시 일단은 같은 방향에서 '산문시'와 '음률'의 관계에 대한 논의에 동참한다. 구어자유시론이 본격화되기 전부터 이미 먼저 "미묘한 내용적 음률"을 언급한 바 있거니와, 이 논자들 모두 자연주의 혹은 상징주의라는 같은 토양으로부터 자신의 문학론을 키워나갔기 때문이기도 하겠다. '산문시'란 "무율(無律)"이 아니라 "시의 내용 그 자체를 직접 무형률로 노래하는 것"이다. "그 율은 유형률 같은 속박이 없이, 시인의 개성 혹은 사상을 동기(動機)로 하여 직접 나타"낸다.[29]

그러나 이와노 호메이는 시마무라 호게츠나 핫토리 요시카 등과 완전히 논의의 궤를 함께 할 수는 없었다. 근 5년 이상 지속되어 『신체시작법』에 집대성된 리듬 연구는 그의 주요한 업적 중 하나였다. 이 성과를 인정하면서, 무작정 재래의 율격을 부정하는 방향으로 나아갈 수는 없는 것이다. 위에 언급한 「산문시 문제」(1908.12)에도 이 문제를 고심한 흔적이 엿보인다. "구어적 산문시만을 시라고 하는 교후(御風) 씨 일파의 생각은, 내용을 중시한다면서도 실은 아직 외형에 포니(抱泥)된 해석과 방법인 듯하다." 그는 "유형률"과 "무형률"이라는 구분 외에 "내용

27　島村抱月, 「口語詩問題」, 『讀賣新聞』, 1908.11.20~21(『抱月全集』, 天佑社, 1919, 403~404면에서 인용).

28　服部嘉香, 「詩歌の主觀的權威」, 『早稻田文學』 36, 1908.11, 40면.

29　岩野泡鳴, 「散文詩問題」, 『讀賣新聞』, 1908.12.6(人見円吉 編, 『日本近代詩論の研究』, 角川書店, 1972, 371면에서 인용). 이 글은 「산문시라는 이름의 뜻과 동기율(散文詩の名義と動機律)」이라는 소제목으로 단행본 『찰나철학의 건설(刹那哲學の建設)』(1920)에 재수록되었다.

률” 혹은 리델(Liddel)로부터 아이디어를 얻은 “사상동기율”[30]이라는 개념을 별도로 사용한다. 여기서 ‘무형률’이 ‘내용률 / 사상동기율’과 맺는 관계는 다소 애매하다. “일정한 유형률이 일정한 교호조(交互調)가 되고, 자유로운 혼합조(混合調)가 되고, 나아가 완전히 율의 형태를 몰각하여 산문적으로 되면, 그 몰각률(沒却律)이 시인의 개성 또는 사상의 동기가 되어 나타난다”고 할 때, 여기서 ‘무형률’과 ‘사상동기율’은 거의 같은 의미를 지닌다. 그러나 그는 한편 리델의 셰익스피어 분석을 인용하며 ‘사상동기율’은 ‘유형률’에서도 나타난다고 설명한다. ‘사상동기율’은 ‘무형률’을 지칭하는 다른 이름인가, 아니면 ‘유형률–무형률’과는 층위를 달리하는 개념인가.

이 애매함은 ‘산문시’와 『신체시 작법』 사이에 관계를 설정하는 데에서도 나타난다. 그는 자신의 “『신체시 작법』이 유형률에 대해 자각이 없던 많은 시인들을 각성케 했고, 그것이 이렇게 단박에 도약하여 산문시로 향하게 했”다며 자부심을 보였다. 여기서 ‘유형률에 대한 자각’과 ‘무형률의 산문시’는 선후관계를 형성한다. ‘무형률의 산문시’가 지향점이고, ‘유형률에 대한 자각’은 그에 도달하기 위한 매개가 된다. 그러나 그는 또 한편 “5음의 구, 7음의 구, 그 외의 구를 다시금 세밀하게 살아있는 리듬으로 새겨 보”는 자신의 작업 속에서 “언어, 시가 및 시인의 생명, 즉 내용률이 비로소 발견”되리라고 말한다. 이 문장 속에서 ‘유형

---

30 이와노 호메이가 여러 차례에 걸쳐 언급하는 『영시의 과학적 연구 서론(英詩の科學的研究序論)』의 원 서지는 다음과 같다. Mark Harvey Liddel, *An Introduction to the scientific study of English poetry : being prolegomena to a science of English prosody*, New York : Doubleday, Page & Company, 1902. 단 이 책에는 ‘thought-moment’, ‘thought-moment structure’라는 말이 사용될 뿐 “사상동기율”에 정확하게 대응될 만한 말은 쓰이지 않았다.

률에 대한 자각'은 그 자체로 '내용률의 발견'이 된다. 이때 '유형률'과 '내용률'은 선후관계를 형성하는 것이 아니라 동시적으로 존재하는 것이 된다. 이 애매함을 정돈하여 그가 '유형률', '무형률', '내용률' 사이에 보다 선명한 관계 설정을 시도하게 되는 것은, 핫토리 요시카[服部嘉香]와의 대화관계 혹은 논쟁관계가 형성되면서부터이다.

2) 내용률 vs 인상률 – 이와노 호메이와 핫토리 요시카의 논쟁

1_ 핫토리 요시카는 '인상률'이라는 용어를 제안한다. 당시 일본 시단을 "형식파와 내용파의 대립"으로 요약하는 그의 논의는 '내용론'을 살피고 '형식론'으로 넘어가는 식의 체계를 통해 전개된다. 앞서 언급한 「시가의 주관적 권위(詩歌の主觀的權威)」(1908.11)(이하 ①)가 근대 구어시 총론에 해당한다면, 「실감시론(實感詩論)」(1909.5)(이하 ②)에서는 "내용파의 승리"를 이끈 "실감의 해방"에 초점이 주어진다. 이 글은 형식에 있어서 "인상률"의 필요성을 스쳐가듯 언급하고 있다. 이어서 「실감의 표현과 인상률(實感の表現と印象律)」(1909.9)(이하 ③)에서는 "자유시, 산문시, 구어시"라는 용어의 재검토 속에서, "실감으로 시의 생명을 삼는" 것과 "가감(仮感)을 시의 생명으로 삼는" 것의 차이, 그리고 "실감의 표현"에 뒤따르게 마련인 '인상률'이 다루어진다. 이 글에서 비교적 간단히 언급된 "인상률"의 존재 방식 및 의의가 소상히 서술되는 것은 이후 「시의 인상률(詩の印象律)」(1910.4)(이하 ④)에서이다.[31]

핫토리 요시카가 '인상률'이라는 용어를 사용한 데에는 이와노 호메이에 대한 대타의식이 작용했던 것 같다. "자유시라 불리는 이상 반드시 어떤 음률적 형식이 존재해야 하"는데, 이에 대해 "호메이 씨는 내용률이라 설명하고, 나는 인상률이라 설명"하려 한다(③). 핫토리 요시카는 굳이 다른 명칭이 필요한 이유를 말하지 않았지만, 이를 짐작하기는 어렵지 않아 보인다. 애초부터 "인상" 혹은 "인상적 기교"를 강조한 탓도 있겠지만, 무엇보다도 그는 일본의 재래 리듬에 대해 이와노 호메이와는 다른 생각을 가지고 있었다. "서시(西詩)가 언어의 변화 상, 억양율, 압운율 및 음수율로 자유롭게 음악적일 수 있는 편의를 일본의 시가에서는 볼 수 없"으며, "일본의 시(詩)가 형식에서 산문과 구별되는 것은 그저 음수율에 의한 것밖에 없다."(①) 즉 "아직 새로운 음수율이 발견되지 않은 이상, 소위 내용률 혹은 인상률 외에 미터(metre)의 요소는 없다."(③)

'내용률'과 '인상률'의 관계는 "혹은"으로 묶인다. 두 명칭의 내포는 그다지 다르지 않다. 확실히 1909년 무렵까지의 논의 속에서라면, 이와노 호메이의 '내용률'이나 '무형률'은 다른 구어자유시 논자들이 강조한 '주관의 리듬'과 큰 차이를 보이지 않는다. 그러나 핫토리 요시카는 이와노가 『신체시 작법』에서 이룬 성과에 동의하지 않는다. 그 연구결과에도 불구하고 일본어에는 "아직 새로운 음수율이 발견되지 않"았다. 뿐만 아니라 핫토리 요시카는 리듬의 규칙성을 따져 들어가는 작업 자체를 중요시하지도 않는다. 그가 "내발적(內發的)으로 압출(壓出)되어 나

---

31 뒤의 세 편의 출처는 다음과 같다. 「實感詩論」, 『秀才文壇』, 1909.5; 「實感の表現と印象律」, 『秀才文壇』, 1909.9; 「詩の印象律」, 『早稻田文學』, 1910.4. 인용의 경우 앞의 두 글은 『日本近代詩論の研究』(角川書店, 1972)의 재수록본을 참조하였다.

오는 시의 음악 요소"(①)라든가 "미묘한 리듬으로 호흡하고 있는 우리의 주관"(②)이라는 식의 서술적이고 다분히 비유적인 설명을 넘어 "인상률"이라는 별도의 용어를 제시한 데에는 이러한 사정이 개입되어 있었던 듯 보인다. 이와노 호메이의 '내용률'을 딱히 부정하는 것은 아니되 그가 그리는 큰 틀을 완전히 인정할 수는 없는 입장. 그 자리에서, 비슷한 내포를 지닌 다른 명칭 "인상률"이 만들어진다. 그리고 「시의 인상률」(④)에 와서, 『신체시 작법』에 대해 보다 선명한 태도를 드러낸다. "호메이 씨가 당시 시인 작가들이 7·5라든가 5·7이라든가 혹은 8·6, 8·7 식으로 뭉뚱그린 음조[調子]밖에 보지 않은 것을 조롱하고 시의 각음(脚音)을 한층 세분하여 2나 3 혹은 4음으로 하나의 각(脚)이 성립되고 있음을 간파한 것은 뛰어난 견식이다. 하지만 한편 씨가 생각하는 각음은, 일본어가 원래 서양 다수의 국어들처럼 기계적이지 않은데도 무리하게 분해하여 규칙을 만들려고 한 것은 잘못된 것이라 하지 않을 수 없다."(④)

이 글에 이르러 핫토리 요시카는 인식론과 심리학으로부터 논거를 끌어와 자신의 관점을 보다 정교하게 다듬는다. 그는 "기분(氣分), 심정(心持)"(A)을 "감정"이나 "정서"(B)보다 한층 근원적이고 직접적인 것으로 설정한다. 이것이 "주관의 본체"로서, "매우 델리케이트한 리듬이 새겨지"는 지점이다. 이에 수반되는 심리 상태는 "쾌(快, pleasant)", "고(苦, pain)", "무쾌고(無快苦, indifference)", 즉 "쾌고감(快苦感)"이다. 반면 "정서"는 일정한 대상을 향하는 것으로, "환희(joy)", "공포(fear)", "호애(好愛, love)" "분노(anger)" 등으로 명명되는 것을 가리킨다. 그는 이 두 가지의 관계를 흄(D. Hume)의 '인상'과 '관념'의 관계에 대응시킨다. 편의상 이와 관련된 논의를 도식으로 만들어보면 다음과 같다.

〈표 1〉

A	B	비고
기분(氣分), 심정(心情)	감정, 정서	
쾌고감(快苦感)	환희, 공포, 호애(好愛), 분노 등	
인상	관념	흄의 인식론 체계
선명하고 직접적인 최초의 심적 현상	A의 재현, 혹은 영상	

이 체계 안에서 핫토리 요시카 자신이 명명한 "인상률"은 A의 단계에서 발생한다. "쾌고감의 호흡이고, 기분의 파동"인 것이 바로 "절대의 리듬"이다. 『신체시 작법』에 대한 그의 비판은 이를 근거로 한다. 핫토리 요시카에 따르면, 이와노 호메이의 시도가 나름 의의를 지닌다 하더라도, 세분화한 리듬 체계로 살릴 수 있는 것은 기껏해야 B의 심급에 해당하는 것이다. 재래의 시가들이 단조롭고 변화가 부족했던 것은 정교한 리듬 원리를 자각하지 못했기 때문이 아니라 B에 해당하는 "관념적 감정을 내용으로 했기 때문"이다. 이와노 호메이 식으로 "'슬픔'이라는 정서를 노래하는 데에는 5·7조가 좋다든가 '기쁨'을 경쾌하게 노래하는 데에는 7·5조가 좋다든가" 하는 것은 B에 해당하는 리듬에 대한 "개념적 형식의 설명"일 뿐, A가 살아있는 리듬을 끌어내는 데에 아무 도움을 주지 못한다.

핫토리 요시카의 '인상률'은 이와노 호메이의 '내용률'로부터 거리두기를 통해 정립되면서, 두 가지 방식으로 구체화된다. 어차피 "일본어에는 음세(악센트)가 없고 음운(라임)이 없"으며, "음량(音量)"은 있다손 치더라도 "프랑스어의 그것과 비교해 보자면 심히 통일성이 없고 정돈

되어 있지 않다." 사정이 이러하다면 일본시의 리듬으로 자각되어야 하는 것은 "하나하나의 음량보다는 오히려, 한 글자에서 한 글자, 하나의 말에서 하나의 말로 옮겨가는 사이의 공간일 것이다." 그가 다른 부분에서 언급한 말로서는 "침묵", 혹은 현대식 어법으로 바꿔보자면 '행간의 여백' 정도가 아마 이에 해당한다고 할 수 있을 것이다. 한편 그가 '인상률'의 내포로 제시하는 또 하나는 "심플함"이다. "절대의 리듬"은 "극도로 단순(심플)한 것"이다. 거기에는 "단순하지만 실은 격렬한 파동이 내재해 있고, 그 파동은 여러 가지 속도로 끊임없이 변화한다." 이는 그 시기에 씌어지던 일종의 '난해시'들에 대한 비판과 맞물려 있는 언급이기도 할 터이다.

확실히 여기에는 다소간 의아한 데가 있다. '심플함' 혹은 '단순함'은 재래 시가들의 흠점으로 지적된 '단조로움'과 어떻게 다를 수 있을까. 그리고 "복잡하고 미세하고 예민하고 심각한 기분의 호흡"이란 것이 과연 어떻게 '심플함'으로 초월될 수 있을까. 이는 차후의 논의로 넘기기로 하자. 일단 이 자리에서 짚고 넘어가야 할 것은, 이와노 호메이의 리듬론을 요약하는 방식에 있어서 이 글에 다소 왜곡이 개입되고 있다는 점이다.

핫토리 요시카가 "'슬픔'이라는 정서를 노래하는 데에는 5·7조가 좋다든가 '기쁨'을 경쾌하게 노래하는 데에는 7·5조가 좋다든가"라는 방식으로 『신체시 작법』을 정리한 것이 틀렸다고는 할 수 없다. 약간 비아냥거리는 어법이라는 점만을 제외한다면, 차라리 핵심을 찌르는 요약이라고도 할 수 있을 것이다. 다만 '요약'에는 어쩔 수 없이 단순화가 따라오고, 위의 언급 역시 그러하다. 이와노 호메이는 『신체시 작법』에서 통계에 의지한 귀납법을 방법론으로 내세웠고, 논지 전개에서도 이를 고수하려고 한 흔적이 역력하다. 3장 2절에서 잠시 언급했듯 7·5조의 하나인 4·3-3·2조는 "고풍스런 코우타[小謠] 및 비장한 비와우타[琵琶歌]에 가장 많고, 평명염려(平明艶麗)한 하우타[端唄], 나가우타[長唄]" 등에서 가장 적다. 통계적 결과가 그러하기 때문에, 이 리듬은 "장중하거나 전단적(專斷的)인 경향이 있다"고 말할 수 있다. 물론 그의 귀납법이 순수한 귀납법이라고 장담할 수는 없다. 많은 경우 귀납법은 전제된 결론을 위한 논거로 활용되기 십상이고, 이와노 호메이의 경우도 이러한 의심으로부터 완전히 자유롭지는 못한 것으로 판단된다. 문제는 핫토리 요시카가 자신의 인상률론을 전개하는 데 있어 이 귀납적 방법론의 오류를 지적하는 것이 아니라 아예 그것을 괄호쳐 버린다는 점이다. 아래는 그가 『신체시 작법』으로부터 직접 인용한 부분인데, 중략으로 표시한 부분을 살려 재인용해보기로 한다.

十音調は, そのいづれの律にしろ(琴唄を除けば), 新体詩以外に専用されたのはないのだ. 七五または五七に比べて二音時だけ氣息に省略があるので, 何となく物足りない樣な氣がするところに, 感情が充分に盛れない欠点がある. その代り, 含蓄の余裕を生ずるので, 幽玄な哲理詩, 反省的述懷, 引き締まった輓歌に適当だ. また含蓄の度合が減じて居ると, それが簡古, 洒脱, 淡白等の情想に釣り合って來る.[32]

---

32 岩野泡鳴, 『岩野泡鳴全集』 11, 臨川書店, 1996, 80면; 服部嘉香, 「詩の印象律」, 앞의 책, 53면.

10음조는 **어떤 율(律)이라 하더라도 (고토우타[琴唄]를 제외하면) 신체시 이
외에서는 전용되지 않는다. 75 혹은 57에 비해 2음시만큼 호흡이 줄었기에, 어
쩐지 미흡한 듯한 감이 있고, 감정이 충분히 담기지 않는 결점이 잇다. 그 대신
함축에 여유가 생겨서** 유현(幽玄)한 철리시, 반성적 술회, 긴장된 만가(輓歌)
등에 적당하다. 또한 함축도가 적어지면, 간고(簡古), 쇄탈(洒脫), 담백 등
의 정서에 어울리게 된다.(강조는 인용자)

강조한 부분이 핫토리 요시카에 의해 중략된 부분이다. 말하자면 그
가 인용한 부분은 10음조에 대한 일종의 결론이고, 그 이유에 해당하는
부분은 삭제되어 있다. 이와노 호메이의 논의를 '○○조 = ○○한 정서'
로 단순하게 요약정리하고 '인상률'을 그에 대비함으로써, 핫토리 요시
카의 논의는 선명함을 얻게 된다. 여기서 왜곡을 얼마나 했는가, 그것
이 비판되어야 할 만한 것인가를 판단하는 일은 생각만큼 중요하지 않
을 수 있다. 이 세상에서 왜곡으로부터 순결할 수 있는 논의는 거의 없
을 것이다. X에 대해 이야기를 하는 일 속에서 이미 X는 X가 아닌 다른
것이 되곤 한다. 문제로 삼아야 하는 것은 그 '결과'이다. 어쩌면 불가피
하다고 할 왜곡을 통해, 핫토리 요시카는 자신의 논의를 한 발짝 진전
시켰다. 그리고 이에 대응하여, 이와노 호메이 역시 자신의 내용률론을
재정비하게 된다.

2_ 이후 두 사람은 '산문시'와 '운율'의 관계를 두고 몇 차례 논의를 주
고받는다.[33] 당시 시단을 떠나려는 마당이었던 이와노 호메이는 논쟁

---

[33]　岩野泡鳴, 「詩界に別れる辭」, 『劇と詩』, 1911.3; 服部嘉香, 「散文詩の眞意義」, 『時事新報』,

의 단초가 된 자신의 노작 『신체시 작법』이 비판적으로 거론되는 것에 불만을 내비쳤다. 산문시에 관하여 "핫토리 씨를 시작으로 여러 사람들이 자신들의 발명 혹은 발견인 것처럼 여러 의론을 냈"지만, "내용률이라고도 암시적 음률이라고도 하는 것은, 전부 나의 『자연주의적 표상시론』 및 『신체시 작법』에서 상세히 말해 둔 것"이다.[34] 물론 "『신체시 작법』이 나올 때에는 나도 산문시에 무게를 두지 않았고 또 구어의 사용이 아직 일렀기 때문에",[35] 당시에는 이에 대한 충분한 논의를 전개하지 못했다는 것을 그는 인정한다. 그러나 그 미진함은 사소한 보완을 통해 해소될 수 있는 것이지 핫토리 요시카가 말한 것처럼 "고쳐 쓸" 필요가 있을 정도로 심각한 문제는 아니다. 이 방어 형식의 반론들은 그때까지 다소 애매한 상태로 놓아두었던 '리듬'과 '산문시'의 관계를 보다 분명히 정리하고 있다. 또한 1918년에 이르러 이와노 호메이가 다시 한 번 '산문시'와 '내용률'에 대한 일련의 논의를 전개하는 데에 있어 밑그림 역할을 해주고 있기도 하다. 그는 다음과 같이 언급하고 있다. 「산문시의 정해(散文詩の正解)」 중 글의 목적에 해당하는 부분이다.

1911.6.25~28; 岩野泡鳴, 「散文詩の正解」, 『讀賣新聞』, 1911.7.19~20; 服部嘉香, 「散文詩論」, 『早稻田文學』, 1911.10. 이 중 핫토리 요시카의 「산문시의 참 의의(散文詩の眞意義)」는 직접 확인하지 못했다. 이 글의 발표연도를 메이지 43(1910)년으로 밝힌 논문이 있는데(竹本寬秋, 「"空隙"としての「口語詩」―明治四十年代「口語」と「詩」をめぐる問題系」, 『國語國文研究』 123, 2003.1), 핫토리 요시카 자신이 「산문시론(散文詩論)」에서 동년(1911) 6.25~28일에 「산문시의 참 의의(散文詩の眞意義)」를 발표했다고 한 것으로 보아, 1911년 이와노 호메이에 대한 반론의 형식으로 쓰인 것으로 보인다.

34 岩野泡鳴, 「詩界に別れる辭」, 『劇と詩』, 1911.3(『岩野泡鳴全集』 10, 臨川書店, 1996, 362면에서 인용). 이 글은 단행본 『찰나철학의 건설(刹那哲學の建設)』(1920)의 4편 2장 2절에 「시율(詩律)과 음악의 관계(詩律と音樂との關係)」라는 제목으로 재수록되었다. 전집을 따라 『찰나철학의 건설』 수록본으로 인용하였다.

35 岩野泡鳴, 「散文詩の正解 (上)」, 『讀賣新聞』, 1911.7.19(『岩野泡鳴全集』 12, 臨川書店, 1996, 205~206면에서 인용).

散文詩に最も注意の要点となる內容律その物に就ては，あの作法中に充
分解いてあるのだから，口語的散文詩の自覺が明かになった時代になって
も，その理論はそのままに応用出來るものだ．これはあの著を讀んだ人々
の迷はない爲めに斷って置くのである.³⁶

산문시에서 가장 주의(注意)의 요점이 되는 내용률 그 자체에 대해서는
『작법』 속에 충분히 설명해 두었기에, 구어적 산문시의 자각이 명백해진
시대에도 그 이론은 그대로 응용될 수 있다. 이 글은 그 책을 읽은 독자들
이 헤매지 않도록 다잡아 두려는 것이다.

그는 마치 『신체시 작법』을 쓸 때부터 '내용률'을 스스로 개념화하고
있었던 듯이 말하고 있다. 그러나 이 책 서문에 비록 "내용률"이라는 단
어가 한 번 등장하기는 해도, 이때는 확실히 개념적 정의를 동반하는
의미로 쓰인 것은 아니었다. 우리가 대부분의 단어를 하나하나 의미를
따지면서 사용하지 않듯 이 단어 역시 '그냥 느슨하게' 쓰였다는 인상이
강하다. 1907년의 이와노 호메이가 강조한 것은 '리듬에 대한 자각'과
시대에 부응하는 '새로운 리듬'이 필요하다는 총체적인 요구였지, 이
새로운 리듬을 어떻게 정의할까 하는 문제는 아니었다. 그가 이 시기에
선호하던 용어는 차라리 "신리듬" 혹은 "신음률"이었다.

'구어시' 혹은 '산문시'의 창작 및 그에 대한 논의가 활발해지던 무렵
에도 그의 문제의식이 근본적으로 변한 것은 아니었다. 앞서 언급한 소

---

36 위의 글, 206면.

마 교후의 글이 전형적으로 보여주듯, 과거와의 과격한 단절에 대한 요구는 불가피하게 '내용-형식'의 이분법에 연루된다. 소마 교후처럼 내면 혹은 내용의 우선성을 직접 주장하는 경우에도 그러하지만, '영육일치' 같은 비유를 끌어들여 내용과 형식의 분리불가능성을 내세우는 경우도 마찬가지다. 「산문시 문제」(1908.12)를 통해 구어시 / 산문시 논의에 뛰어든 이와노 호메이도 이를 피해갈 수는 없었다.

다만 그 영향관계에는 약간의 주의가 필요하다. 1907~1911년 사이의 구어시 / 산문시 담론의 시발점 자체는 이와노 호메이에게 있었다고 할 수 있다. 『신비적 반수주의』(1906)를 관통하는 자연주의·상징주의 예술론, 이를 시에 적용한『자연주의적 표상시론』(1907), 그리고『신체시 작법』에서 전개된 일본리듬론은, 구어시 / 산문시 담론의 전개를 위한 단단한 토양을 제공했다고 해도 좋을 것이다. '내용-형식'의 이분법은 이 저작들 안에 분명히 잠재되어 있다. 다만 장편에 가까운 이 저작들의 어법은 다분히 '술어적'이고 '비유적'이다. 아니면 과도하게 '통계적'이다. 반면 1907년 후반부터 잡지나 신문에 실리기 시작한 단평 형식의 구어시 논의들은 바로 지금 현장에서 씌어지는 '아어(雅語)' 및 케케묵은 '음조(調子)'과 '구조(口調)'의 일소를 목표로 했고, 이를 위해서는 보다 직접적이고 간명한 근거를 필요로 했다. '내용-형식'의 이항대립에 기반한 어법이 선명해지는 것은 이 지점이다. 새로운 담론의 토대를 마련한 것은 이와노 호메이였으되, 새로운 담론 속에서 형성된 어법들은 역으로 이와노 호메이의 논의에 스며든다. '신리듬'이라는 포괄적인 용어가 '유형률' '무형률'이라는 형식에 초점을 둔 용어, '내용률' '사상동기율'이라는 내용에 초점을 둔 용어로 분화되는 양상은 이를 반영한다. 다만 「산문시 문제」(1908)의 단계에서 이 구분은 아직 명확하지 않다. 개념어에 가깝게 새로운 리듬 용어가 여럿 제기되었으나, 앞에서 살폈듯 그 내포는 상호 경계를 확정하지 않은 채 혼용되는 면을 보인다. 이는 인식의 미분화 같은 식으로 비판되어야 할 사안이 아니다. 우리도 글을 쓸 때 같은 단어의 반복을 피하려는 단순한 이유에 의해 비슷한 내포의 다른 단어를 번갈아 쓰곤 한다.

이와노 호메이가 '내용률'이라는 용어에 대해 비로소 자각적인 태도를 보이는 것은 바로 「시계(詩界)를 떠나는 말」 및 「산문시의 정해」(1911)에 와서다. 앞의 인용문이 보여주는 바와 같이, 그는 『신체시 작법』의 리듬 설명 방식을 '내용률'로 소급한다. 단 인용문에서 언급되는 '내용률'은 이와노 호메이 자신이 정리한 개념이 아니라 핫토리 요시카의 글을 통해 단순·명확하게 정리된 '내용률'이라는 점에 주목해야 한다. 이와노 호메이가 무심하게 던져 둔 '내용률'에 대해 핫토리 요시카는 비판적 관점에서 선명한 윤곽을 부여했고, 그렇게 정리된 '내용률'이 다시 이와노 호메이의 논의 속에 스며든다. 그는 핫토리 요시카가 자신의 저서를 오독했다고 불만을 표출하면서도, 그 지적을 일부 수용하여 '보완'을 기획한다. 말하자면 인용문이 밝히는 기획은, 핫토리 요시카의 단순 요약에 의해 누락된 부분을 '원래대로 복원'하는 것이 아니라, 그 단순 요약된 부분을 내용－형식의 이항대립 속에서 '재배치'하는 것이 된다.

이제 '내용률'과 '무형률'은 혼용되지 않는다. '내용률'의 필요조건은 '구어'이다. "구어로 내용률이 나타나기만 한다면, 무형률(산문시의 형태)도 유형률(지금까지의 시형)도 상관없다." 말하자면 내용률을 지닌 무형률 시가 있을 수 있고, 내용률을 지닌 유형률 시도 있을 수 있다. 이 전제는 한편 자기 자신의 시들을 변호하고 당시에 존재하던 일련의 시도들을 비판할 수 있는 개념적 그물이 되어준다. 자신의 네 번째 시집『어둠의 배반(闇の胚盤)』(1907)에 실린 시들이 '유형률'을 취한 것은, 이후 쓴 "구어적 산문시"들과 모순되는 것이 아니다. 유형률 시이든 산문시이든 자신의 시에는 '내용률'이 있다는 점에서 연장관계에 있는 것이며, "휘트먼 계통을 직접 받아들였다"고 할 수 있다. 반면 미키 로후(三木露風) 등이 쓴 "아어체(雅語體) 산문시"는 '유형률'에서 벗어나기는 했지만 '내용률'을 지닌 것은 아니다. 왜냐면 '내용률'은 '구어'를 통해서만 나타나기 때문이다.

문제들은 여전히 남아 있다. 핫토리 요시카는 이와노 호메이가 얘기한 '내용률을 지닌 유형률 시'를 "구어유형률"이라 간명히 요약하며 이에 대한 근본적 이의를 제기한다. 그것은 "씨가『신체시 작법』에 발표한 음률 연구를 실제로 시도하려 한 것이겠지만," 사실은 '기계적'인 것이 아닌가. "자연스럽게 나온 리듬이 저절로 유형률이 되면 좋겠지만, 처음부터 유형률로 지으려고 하는 것은 시를 죽이는 것"이라 해야 하지 않을까."[37] 이 외에도 지적될 수 있는 문제는 많다. 이 내용률이 구어를 통해서만 나타나는 것이라면, "『작법』 속에 충분히 설명해 두"었다는 그 내용률과 과연 동일시될 수 있는 것인가. 또 미키 로후 식의 아어체 산문시가 '내용률'을 지니지 않았다면, 그러면 '무형률'은 지닌 것인가. '내용률'은 없고 '무형률'만 지니는 경우도 가능한가. 하지만 여기서 체

37　服部嘉香,「散文詩論」,『早稲田文學』, 1911.10(人見円吉 編,『日本近代詩論の研究』, 角川書店, 1972, 414면에서 인용).

계적 불완전함을 지적하는 것은 생각만큼 중요하지 않을 수 있다. 세상에 이미 던져져 있는 것들은 논리적 정합성 속에 온전히 포섭될 수 없기 마련이어서, 훨씬 더 정교한 체계 속에 리듬이란 것이 재배치되더라도 잉여를 완전히 제거할 수는 없을 테니 말이다.

우리가 좀 더 주목해야 할 것은 '내용률'의 개념화 작업 속에 떠넘겨진 여러 겹의 과제이다. 이와노 호메이는 핫토리 요시카 등의 비판에 대응하기도 해야 했지만, 동시에『신체시 작법』시기부터 따라다닌 문제, 즉 서구에 대한 대타적 지위의 정립과 서구에서 시발된 문예 흐름에의 동참이라는 두 과제도 함께 끌어안아야 했다. '산문시'와 '내용률'의 관계를 논하면서 그는 "보들레르나 말라르메", 그리고 "휘트먼"을 시야에서 배제시키지 못한다. 그가 자신의 시, 시론, 연구에 대해 그토록 자신만만해했으면서도 끝내 "나의 시는 어쨌든 휘트먼 계통을 직접 받아들였다고 말한다면 그렇게 말할 수 있다"고 어미를 길게 늘여 덧붙이지 않을 수 없었던 건 그런 까닭일 테다.

워즈워드나 휘트먼이 되었든 보들레르나 말라르메 혹은 베를렌느가 되었든, 이들의 시를 일본시가와의 관련 속에서 이야기하기 위해서는 '과거의 구속적 형식으로부터의 자유'라는 점을 강조하지 않을 수 없었다. 바깥에서 주어지는 리듬 규칙을 거부하고 '주관의 리듬' '내면의 리듬'에 의해 이 시들이 시가 된다고 할 때, 이른바 바깥으로부터 부과되는 리듬과 안으로부터 솟아나는 리듬은 과거와 현재라는 시간적 선후 관계로 위치 지워진다. 핫토리 요시카의 '인상률'은 이 메커니즘을 따라 새로운 과제로서 제시된다. 그러나 서구의 시가와 대등해질 수 있도록 일본의 재래 리듬 규칙을 세분화해 놓은 이와노 호메이로서는, 시간적 선후관계 속에서 '내용률'을 유의미하게 부각시킬 수가 없었다. 영국이나 프랑스의 새로운 물결이 그로 하여금 '신리듬'에 시선을 돌리도록 만들었으되, 그의 구도 안에서 이 '신리듬'은 아이러니하게도 '구리듬'의 대척점에 놓일 수는 없는 것이었다. '내용률'은 과거 속에 '이미 있는' 것이어야 했다. 그는 내부-외부의 이항대립을 현재-과거, 혹은 신-구에 대응시키는 변증법적 연관에서 떼어내어 중립적 병치관계로 변형시킨다. 내부에 내용률이, 외부에 유형률이 '따로' 있는 것으로서, '내용률'과 '유형률'은 충분히 양립 가능한 것이 된다.

1911년 당시 더 이상 논의를 전개하지 않고 소설 쪽으로 돌아섰던 이와노 호메이는 1918년에 이르러 다시 일련의 글들을 발표하며 이 문제를 좀 더 구체화시켰다.[38] 특히 「산문시의 실례적(實例的) 설명」에서 그는 '내용률' 대신 '동기율(動機律)'이라는 용어를 택하고, 리델(Liddel)의 영시 분석을 전범 삼아 다양한 예시를 들어가며 이를 본격적으로 분석한다. 가령 마츠오 바쇼의 하이쿠 "묵은 연못 개구리 뛰어 드는 물소리[古池やかはづ飛び込む水の音]"는 음수상으로는 5·7·5의 유형률로 이루어진 듯 흔히 생각되지만, '동기율'로 보면 "묵은 연못 / 개구리 // 뛰어 드는 / 물소리"로 분석되는 2동기율 2행시다. 의미 단위의 휴지가 리듬 단위로 해석되고 있다.

이 글에서 실례를 통해 분석되는 '동기율'은, 『신체시 작법』에 잠재되어 있다가 핫토리 요시카의 정리에 의해 단순 명확해진 '내용률'과는 확실히 거리가 있다. 핫토리 요시카의 '인상률'에 대비되던 '내용률'은

---

[38] 「散文詩に就いて」上·下, 『時事新報』, 1918.1.30~31; 「散文詩の實例的說明」, 『文章世界』13-4, 1918.4; 「散文詩に就いて今一度」, 『現代詩歌』1-10, 1918.11.

의미단위의 휴지에 기초한 것이라기보다는 차라리 '4·3-3·2조 = 장중함' 식을 의미하는 쪽에 가까웠다. 그러나 이런 식의 분석으로는 '내용률'과 '유형률'의 양립가능성을 주장하는 동시에 '내용률'의 현대적 의미를 강조하는 이중작업을 감당할 수가 없다. 「산문시의 정해」(1911)에서 제시한 것처럼 내용률의 필요조건으로 '구어'만을 내세우는 것 역시 임시방편적이라는 인상을 지울 수 없다. '이미 있어 왔던' 것인 동시에 '충분히 새로운' 것으로서의 리듬을 찾는 과제 앞에서 그가 찾은 출구는 '내용률' 대신 '동기율'이라는 말을 내세우고, '내-외'의 관계를 확실하게 재조정하는 것이었다. '동기율'과 '유형률'은 더 이상 서로를 간섭하지 않는다. 글자수가 몇 개로 이루어져 있는지는 '동기율'과 무관하다. 1910년경의 글에서 간접적 참조 대상이 되었던 리델(Liddel)의 영시 분석, 특히 휘트먼 시 분석은 이 과정 속에서 비로소 적극적인 모델로 자리 잡는다. 영시와 대등한 지위의 일본시가를 구성하려던 이와노 호메이의 기획은, 아이러니하게도 먼 길을 돌아 다시 영시 분석법을 의지하게 된다.

단 1918년 이후 이와노 호메이의 운율론은 후일의 논의에 별반 영향을 미치지 못하고 크게 기억되지도 못한 듯하다. "내용률을 버리고 동기율(動機律)이라는 철없는 것을 제출"했다며[39] 이 시기 작업을 특별히 이전과 구분하여 언급한 이도 없는 것은 아니지만, 사람들의 뇌리에 남은 것은 주로 『신체시 작법』, 그리고 핫토리 요시카와 주고받은 논의들이었다. 하기와라 사쿠타로는 "이와노 호메이 씨 같은 사람은 자유시

---

39 青山霞村, 「自由詩家のリズム論」, 『短歌雜誌』 32, 1920.6, 60면.

에서 말하는 '내부의 운율'을 '내분적(內分的)인 작은 운율'로 풀어"냈다고 지적한다.[40] 이는 핫토리 요시카가 정리한 이와노 호메이의 내용률론이다. 한편 구어시 담론과 창작이 활발하던 시기에 와세다시사(早稻田詩社], 자유시사(自由詩社) 동인으로 활동하던 시인 가토 가이슌(加藤介春]은 20여 년이 지나 "당시에 리듬이 문제가 되어, 내면율 외면율 등이 핫토리 요시카 씨 등에 의해 떠들썩하게 논의되었"다고 회고한다.[41] "떠들썩한 논의"의 중심으로는 이와노 호메이 대신 핫토리 요시카가 기억된다. 단 이 회고에는 앞서 살핀 논의와 이제 검토할 1920년 전후의 논의가 뒤섞여 있다. "내면율 외면율"이라는 말은, 이와노 호메이가 "동기율"을 들고 나오던 1918년 무렵부터 일본 시단에 다시 제기된 '자유시 리듬론' 속에 비로소 등장하는 용어이다.

3) '내( )률 = inner rhythm'이라는 가상의 번역

- 후쿠시 코지로와 하기와라 사쿠타로

1_ 1911년 이후 한동안 가라앉아 있던 리듬 논의가 다시 담론의 수면에 떠오르기 시작한 것은 1919~1920년 무렵, 한때 주목받는 시인이었던 후쿠시 코지로[福士幸次郞]와 당시 시단의 중심에 있던 시인 하기와라 사쿠타로[萩原朔太郞]에 의해서였다. 바야흐로 시란 '학습'에 의해 창작

---

40 萩原朔太郎, 「リズムの話」, 『短歌雜誌』 3-4, 1920.1(『萩原朔太郎全集』 6, 東京 : 筑摩書房, 1975, 341면에서 인용).

41 加藤介春, 「自由詩社とその前後」, 『現代詩創作講座 第3卷 : 日本現代詩篇』, 東京 : 金星堂, 1935, 360면.

될 수 없다는 관점이 무르익어, 역설적이게도 '가르칠 수 없음'을 가르치는[42] 두 권의 저서 이케다 슌게츠[生田春月]의 『새로운 시의 작법(新しき詩の作り方)』(1918)과 무로우 사이세이[室生犀星]의 『새로운 시와 그 작법(新しい詩とその作り方)』(1918)이 출간된 지 얼마 안 되는 시점이기도 했다. 앞서 언급했듯 황석우와 양주동에 의해 직접 참조되었던 것으로 추정되는 이 책들에는, 후쿠시 코지로와 하기와라 사쿠타로가 무게감 있게 등장한다. 이케다 슌게츠의 저서는 '내용률'과 관련하여 "운율의 문제에 있어서 다년 연구를 해 온 후쿠시 고지로[福士幸次郎] 씨"를 인용한다.[43] 한편 무로우 사이세이의 책은 하기와라 사쿠타로의 서문을 싣고 있는데, 하기와라는 여기서 "자유시라는 것은 시의 형식에 자유를 주는 것이지 시의 내재율에까지 자유를 주는 것은 아"님을 강조하고 있다.[44] '자유시의 리듬'에 대해서라면, 이 두 사람이 다이쇼[大正] 시대의 주인공이었다고 해도 좋을 것 같다.

황석우에 의해 일본 자유시 운동을 이끈 한 사람으로 지목된 바 있던 후쿠시 코지로는 1910년대 후반 들어 시 창작보다는 운율 문제에 깊은 관심을 드러내기 시작했다.[45] 그는 1919년 10월, 그간 모색하던 자신의 방법론을 일목요연하게 소개한 「리듬론의 신제의 — 내용률과 외형률

42　이에 대해서는 竹本寬秋, 「「詩の作り方を教へることは出來ません」: 大正期「詩の作り方」が生成する「詩」概念についての一考察」, kader0d. Vol.6, 2011.9(http://hdl.handle.net/2115/47864) 참조.

43　生田春月, 『新しき詩の作り方』, 東京 : 新潮社, 1918, 57~58면.

44　萩原朔太郎, 「序に代えて」, 室生犀星, 『新しい詩とその作り方』, 東京 : 文武堂書店, 1918, 3면.

45　황석우, 「조선시단의 발족과 자유시」, 『매일신보』, 1919.11.10. 시인 후쿠시 코지로의 작품 경향과 문학사적 의의에 대해서는 다음 글을 참조할 수 있다. 田中淸光, 「近代のオルフェたち3 — 自由詩社と福士幸次郎」, 『心』, 1979.10, 43~53면.

에 대하여」를 발표한다.[46] 이 글은 다음과 같은 문장으로 시작된다. "내용률 혹은 내재율(inner rhythm)의 해석은 리듬을 과학적으로 언어의 기제적(機制的) 견지에서 해석하지 않고 십수 년래 주관적 관점에서만 해석해 온 우리 시단에서는 결국 적당한 의의를 내놓지 못하고 포기한 문제이다." "자유시 음수율론"의 시론(試論)에 해당하는 이 글은, 위 첫 문장이 보여주는 바와 같이 '내용률'에 대한 체계적 접근에 일단 방점을 두고 있다. 10여 년 전 이와노 호메이와 핫토리 요시카가 '산문시'를 논의하면서 '내용률' '인상률' 문제를 다루게 되었다면, 이 글은 해결해야 할 첫 번째 문제로 먼저 '내용률'을 설정한다. 그리고 이에 대해 'inner rhythm'이라는 영어식 용어를 할당한다.

후쿠시 코지로는 이 글에서 시인의 혼과 심정이 저절로 리듬을 낳는다는 예의 '주관의 리듬'론을 절반만 인정하고, 그 위에서 미학과 과학의 접점을 찾는 언어-시학적 접근법을 선택한다. "시가는 심정이고, 그와 더불어 혼이다." 그는 이 사실을 부인하지 않는다. 그러나 또한 "말은 말 그 자체로서 어떤 조절을 거치고 어떤 배열을 얻게만 되면 운율이라는 시적 효과를 낳"는다는 점도 시야에서 놓치지 않으려 한다. 그는 직물의 비유를 이용하여 다음과 같이 지적한다. "시는 시인의 혼과 심정의 근원으로 짜여진 망사의 그물과 다르지 않지만, 그 성질은 당연히 망사로서의 물질의 법칙에 지배되고 그 제약을 따르지 않을 수 없다." 즉 내면의 감정을 토대로 해서 시가 씌어지는 것이라 해도, 시는 언어의 물질성으로부터 자유로워질 수 없다. 이것이 "인간 심정의 리듬

---

46 福士幸次郎, 「リズム論の新提議─内容律と外形律とに就いて」, 『文章世界』, 1919.10 (『福士幸次郎著作集』上, 青森 : 津輕書房, 1967, 362~367면에서 인용).

과 언어의 리듬"을 "분리시켜 생각"해야 하는 이유이며, "리듬 된 것을 편협히 주관적인 것으로만 해석하지 말고" "과학적으로 검증해 보아야 하는 이유"이다. 이후 전개되는 그의 운율론이 어떤 이데올로기에 기반해 있는가와는 별도로, 말의 물질성을 주목한 이 전제는 확실히 언어를 투명한 표현도구로 간주하는 당대의 이념을 넘어서려 한 데가 있는 듯 보인다.

그의 논의에는 두 가지 대타의식이 작용한다. 첫째는 이와노 호메이였다. 그는 이와노 호메이를 평가하는 데에 인색함을 보이지 않는다. 『신체시 작법』은 "일본 시가사상(詩歌史上)의 대창견(大創見)"이다. 또한 그는 자신의 연구가 이와노 호메이로부터 "유일한 가르침을 받았다"고 고백한다. 그러나 『신체시 작법』은 시대적 한계 속에서 재래의 리듬 규칙 확립과 '내용률'의 관계에 대해 확실하게 자각적일 수 없었고, 이후 이와노 호메이의 '내용률'은 구어시 담론의 전개 속에서 논점이 상당부분 변경되지 않을 수 없었다. 후쿠시 코지로의 기획은 『신체시 작법』이 던져둔 과제를 변경 없이, 그러나 훨씬 세심하게 복원하는 것, 다시 말하면 일본어 고유의 리듬 규칙과 내면 표출이라는 모더니티의 과제를 정교하게 봉합하는 것이었다고 할 수 있겠다. '내용률'이란 "언어의 기제적 견지"에서 볼 때 "언어 하나하나의 의미의 명암(뉘앙스)과 그 집합으로 이루어진 어법의 복잡다양한 선(線)에 연관하는 바의 제약(rule, règle)상 문제"이다. 즉 '내용률'도 일종의 '언어적 규칙'에 의해 작동한다. "우리 자유시인이 음수율의 타파를 도모한다고 해도 실은 재래의 7·5 격조의 타파를 도모하는 것이어서, 음수율을 타파한 것이 아니라 보다 정당하게 말하자면 오히려 7·5조를 해체시켜 그 안쪽의 직접적인 음수율을 구한 것"이라고 그는 설명한다. 후쿠시 코지로에 의해 '내용률'은 보다 근원적인 음수율로서 분명하게 의미화된다.[47]

대타의식의 두 번째 대상은 하기와라 사쿠타로(萩原朔太郎)였다. 후쿠시 코지로의 초기 작품에 영향을 받아 시를 쓰기 시작한 하기와라 사쿠타로는 1917년 『달을 보고 짖다(月に吠える)』를 출간하며 일약 문학계의 관심을 한 몸에 받게 된 시인이었다. 시적 성과뿐 아니라 「미키 로후 일파의 시를 추방하라(三木露風一派の詩を追放せよ)」(『문장세계』, 1917.6)를 발표하며 또 한 번의 공격적인 '뉴웨이브'에 앞장 선 인물이기도 했다. 1917년 당시 후쿠시 코지로는 하기와라와 같은 편에 서서 논쟁에 참여했지만,[48] 하기와라의 래디컬한 논의 전반을 함께 할 수는 없었던 듯하다. 1919년에 쓴 앞의 글에서 그는 시가를 "주관적"으로 해석하는 근래 10여 년간의 경향을 문제 삼으며 특별히 하기와라의 이름을 거론한다. "우리 시단"은 금일에 이르러 "하기와라 사쿠타로 군과 같은 명민한 마음을 지닌 시인으로 하여금 '시와 산문은 명료한 구별이 없다'고 단언하게 해 버"렸다.

그때까지 하기와라는 자주 '리듬'에 대해 이야기한 바 있다. 「시와 음악의 관계(詩と音樂の關係)」(1914.10)에서 "자아의 리듬"을 언급한 이래, 시집 『달을 보고 짖다』(1917)의 서문에서는 "리듬은 이심전심"일 뿐 설명될 수 없는 것임을 강조하였으며, 「음조 본위의 시에서 리듬 본위의

---

47 이와노 호메이는 짧은 논평을 통해 이 글에 대한 전반적 접근법에 동의를 하면서 사소한 이의를 제기하였고, 후쿠시 코지로 역시 이와노 호메이의 운율론을 다룬 별도의 글을 발표하기도 한다. 岩野泡鳴, 「リズム論に就て福士氏へ」, 『文章世界』 14-11, 1919.11.1; 福士幸次郎, 「岩野泡鳴氏の音律論」, 『新小説』 25-6, 1920.6.

48 竹本寬秋, 「編成される〈詩〉—大正期における〈詩〉の現在と歷史の言說編成(前)」, 『國語國文研究』 119, 2001.9, 3~7면.

시로(調子本位の詩からリズム本位の詩へ)」(1917.5)에서는 "감정이 음조에 끌려가는" 음조 본위를 넘어 "마음속의 리듬과 말 하나 하나의 리듬이 딱 겹쳐지는" 방향으로 나아갈 것을 제안하였다. 한편 「언어의 문제(言葉の問題)」(1917.12)에서는 "일본어가 지닌 음악과 그 특별한 리듬의 순성(純性)"을 살리기 위해 한자와 외래어를 추방하고 히라가나의 울림에 의지할 것을 주장한 바도 있다. 다만 후쿠시 코지로가 「리듬론의 신제의」를 쓰던 1919년까지, 리듬에 대한 그의 논의가 선명하게 개념화되었던 것은 아니었다.[49]

짧은 에세이 수준을 넘어 하기와라 사쿠타로가 리듬의 문제를 본격적으로 다루기 시작한 것은 오히려 후쿠시 코지로가 「리듬론의 신제의」을 발표한 이후다. 1920년 1월 그는 「리듬 이야기」[50]를 발표하는데, 이 글은 이후 그가 몇 년간 전개하는 시론의 전반적 윤곽이 된다. 먼저 그는 리듬을 '광의의 리듬'과 '협의의 리듬'으로 나누고, '협의의 리듬' 면에서 볼 때 "일본어에는 진정한 리듬이 없다"고 말한다. "서양 시에서 말하는 운율법이나 지나 시에서 말하는 평측법"이 없을 뿐만 아니라, 하이쿠나 와카의 7·5조나 5·7조 같은 것도 "극히 느낌이 약한 일종의 헐거운 운율" "무운율적이고 평면적이며 야무지지 못한 시어법"에 불과하니 리듬이 없는 것이나 마찬가지라는 것이다. 대신 그는 '색조(뉘앙스)'라는 개념을 도입한다. "일본 시의 생명적 요의(要義)는 운율에 없고 색조에 있다고 해야" 하며, 바로 이 "말의 색조"가 "내부의 운율" 혹은

---

49 北川透, 『萩原朔太郎『詩の原理』論』, 東京 : 筑摩書房, 1987, 49~58면 참조. 이 책의 저자는 핫토리 요시카의 「리듬론」(1913)의 강한 영향 아래에서 하기와라의 초기 논의가 전개되었으리라고 추측했다.
50 萩原朔太郎, 「リズムの話」, 『短歌雜誌』 3-4, 1920.1.

"느낌으로서의 운율"에 해당한다. '광의의 리듬'이란 바로 이 "내부의 운율" 혹은 '내부율'을 가리킨다. 그는 여기에서 '광의의 리듬-협의의 리듬'을 '내부율-외부율'이라는 말로 바꿔 제시한다. '외부율'은 평측법이나 억양법을 지닌 중국과 서양의 것이고 '내부율'은 원래 '풍부한 색조'를 특징으로 하는 일본어와 일본시가의 것이다. 그런 까닭에 "시의 '외부의 운율'을 부정하고 '내부의 운율'을 본의로 하는 시형"인 자유시는 서양에서는 최근에 생긴 것이지만, 일본시는 고래부터 "자유시의 정신"에 입각한 것이었다고 설명한다.

표면적으로 볼 때 이 글은 앞서 언급한 후쿠시 코지로의 「리듬론의 신제의」를 의식하고 있지 않은 듯 보인다. 그는 후쿠시 코지로의 논의에 대해 언급하지 않는다. 글의 서두에 가와지 류코[川路柳虹]의 글을 범박하게 에둘러 비판하고 있고, '외부율-내부율'이라는 말이 오해될 가능성을 언급할 때도 이와노 호메이[岩野泡鳴] 식의 "내분적(內分的)인 작은 운율"과 혼동되지 않도록 주의를 요구하고 있을 뿐이다. 그러나 몇 가지 단서들이, 후쿠시 코지로의 앞의 글을 의식하며 이 글이 씌어졌으리라는 점을 짐작하게 해 준다. 일단 하기와라가 이전까지 분류체계로 내세웠던 '음조[調子] 본위-리듬 본위'가 '외부율-내부율'로 대체되었다는 점이 그러하다. '외부율-내부율'로서 그가 논하고자 한 것은 후쿠시가 '외형률-내용률'로 말하고자 한 것에 오히려 대치되는 것이지만, 적어도 용어의 설정에 있어서는 후쿠시로부터 일정한 영향을 받았을 가능성이 크다. 두 해 전 그가 무로우 사이세이의 저서 『새로운 시와 그 작법』 서문에서 언급한 '시의 내재율'과 이 글의 '외부율-내부율'은 의미의 무게로 보나 관점으로 보나 분명한 차이가 난다.

더불어 글의 뒷부분에 하기와라는 '내부의 운율'이라는 말에 'インナ
アリズム'(이너리듬)이라는 후리가나를 붙이고 있는데, 이 말 역시 후쿠
시의 글에서야 비로소 등장하게 된 용어이다. 또한 '내부의 운율'을 중시
하는 지평에서는 "예술 그 자체가 이미 리듬이어야" 하기에, "시와 산문
사이에는 하등 본질적 차이가 없다"는 언급 역시 후쿠시의 글과 일종의
대화 관계를 형성한다. 후쿠시는 앞의 글에서 최근의 시단이 "하기와라
사쿠타로 군과 같은 명민한 마음을 지닌 시인으로 하여금 '시와 산문은
명료한 구별이 없다'고 단언하게 해 버"렸다고 지적했다. 하지만 현재까
지 일별한 자료에 한해 조심스레 판단컨대, 그때까지 하기와라는 시와
산문의 구별이 없다는 식의 말을 직접적으로 한 적은 없는 것 같다. 오히
려 그는 "산문과 시의 구별조차 알지 못하는 듯한 것이 자유시라면, 자유
시만큼 야만이고 자유시만큼 유치한 시형도 없을 것이다"[51]라며, 당대
언설을 답습하여 시를 산문과 차별화하려 한 바 있다. 하기와라가 "시와
산문 사이에는 하등 본질적 차이가 없다"고 단정적으로 말한 것은 후쿠
시가 하기와라의 생각을 그와 같은 식으로 정리해 준 이후이다. 말하자
면 하기와라의 논의에 대한 후쿠시 식의 정리가 오히려 하기와라에게
영향을 미쳐, 후쿠시와 다른 편에서 논의를 펼 수 있는 정돈된 토대로 작
용하는 것이다. 요컨대 이 시기의 후쿠시 코지로와 하기와라 사쿠타로
는 직접 논쟁과 반박의 영역으로 뛰어드는 대신, 상대를 의식하고 상대
의 논의에 이의를 제기하는 동시에 상대로부터 일정 정도의 자양분을
흡수하는 생산적인 영향 관계에 있었다고 할 수 있을 듯하다.

51　萩原朔太郎, 「序に代えて」, 室生犀星, 『新しい詩とその作り方』, 東京 : 文武堂書店,
　　1918, 3～4면.

2_ 비교적 산발적이었던 논의가 논쟁의 국면으로 접어든 것은 후쿠시 코지로가 「하기와라 사쿠라로 씨와 아오야마 카손[青山霞村] 씨의 리듬론 비평」(1920.3)을 발표하고 뒤이어 아오야마 카손이 그때까지의 자유시 리듬론에 전면적인 비판을 가하면서부터였다(1920.6). 아오야마는 그때까지의 자유시 리듬론을 크게 둘로 나눈다. 하나는 하기와라 사쿠타로에 의해 대표되는 것으로 "내용률 인상률론 즉 시 산문 무차별론"이다. 이름만은 당시 활발히 활동 중이던 하기와라를 거론했을 뿐이지만, "내용률 인상률론"이란 언급은 확실히 핫토리 요시카와 하기와라 사쿠타로를 하나의 계보로 파악하고 있음을 짐작케 한다. 또 하나로는 "시와 산문의 구별을 인정하고 자유시에 시로서의 논거를 주고자 하는 것"으로 이와노 호메이와 후쿠시 코지로에 의해 대표되는 논의를 지적한다. 전반적인 윤곽 소개에 이어 그는 세 사람의 리듬 논의를 차례로 비판하는데, 그 강도는 하기와라에 대해서 가장 강했고 후쿠시에 대해서는 부분적인 반론에 한한 것이었다. 그러나 막상 아오야마의 논의에 가장 예민한 반응을 보인 이는 후쿠시 쿠지로였다. 이후 인신공격이 뒤섞인 두 사람 간의 논쟁은 『단가잡지(短歌雜誌)』를 통해 1922년까지 이어진다.[52]

이를 시발로 하여 하기와라 사쿠타로와 후쿠시 코지로 사이에도 직

---

[52] 논쟁에 해당하는 서지를 정리하면 다음과 같다. 福士幸次郎, 「萩原朔太郎氏と青山霞村氏のリズム論批評」, 『短歌雜誌』 3-6, 1920.3; 青山霞村, 「自由詩家のリズム論」, 『短歌雜誌』 3-8, 1920.6; 福士幸次郎, 「青山霞村氏への駁論」, 『短歌雜誌』 3-9, 1920.11; 青山霞村, 「福士氏の駁論を讀む」, 『短歌雜誌』 4-6, 1921.6; 福士幸次郎, 「青山霞村氏に對する駁々論」, 『短歌雜誌』 4-8, 1921.8; 青山霞村, 「福士氏の駁論を駁する」, 『短歌雜誌』 4-10, 1921.11; 福士幸次郎, 「青山霞村氏の妄言」, 『短歌雜誌』 5-4, 1922.4; 「福士氏對青山氏の論爭に就て」, 『短歌雜誌』 5-4, 1922.4.

접적인 논쟁이 전개되기에 이른다. 이를 통해 두 사람은 자유시의 리듬에 대한 자신들의 입점을 보다 견고히 해 나가기에 이른다. 하기와라는 후쿠시 코지로와 아오야마 카손에 대한 직접적인 반론으로서 「시가의 형식론자에게 물어 시의 본질을 논하다」를 발표한다.[53] 그는 "형식에서도 내용에서도 시와 산문 사이에는 하등의 구체적인 할선(割線)이 존재하지 않"음을 다시금 강조한다. 어떤 형식론자들은 "자유시에서 형식운율을 발견하는 데에 안달이 나"서 "어떤 자유시를 골라 하나하나 어수(語數)를 검토하고 박절(拍節)을 세분"하곤 하는데, 이는 "무의미하고 어처구니없는" 짓이다. "그런 종류의 리듬은 굳이 자유시에 한정되는 것이 아니라 다른 여하한 산문에 내재하는 것"이며, 양자는 "미감"을 얼마나 지녔는가와 관련해서 '정도의 차이'만이 있을 뿐이다. 여기서 말하는 '어떤 형식론자들'이란 물론 후쿠시 코지로 및 한 해 전인 1920년 타계한 이와노 호메이를 가리킨다.

다음 달 후쿠시 코지로는 이에 대한 반론으로서 「자유시음율론」을 발표한다.[54] 그는 일본어의 음률 발생의 기반으로서, "내용률 혹은 내재율"을 보다 구체화하기 위한 것으로 '권형률(權衡律)'[55]이라는 새로운 개념을 도입한다. "악센트 본위의 지나어나 영어"와 달리, 일본어는 "실러블 본위의 프랑스어나 스페인어 등 로마어 계와 일치한다." 그러나 프랑스 시가 반복에 기초하여 음률을 발생시키는 "반복률"인 것과 달리, 일본시가는 "음수율상 가지런하지 않은 각 구를 지닌 각 행이 그 가

---

53   萩原朔太郎, 「詩歌の形式論者に問ひ併せて詩の本質を論ず」, 『日本詩人』, 1921.12.

54   福士幸次郎, 「自由詩音律論」, 『日本詩人』, 1922.1.

55   '권형(權衡)'은 저울추나 저울대를 뜻한다.

지런하지 않음 속에서 권형률을 얻어 하나의 음률적 효과를 산출"한다. 가령 프랑스 시의 알렉상드리앵은 4·2+4·2, 3·3+3·3 식의 질서 정연한 방식으로 구성되는 데에 비해 일본 시는 5·5+7·7과 같은 식으로 구성되지 않는다. "이것이 우리 국어가 자유시율에 적합한 이유"이다. 다만 연구가 부족했기 때문에, "외형상 근본적 규약을 전연 파괴한 것처럼 생각"될 뿐이다.

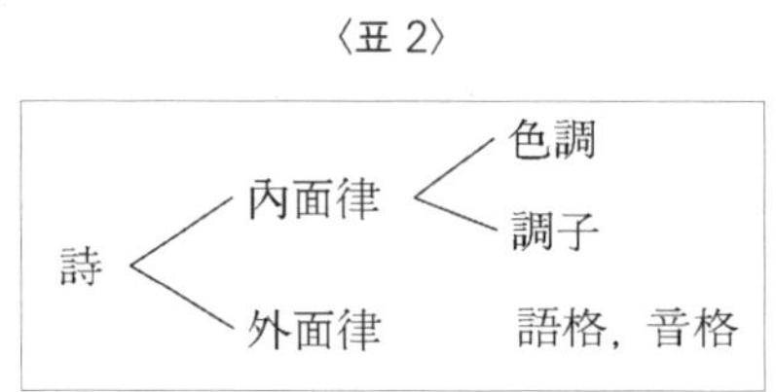

<표 2>

두 사람은 각각 한 번 씩 더 반론을 펼친다. 하기와라 사쿠타로의 경우는 재반론의 자리에서 "시의 요건"을 〈표 2〉와 같이 정리한다.[56] 이후 그는 두 번째 시집 『청묘(青猫)』(1923)의 부록에 그간의 논의를 토대로 한 장문의 에세이 「자유시의 리듬에 대하여」를 발표하여 자신의 리듬론을 보다 정교하게 다듬는다. 한편 후쿠시 코지로는 그 자신의 작업이 "음률적 요소가 풍부한 국어"에 대해 "내용률이라는 이론"을 밝히려는 방향을 취한다 해도, 자신은 "자유시 부정론자"가 아니라 "자유시론자"임을 강조하며 다분히 수세적인 자세로 논쟁을 일단락한다.[57]

3_ 후쿠시 코지로-하기와라 사쿠타로의 논쟁은 확실히 10년 전 이

---

56 萩原朔太郎, 「再度詩の形式論者に與ふ」, 『日本詩人』, 1922.2, 85면. 앞서 발표된 그의 글들이 '調子'를 외면률, 혹은 외형적 율격에 포함시킨 것과 달리 여기서는 '내면율'에 위치시키고 있다. 이와 관련된 개념의 모순에 대해서는 다음 글을 참고할 수 있다. 北川透, 『萩原朔太郎 〈詩の原理〉 論』, 東京 : 筑摩書房, 1987, 68~71면.

57 福士幸次郎, 「二月詩壇月評」, 『日本詩人』, 1922.3.

와노 호메이-핫토리 요시카의 논쟁과 연장선상에 있다고 할 수 있을 듯하다. 후쿠시 코지로가 이와노 호메이의 '내용률'을 보다 정교하게 다듬는 데에 집중하고 있다면, 하기와라 사쿠타로는 핫토리 요시카의 '인상률'을 한층 극단으로 밀어붙인다. 후쿠시는 내면적 감정의 분출이 말의 음률, 일본어의 경우 이른바 '권형률'로 조직되어 표출된 것을 '이너 리듬'으로 간주한다. 그에게 '내용률'이란, 서양이나 중국과 달리 아직 그 기반이 과학적으로 엄밀하게 연구되지 않은 일본어 음률 구조의 하위 개념이다. 그러므로 분석적 방법을 통해 밝혀져야 할 미지의 연구 대상이 된다. 반면 하기와라는 '리듬' 혹은 '운율'이라는 개념 자체가 서양에서 온 것임을 강조하며, 이 개념으로는 일본시가의 시가다움을 밝힐 수 없다고 본다. 굳이 리듬이라는 말을 사용하고자 한다면 그것은 "광의의 리듬"(「리듬 이야기」) 혹은 비유적인 의미에서의 리듬이어야 하며, 이때 "느낌으로서의 운율"인 '내면률'은 미적인 것, 혹은 시적인 것을 총칭하는 용어가 된다.

그러나 이 시기 자유시 리듬론은 용어를 전유하는 방식에서 10년 전의 리듬 논의와 미세한 차이를 보인다. 핫토리 요시카는 이와노 호메이와 분명한 차이를 두기 위해, '내용률'과 혼동되지 않도록 '인상률'이라는 새로운 용어를 제시했었다. 접근법의 차이가 용어의 차이를 낳는다. 이에 비해 후쿠시 코지로와 하기와라 사쿠타로는 '내( )률'을 공유한다. 더불어 '내( )률'은 때에 따라 '내용률', '내면률', '내부율', '내재율' 등으로 달리 불리지만, 양쪽 공히 '이너 리듬(inner rhythm)'이라는 말로서 이 새로운 개념어를 수렴시키고 있다.

급기야 'inner'라는 말이 첨가되었다는 점에 유의하자. 이전까지 새로운 시, 혹은 자유시의 운율에 해당하는 외래어는 그냥 '리듬'이었다. 리듬은 음조[調子]가 아니라 시인의 "호흡이요 생명" 자체라는 것이 일반적인 생각이었다. 강조할 필요가 있을 경우엔 '주관의 리듬', '찰나의 리듬' 같은 말을 썼다. 양주동이 "리듬이라 할는지, 내재율이라 할는지" 하며 '리듬'과 '내재율'을 동일시한 것도 이러한 맥락 속에 있다. 그런데 이제 '리듬'이라는 말만으로는 뭔가 부족해진다. 후쿠시 코지로는 구스타브 칸의 "의미의 분절점은 소리의 분절점[l'arrêt du sens, l'arrêt du voix]" 이라는 명제로부터, 하기와라 사쿠타로는 "시란 인간의 마음속에 있는 운율(리듬)을 불러일으키는 것"이라는 괴테의 정의로부터, '내( )률'을 창안할 수 있는 근거를 끌어왔다.[58] 단 술어적 표현을 명사적 개념으로 치환하는 것으로서 결핍이 해소되는 것은 아니었다. 이쪽에 명사적 개념 '내( )률'이 있다면, 그에 상응하는 저쪽의 개념 '이너 리듬'도 함께 상상되어야 했다.

여기서 특히 눈길을 끄는 것은 하기와라의 경우다. 앞에서도 잠시 언급했듯 그는 '외부율-내부율'이라는 이항 체계를 제시하면서, 자신이 말하는 '내부율'이 이와노 호메이나 후쿠시 코지로 식의 '내( )률'과는 다른 것임을 분명히 해 두고 있다. 문제는 그가 이 두 사람을 의식하기 전에는 '외부-내부'라는 이항 체계로써 리듬을 설명하려 한 적이 없었다는 점이다. '내( )률'을 먼저 내세운 쪽은 '자유시'에서도 모종의 리듬 규칙을 찾아내려고 한 이와노 호메이, 그리고 후쿠시 코지로였다. 나아

---

58 福士幸次郎, 「リズム論の新提議―內容律と外形律とに就いて」, 『文章世界』, 1919.10(『福士幸次郎著作集』上, 靑森 : 津輕書房, 1967, 363면에서 인용); 萩原朔太郎, 「リズムの話」, 『短歌雜誌』, 1920.1(『萩原朔太郎全集』6, 東京 : 筑摩書房, 1975, 337면에서 인용).

가 '이너 리듬'이라는 영어식 어휘를 "내용률 혹은 내재율"과 등가로 구성해 낸 것도 후쿠시 코지로였다. 하기와라는 이들과 분명히 관점을 달리 하되, '내( )률'과 '이너 리듬'이라는 용어를 향한 욕망을 거두지 않는다. 핫토리 요시카가 '인상률'이라는 용어로 '내용률'과는 다른 영토를 구성해 내려고 했다면, 하기와라 사쿠타로는 '인상률'이라는 말을 물려받거나 새로운 용어를 만들어내는 대신, '내( )률'과 '이너 리듬'이라는 말의 헤게모니를 잡으려 한다. '內' 혹은 'inner'의 시니피에가 발산하는 강력한 권위가 새삼 확인되는 대목이다.

하기와라의 의도는 성공적이었다고 할 수 있을 듯하다. 이 논쟁을 즈음하여 '내( )률'과 '이너 리듬'은 더 이상 '정밀하게 세분된 리듬 규칙'이라는 의미로 사용되지 않게 된다. 대신 그저 느끼는 것만이 가능한 '마음속의 보이지 않는 리듬'에 가까워진다. '운율'과 '사상'의 대립으로 파악될 수 있는 기타하라 하쿠슈[北原白秋]와 민중시파 사이의 유명한 논쟁(1922)에서,[59] 기타하라 하쿠슈는 민중시파 시인들의 시를 비판하는 근거로 '내률(內律)' 혹은 '내면률'의 부재를 내세웠다. 이제 '내( )률'은 구습의 시로부터 새로운 시대의 시를 구분하는 기준이라기보다는 산문으로부터 시를 보호하는 자명한 시적 속성인듯 기술된다. 자유시의 표현에 있어서는 "시로서의 내률(內律) 그대로의 참의 리듬이야말로" 존중되어야 한다.[60] 그는 후쿠다 마사오[福田正夫]의 시를 가혹하게 비판한 이유를 첨언하며 "참의 내면률은 즉 외률(外律)이 아니"라는 것,

---

59 이 논쟁에 대해서는 다음 글을 참고할 수 있다. 羽生康二, 앞의 글, 170~174면; 坪井秀人, 『聲の祝祭』, 名古屋 : 名古屋大學出版會, 1997, 27~32면 참조.

60 北原白秋, 「散文が詩といへるか」, 『讀賣新聞』 1922. 11. 15~18(『白秋全集』 18, 岩波書店, 1985, 70면에서 인용).

"외률(外律)이 내률(內律) 그대로의 표현에 있지 않은 한 시로서 응당 가치가 없다는 것"을 강조한다.[61]

1926년에 발표된 가와지 류코[川路柳虹]의 「시에 있어서의 내용률의 부정」[62]은 이러한 양상을 한층 뚜렷이 보여준다. 1907년 이후 한동안 '구어자유시'의 창작 및 논의의 핵심에 있었던 그는 1910년대 후반부터는 자유시의 산문성을 비판하기에 이르는데,[63] 특별히 주목되는 것은 "내용률"을 의미화하는 방식이다. 이 글은 그가 한 해 전 제창한 "신율격"의 필요성을 공고히 하기 위해 쓰여진 것인데, 이를 위해 가와지 류코는 "내용률"이 부정되어야 하는 근거를 차근차근 서술해 나간다. 먼저 그는 '내용률'이라는 단어의 기원을 의심에 부친다. "마치 외래어인 것 같이 이너리듬이라는 후리가나가 붙지만, 구미의 시가(詩家)에서 자유시를 논하던 사람들 중에 명확히 이런 말을 적은 이를 나는 거의 보지 못했다." 미국이나 영국에서도, 1890년대의 프랑스 시단에서도 "Inner Rhythm"이라는 전례는 찾을 수 없으며, 가장 비근하다고 할 만한 것은 "개적 음률" 혹은 "개인적 음률"이라 번역될 수 있는 "Personal Rhythm" 혹은 "Rythme Personnele"가 전부라는 것이다. 그는 "어느 결엔가 이입된 말처럼 생각되는 내용률"이 실은 "외국에서 만든 것이 아니라 일본제[和製]"일 것이라 추정한다. 그의 비판은 이 출처불명의 말로써 "시의 본질을 애매"하게 흐리는 이들에게로 이어진다. "어디에 있

---

61 北原白秋, 「附記」, 『詩と音樂』 1-4, 1922.12(『白秋全集』 18, 岩波書店, 1985, 84~85면에서 인용).
62 川路柳虹, 「詩に於ける內容律の否定」, 『日本詩人』, 1926.8.
63 가와지 류코의 문학적 궤적 및 조선 문인들과의 관계에 대해서는 구인모, 『한국 근대시의 이상과 허상』, 소명출판, 2008, 211~220면 참조.

는지 알 수 없는 듯한, 바깥에서는 들여다볼 수 없는 듯한 것"을 "내적"이라거나 "본래적인 것"이라 하는 것은 "유령의 존재를 믿는 것"과 다를 바가 없다. "정서와 리듬은 전혀 다른 것"인데도 불구하고 이것들을 "혼동하기 때문에 리듬을 외면적인 것 내면적인 것으로 멋대로 나누어 내용률이라는 정체불명의 유령을 믿는 데에 이르게 된 것"이라고 그는 주장한다.

가와지 류코만큼 과격하지는 않지만, 같은 지면에 글을 실은 요시다 잇스이[吉田一穂] 역시 마찬가지였다.[64] 그는 "음률"이라는 단어 옆에 "リトム(리듬)", "내용률"이라는 단어 옆에 "インナーリズム(이너리듬)"이라는 후리가나를 적는다. 구어의 사용을 강조하던 그간의 "내용편중" 시들이 "내용률"을 내세운바, "물론 내용률(이너리듬)은 개개의 감정의 발동에서 기인하는 기식(氣息)에 뿌리내린[根定] 심리율"이지만 실제 창작에서는 "무운성(無韻性)"에 귀착되어서 시를 산문과 다름없게 만든다는 것이다. "새로운 음률의 창조"가 요청되는 것은 이러한 까닭이다.

이 글들이 목표하는 바와는 별도로, 우리는 이를 통해 '내용률'에 대한 별도의 부정이 필요할 만큼 이 말이 1920년대 중반 일본시단에서 익숙하게 쓰이고 있었다는 점을 알게 된다. 또한 후쿠시 코지로에 의해 제기된 '내용률 = Inner Rhythm'의 등가공식이 이미 자명한 것으로 받아들여지고 있었다는 점, '내용률'의 출처를 막연히 서구로 상상함으로써 '내용률'에 근대문학적 개념의 지위를 부여할 수 있었다는 점도 또한 추정케 한다.

---

64 吉田一穂, 「新しき音律の發生」, 『日本詩人』, 1926.8.

가와지 류코가 비판하려고 한 그 '내용률'은, 이와노 호메이나 후쿠시 코지로 식의 '내용률'이 아니라 하기와라 사쿠타로에 의해 의미화된 '내면률' 혹은 '내부율'이었다. 사실 "신율격" 혹은 "정음자유시(定音自由詩)"을 구상하는 가와지 류코의 작업은 이와노 호메이 및 후쿠시 코지로의 기획과 유사한 범주에 속하는 것이었다고 할 수 있다. 그 역시 시에 대한 "주관적 독단"을 넘어서 "객관적 타당성을 지닌 과학적 연구"를 목적으로 삼았다. 말하자면 세부적인 방법론에서는 다소간의 차이를 노정하지만, 세 사람 모두 일본어 고유의 성격을 규명하고 일본어에 걸맞는 정밀한 리듬 체계를 만드는 것을 지향점으로 여기고 있었다. 차이는 '내( )률'의 내포를 설정하는 방식에서 나타난다. 이와노 호메이는 세분화된 음각 단위의 리듬 규칙과 '내용률'을 느슨하게 관계 지었고, 그 관계는 핫토리 요시카에 의해 보다 간명하게 요약·제시되었다. 후쿠시 코지로는 보다 의식적으로 "내용률 혹은 내재율의 문제"를 7·5조나 5·7조보다 더 근원적이고 직접적인 음수율로 다루고자 했다. 반면 가와지 류코는 '내용률'을 부정함으로써 비슷한 작업을 한다. 그에게 현대적 일본시가에 어울리는 리듬체계 정립이란 '내용률'과는 무관한 작업이었다. '내용률'이라는 말을 처음 쓰기 시작한 것은 이와노 호메이였고 'Inner Rhythm'이라는 가상의 번역어를 처음 쓴 것은 후쿠시 코지로였지만, 고안된 말의 의미는 1920년대 중반 무렵 이미 최초 의도와는 다른 방식으로 굳어져 있었다고 보아야 할 것이다.

3. 유령의 존재−일본식 대처법과 조선식 대처법

1_ '리듬', '산문시', '자유시'를 둘러싼 일본의 논의들은 거의 예외 없이 서양과 중국에 대응하는 일본시가의 존립 방식을 궁구한다. 서양과 중국의 시가에는 억양과 평측에 의한 세밀한 규칙이 존재한다. 그런데 우리 시가에는 왜 그런 것이 없는가. 새로운 시가의 리듬에 주목하려 한 이들은 7・5조 식의 음수율보다 더 치밀한 리듬규칙을 찾으려 했든, 아니면 '주관의 리듬'을 강조했든, 일본시가가 서양 및 중국의 시가와 '대등'해질 수 있는 기제를 포착하려고 했다. 그것은 조선의 경우에도 마찬가지였다고 할 수 있다. 단 이 메커니즘이 '내( )률'이라는 단어 속에 침전되는 양상은 일본과 조선의 경우 각각 다르게 나타난다.

앞서 검토한 일본의 논의에서 주목되는 것 중 하나는 '내( )률'이라는 개념의 고안이 '대등함'을 구상하려는 저 욕망에 곧바로 대응하지 않는다는 점이다. 오히려 '대등함'에서 한 발 더 나아가려는 지점에서, '내( )률'이라는 용어가 만들어진다. 이 작업은 일본시가에 '첨단'과 '보편'이 결합된 우선적・우월적 지위를 부여하는 방향으로 나아간다. 이는 '내( )률'의 내포를 어떤 식으로 할당하든 공히 나타나는 경향이다.

　①英獨詩が音勢のはッきりして居るので, アイアムバス(弱強), トロキイ(強弱)等の脚を毎行変化なしにつづけることも出來る代りに, 邦詩は二音の脚, 三音の脚, 四音の脚を一行中にも混用して行くところに変化が出來て居る。"音勢で行くものは, 音量を主とするものよりも, 身体の律的活

動に伴ふことが切實で, 音量を主とするものは, 音勢で行くものよりも, 表情的節奏を利用する余地が多い"(『半獸主義』)は事實だ.[65]

영국・독일의 시는 음세(音勢)가 확실히 있어서, 아이앰버스(약강), 트로키(강약) 등의 각(脚)을 매 행 변화없이 이어갈 수 있는 반면, 우리 시는 2음의 각, 3음의 각, 4음의 각을 한 행 안에도 혼용하는 데서 변화가 생긴다. "음세(音勢)로 이루어지는 것은 음량을 주로 하는 것보다 신체의 율적 활동에 어울리는 것이 절실하고, 음량을 주로 하는 것은 음세로 진행하는 것보다 표정적 절주(節奏)를 이용할 여지가 많다"(『반수주의』)는 것은 사실이다.

② 言語其のものは旣に制限された材料である, 日本語に音勢(アクセント)なく音韻(ライム)なく, 僅かに不明確で不統一ながらも音量があって, 更に, 今後の自由詩かに對しては何等の權威も無いものだが音數律が之に加はるばかりである. 西洋の詩は, 或る種類の趣(おもむき)を彷彿させるやうに機械的に律格(ミイタイ)を分類する事が出來るだらうが, 此の不自由な日本語では其れが出來ない, 又出來ないのが却って幸福である.[66]

언어 그 자체는 이미 제한된 재료이다. 일본어에는 음세(악센트)가 없고 음운(라임)이 없고, 겨우 불명확하고 불통일하나마 음량이 있지만, 더더욱

---

65 岩野泡鳴, 『新體詩の作法』, 修文館, 1907(『岩野泡鳴全集』 11, 臨川書店, 1996, 30∼31면에서 인용).
66 服部嘉香, 「詩の印象律」, 『早稲田文學』, 1910.4, 54면.

앞으로의 자유시에 대해서는 하등의 권위도 없는 것으로, 음수율이 이에 더해질 뿐이다. 서양의 시는 어떤 종류의 멋을 방불케 하듯이 기계적으로 율격(미터)을 분류할 수 있을 테지만, 부자유한 일본어로는 그럴 수 없고, 또한 그럴 수 없음이 오히려 행복이다.

①은 이와노 호메이의 '내용률' 구상이 어렴풋이 윤곽을 드러내는 부분이다. 앞에서도 언급했듯 그는 이 책의 본문에서는 직접 '내용률'이라는 말을 쓰지 않았지만, 서문에 언급된 '내용률'은 위 인용 부분에서 가장 근사치의 설명을 얻는다. 한편 ②는 핫토리 요시카가 일본시가에 '인상률'이 중요함을 강조하기 위해 일본어와 서양의 다른 언어들이 지닌 특징을 간략히 비교한 부분이다.

①과 ②는 방법은 다르지만, 공히 서구시의 '음세'와 등가적 관계를 형성하는 것으로서 일차적으로 '음량(音量)'을 구상한다. ①의 경우는 '음세'와 '음량'을 거의 대등한 것처럼 기술한다. 'A가~하다면 B는~하다' 식의 중립적 어법을 채택하고 있다. '음세'에 기반한 규칙은 서구시의 원천이고 '음량'에 기반한 규칙은 일본시의 원천이다. 그러나 어느 쪽을 우위에 두려 하는지는 비교적 자명하다. '음량'에 기반한 리듬, 즉 앞으로 밝혀져야 할 일본시가의 세밀한 규칙은 "표정적 절주"와 연결된다. "표정적 절주"를 다른 식으로 표현하면 '찰나적 주관의 발현' '내적 심리의 표출', 즉 근대문학 혹은 근대 상징주의가 모토로 삼았던 바로 그것에 해당한다. 이를 따르자면 시에 있어서 근대성이란 일본시가의 본질에 다름 아니다. 시대의 첨단은 바로 일본적 보편이 된다.

②도 크게 다르지 않다. ②는 ①과 달리 일본시가의 '음량'이 극히 헐

겁고 통일성이 없는 것으로 파악한다. 그러나 그것이 "오히려 행복이다." 기계적 규칙과 관련된 속박으로부터 애초에 자유롭기 때문에 일본시가는 어떤 다른 시가들보다 "주관 그 자체의 리듬", "절대의 리듬"인 '인상률'에 가까이 갈 수 있다. 세밀한 규칙이 없다는 결핍감은 곧장 자부심으로 뒤바뀐다. 기계적 율격을 따르는 시가들에 비해 그렇지 않은 일본시가는 인간의 근원적 심정의 표현에 훨씬 가까이 있다. '내용률'이나 '인상률'이라는 말은 단순히 서구시가의 이념이나 지향을 번역하는 과정에서 부수적으로 고안된 것이 아니라, '오래된 첨단'으로 일본시를 위치 짓는 작업으로 이어진다.

'내( )률'이라는 용어를 공유하는 후쿠시 코지로와 하기와라 사쿠타로의 경우는 이러한 양상을 보다 분명하게 드러낸다. '이너리듬'이라는 외래어를 통해 그 기원이 서양의 자유시에 있는 것처럼 논의를 이끌어가면서도 이들의 논의는 '내( )률'을 일본시가 고유의 것에 할당하는 방향으로 전개된다. 후쿠시 코지로의 경우 섣부른 비교를 자제하고 있지만, 그가 과학적인 관점에서 접근하려 하는 '내용률'은 악센트와 실러블의 반복에 의해 조직된 시가에는 적용될 수 없는 개념이 된다. 외적인 규칙이 강할 경우 내면의 자유로운 분출이 우선시될 수 없으며, 반대로 외적 구속을 벗은 자유시의 경우 해당 언어의 음률 구조를 넘어서 버리기 때문이다. 후쿠시 코지로의 '내용률'은 「자유시 음률론」에서 그가 일본시가의 특유한 음률구조로 명명한 '권형률(權衡律)'로만 구체화될 수 있다. "이것이 우리 국어가 자유시율에 적합한 이유"라 할 때, 그는 일본시가를 '자유시 이전의 자유시'로 바라보고 있는 셈이다. 한편 하기와라 사쿠타로는 훨씬 더 직접적으로 '내면률' 혹은 '내부율'이 일본시가에 특

히 적절한 개념임을 언급한다. 말의 "색조(뉘앙스)"에 기반한 일본시가
는 "처음부터 내부의 운율(리듬)을 본의로" 한 것, 본질적으로 "자유시의
정신"에 입각한 것이다(「리듬 이야기」). 다만 그것이 서양의 시가를 경험
하게 된 이제 와서야 인식되었을 뿐이라는 것이 그의 견해다.

　내용-형식의 이분법적 사유는 운율론 속에 스며들면서 기이하게도
자-타의 이분법과 손을 잡는다. '외적인 리듬'이 '남의 것'(서양과 중국)으
로서 자각되고, 타자를 통해 자기주체성이 구성되듯 '나의 것'(일본)은
'내적인 리듬'으로 상상된다. 동시에 이 기획은 근대적 내용우선주의를
일본적 자연성·본원성에 접합시키는 방식으로 표출된다. 미리 정해
진 형식에 구애되지 않고 '내용' '내면' '내부'에 충실해 왔던 일본시가는
본질적으로 이미 앞서 자유시이었으며 이미 앞서 근대적이었던 것이
된다. 뒤늦은 만큼 서둘러 쫓아가야 한다는 초조감을 애써 감춘, 이런
목소리가 들리는 것 같다 : '도달해 있어야 할 곳에 우리는 이미 도달해
있다. 우리가 그들을 따라야 하는 것이 아니라 그들이 우리를 따라오고
있었던 것이다.'

　2_ 내용률, 내재율, 내면율, 내률, 심률, 동기율, 권형률, 자유율. 난
립하던 용어들 중 조선에 들어와 정착된 것은 '내재율'이었다. 그렇게
되는 데에는 자유시가 소개된 이래 불과 10년 정도밖에 걸리지 않았다.
그리 된 사정이 무엇인지는 정확히 알 수 없다. 일본에서는 목하 '생성'
중이던 개념이었던 데 반해 조선에서는 이미 '확정'된 근대문예의 용어
로서 그대로 받아들여졌기 때문일 수도 있겠다. 양주동이 말했던 것처
럼 그때의 조선문학은 "완전한 운율론 하나가 나타나지 않"은 결핍의

상황인지라, 급히 이 결핍을 메울 말들이 필요했던 것일지 모른다. 적당한 말을 찾기 위해 이런 저런 조어를 고안하는 대신, 이미 길을 튼 하나의 용어를 그대로 수용하면서 말이다.

앞에서 지적했듯 그 길을 트는 데 큰 역할을 한 것은 아무래도 '내재율'이라는 말을 빈번히 사용했던 김억이었던 것 같다. 김억은 또 가와지 류코가 '내용률의 부정'을 일갈하는 가운데 역설적으로 '내용률 = Inner Rhythm'의 각인을 반증해 주었듯, '내재율'을 애써 부인하려는 언설을 통해 역으로 '내재율'이 이미 널리 받아들여지고 있는 조선 문학계의 현상을 반영적으로 보여주었다. 양쪽 모두 '부정을 통해 긍정'한다.

다만 가와지 류코가 내용률을 단호하게 부정한 데 반해, 내재율을 향하는 김억의 태도에는 망설임과 불안이 개입되어 있었다는 점을 다시한 번 짚어두어야겠다. 가와지 류코는 내용률이 그저 "유령적 존재"라는 자신의 주장에 근거를 댈 수 있었다. 서구에는 "Inner Rhythm" 같은 말이 없다는 것, '내용률'이란 뿌리도 없고 실체도 없는 가상의 "일본제"라는 것을 자신 있게 말할 수 있었다. 그러나 상징주의 문학 개념과 함께 '내재율'이라는 말을 접하고 이를 받아들인 김억은 가와지 류코처럼 단호할 수가 없었다. '리듬'과 '호흡'에 대한 논의를 급하고 깊게 흡수한만큼 떨쳐내기는 어려웠고, 그런 만큼 또한 그 근원을 들여다보기도 막막했던 게 아닐까.

'내용률'을 "유령적 존재"로 본 가와지 류코의 통찰에는 분명 날카로운 데가 있다. 실제로 서구의 자유시 논의에는 '내용률' '내재율' 등에 대응할 만한 단어는 없다고 한다. 더불어 이 "유령적 존재"를 쫓아내려 한 가와지 류코의 시도는 절반 이상 성공했다고도 볼 수 있는 면이 있다.

가와지 류코의 시대에는 '내용률 = Inner Rhythm'이라는 관념이 널리 받아들여지고 있었을지 모르지만, 그것이 아주 오래 지속되지는 않은 것 같으니 말이다. 1956년 발간된 『현대시용어사전』의 '내재율' 항목은 다음과 같은 단락으로 시작된다. "압운율과 어수(語數), 음률과 같은 시형의 외재적 음률 이외의 음율. 바꿔 말하면 자유시의 내부에 있다고 생각되는 리듬이다. 메이지 말기에 시의 정형을 내버린 시인들에 의해 다이쇼 초기에 제안된 단어이고, 이것은 그들이 신체시의 정형이라는 음수율을 버리면서도 아직 완전히 시를 음악에서 해방할 용기도 자신도 없었음을 보여주는 것이다."[67] 여기서 '내재율'은 그저 과거 한 시절 일군의 '용기 없는' 시인들에 의해 타협적으로 제안된 개념으로 취급된다. 사전에서 이렇게 언급될 정도라면, 이 단어는 이미 일본에서는 실효성을 잃은 사어(死語)에 가깝다고 보아야 할 것이다.

그러나 조선으로, 또 한국으로 시야를 돌리면 이 "유령적 존재"를 쫓아내려는 가와지 류코의 처방은 실패했다고 보는 편이 적절하다. 한국에서는 초중등 문학교육 과정에서 '자유시-내재율'을 가르친다. 문학 장(場)에서는 더 이상 활발히 유통되지 않는 개념이라 해도 교육 장(張)에서는 여전히 효용을 잃지 않고 있는 것이다. 저 사전에서 지적하듯 '내재율'은 "시를 음악에서 해방할 용기도 자신도 없"는 상태를 반영한 개념이라고 해야 할지 모른다. 다만 어떤 공동체는, 용기를 갖는 것이 불가능함에 의해 구성된다. 그 공동체에 만연한 불안과 망설임과 머뭇거림의 공기 속에서, "유령적 존재"는 수시로 출몰하며 점점 강한 존재

67　村野四郎・菅原克已 編, 『現代詩用語辭典』, 飯塚書店, 1956, 140면.

감을 얻게 된다.

'유령'은 실체를 지녔다고는 할 수 없지만 그렇다고 '없는 것'은 아니다. 감정과 리듬을 연동시키는 근대문예의 패러다임이 작동하기 시작했을 때, 모종의 결핍이 그 연동 고리에 이름을 부여하려는 욕망을 낳았을 때, 내재율이라는 유령도 함께 이 세계에 등장한다. 유령은 '없는 것'이 아니니, 쫓아내면 사라지는 대신 허약하고 불안정한 자리, 식민지 조선과 같은 장소로 이동한다. 아마 이 유령을 확실히 쫓아내기 위해서는 근대성의 인식틀을 통째로 일소해야 했을 것이다. 근대문학의 장르 개념, 서구의 문학적 실천에 대한 동경, 뒤늦은 자의 열패감, 타자를 통한 주체의 구성, 그 구성된 주체로서의 정체성, 그리고 시를 시로 만드는 본질에 대한 반성적 사유, 이 모든 것들을 말이다. 그 안에 가와지 류코를 비롯한 일본 시인들과 김억을 비롯한 조선 시인들이 실천했던 문학적 작업, 그리고 지금도 우리가 살아내고 있는 이 시대의 문학 전체가 포함되어 있다는 것은 말할 것도 없다. '문학의 종언' 같은 말이 따로 필요하지 않을 정도로 이 시대의 문학이 역사의 한 페이지로 사라질 때, 아마 내재율이라는 개념적 유령도 홀연히 자취를 감추게 될지 모른다. 다만 그때가 언제인지 누가 알 수 있을까.

제4장

두 개의 근대와 운율론의 향방

1. 종언과 혁명 사이 – 김기림의 제로 포인트

　시대를 초월한 본질로서의 문학이 아니라 역사적 산물로서의 문학. 근대성의 이념 속에서 구성되어 이 이념이 시효를 다할 때 언젠가는 그 가치를 잃게 될 문학. 이를 통찰하며 근대문학의 종언, 근대시의 종언을 일찌감치 선언한 것은 스물두 살의 김기림이었다.

　첫 시론인 「시인과 시의 개념」(1930)에서부터 김기림은 시의 사회적·계급적 지위를 역사적으로 고찰하면서 '시인'이 둘러쓴 후광을 철저히 벗겨내는 작업에 몰두한다. 부르주아지의 산물인 근대시는 이제 명을 다했다. "시인은 이미 몰락"하였고, "'시를 쓰는 시민'이라는 말" 외에는 더 이상 필요치 않다. 그는 우리 사회가 "시인이라는 호사한 폐물을 부양할 아무 의무도 필요도 없"음을 역설한다. 이 진단은 "'프로' 시인"들에게까지 미친다. 그는 이들이 "시인의 사회적 기능에 대한 과다한 신망을 결백하게 단념하지 않으면 아니 된다"고 쓴다. 이것 또한 "시인의 사회적 책무에 대한 불필요한 숭배"이며 "'소아병'에서 유래한 병적 사상"이기 때문이다.[1]

시를 무슨 대단한 천재의 작품처럼 여기는 관념을 떨어내고 "생활의 배설물"로 기각시키는 자리. 바로 그 자리가 시인이자 시론가로서 김기림의 출발점이었다는 데에 주목하자. 출발로서는 기묘한 출발이다. 무언가를 시작해 보려 할 때에는 무릇 그것에 대한 믿음과 기대를 내세우기 마련 아닌가? 김기림은 정반대였다. 자신이 바야흐로 하고자 하는 일을 먼저 땅바닥으로 끌어내린다. 다만 어조까지 냉담할 수는 없었다. 그는 "예술을 위하여 젊은 때의 많은 시간과 정력을 바친 사람 중의 한 사람으로서 이 종류의 논문을 쓰는 것은 매우 고통스러운 일"이라는 말을 시작으로 또 한 번 "근대시의 조종(弔鐘)" "현대시의 조종"에 대해 쓴다. 이 시대의 "고객"은 더 이상 시를 읽지도 않고 미술전람회에 가지도 않는다. "현대는 그것들에게 경의를 표할지는 모르나 확실히 사랑하지는 않는다." 현대의 관심을 사로잡는 것은 소설과 영화다. "'예술을 위한 예술'론자"들이 아무리 예술옹호론을 펼쳐도 엄연한 이 사실이 바뀌는 것은 아니다.[2] 시의 자리에 선 김기림의 절망과 비애는 어떤 데카

---

1 편석촌, 「시인과 시의 개념—근본적 의혹에 대하여 (3)~(4)」, 『조선일보』, 1930.7.26・28.

2 김기림, 「현대시의 전망 : 상아탑의 비극—'사포'에서 초현실파까지」, 『동아일보』, 1931.7.30~8.9.

당스 예술가의 것보다도 깊어 보인다. "오늘 조선문학의 장래를 말하는 것은 국외자에게 있어서는 한 개의 희극이요 그 속에서 일하는 당사자에게 있어서는 비극임에 틀림없다."[3]

동시대적 현실을 포괄적으로 살피는 눈으로 김기림은 시가 퇴물이 되어버렸음을 인정하지 않을 수 없었다. 그러나 마음의 이끌림으로서, "예술을 위하여 젊은 때의 많은 시간과 정력을 바친 사람"으로서 그는 시에 대한 애정, 좀 더 구체적으로는 '근대시'에 대한 애정을 저버리지 못한다. 김기림이 보여주는 사유의 여정은 이 분열을 피하지 않고 응시하는 것으로부터 시작된다. 한 눈으로 그는 "국외자"의 시야를 확보하고 또 한 눈으로는 "그 속에서 일하는 당사자"로서 근대의 문학에 스스로를 연루시킨다. 그리고 그 여정의 주요한 길목 길목에는 리듬과 형식의 문제가 놓여 있다.

1) 유물론과 방법적 해체

1_ 한동안 김기림의 시론을 두고 가장 자주 언급되던 것 중의 하나는 '리듬과의 결별'이었다. 이 때문에 그의 시론은 혹독하고 때로는 신경질적이기까지 한 비판들에 내몰린 적이 많았다. 그러나 몇 차례 지적된 바 있듯, 김기림은 리듬에 골몰했다고는 할 수 없으되 리듬을 져버린 적도 없었다.[4] 시학과 시사를 폭넓게 다루는 장문 평론에서만 그런 것

3 　김기림, 「장래할 조선문학은? (5)—태만휴식 탈주에서 비평문학의 재건에」, 『조선일보』, 1934.11.18.

이 아니라 개별 시인의 시를 평할 때도 마찬가지였다. 정지용의 시에서는 "일상대화의 어법을 그대로 시에 인용"한 "생기 있고 자연스러운 내적 '리듬'"을, 신석정의 시에서는 과장이 없는 "소박한 '리듬'"을, 모윤숙의 어떤 시에서는 "우렁찬 '리듬'"을 찾았다.[5] '리듬'을 정면으로 응시하지 않으면서도 시야에서 배제하지 않는 접근법. 이는 김기림의 시론을 관통하는 두 줄기의 큰 맥에 동시적으로 닿아있는 문제이기도 하다.

먼저 1930년대 김기림의 주된 작업 중 하나가 김억 이래 조선문단의 대기를 이룬 낭만주의·상징주의의 이념을 해체하는 것이었다는 점을 상기하기로 하자. 문제가 되는 것은 단지 애수, 비통, 우울 등의 정조가 주를 이루는 감상적 경향만이 아니다. 천재, 개성, 주관, 그리고 독창성과 미지의 신비를 강조하며 시에 고고한 아우라를 부여하는 사고방식 자체가 조선에는 상징주의의 유입에 의해 널리 퍼졌다. '음악의 상태를 지향하는 언어'라는 명제와 함께 운율이 강조되고 '내재율' 같은 말이 만들어진 것 역시 이와 연동되어 있다. 초점이 되는 바가 조선문단에 만연한 낭만주의·상징주의의 공기일 때, 운율과 음악성 전반에 대한 김기림의 언급은 확실히 강한 부정의 뉘앙스를 동반한다.

過去에 잇서서는 詩의 本質이며 生命이라고까지 規定되여 잇든 '리듬'(韻律)이라든지 格式을 쓰럭이통에 집어넛는 것은 現代의 詩人에게 잇서서는

---

4 김기림의 시론에서 '리듬'을 유의미한 자질로 다룬 대표적인 글들은 다음과 같다. 김인환, 「김기림의 비평」, 『어문학』 35, 1976(정순진 편, 『김기림』, 새미, 1999); 장철환, 「김기림의 모더니즘 시론에서 시적 리듬의 위상」, 『한국시학연구』 28, 2010.8.
5 김기림, 「1933년의 시단의 회고와 전망 (3)」, 『조선일보』, 1933.12.9; 김기림, 「모윤숙씨의 '리리시즘'—시집 『빛나는 지역』을 읽고 (상)」, 『조선일보』, 1933.10.29.

決코 賞讚할 만한 冒險도 아모것도 아니다 그것은 벌서 한 個의 常識으로
化하엿다

> —「手帖 속에서 (下)—現代詩의 性格 原始的 明朗」, 『조선일보』, 1933.8.10.

'詩는 感情의 表現'이라는 詩論이 詩壇을 支配하는 동안은 詩—抒情詩라
는 誤謬가 아무 疑問 없이 通用되는 便宜를 가진다.

(…중략…)

웃어운 일은 많은 사람들은 韻律이야말로 詩의 本質인 것처름 생각하고
있는 일이다. 世上의 수없는 詩의 試作者들은 韻律을 밟어서 말을 羅列함
으로써 詩를 지었다고 생각한다. 그래서 世上에는 怪常한 亡靈들이 韻律의
制服을 입고는 詩라고 自稱하면서 大道를 橫行한다. 그때 詩神은 아마도
그들의 부억에서 슬프게 울는지 모른다.

> —「現代詩의 技術」, 『시원』 1-1, 1935.2, 27~29면.

가령 김기림이 위와 같은 식으로 운율이라는 것을 조롱할 때, 그 조
롱은 단지 글자 수나 압운, 평측 등 형식상의 규칙에 전전하는 것만을
향하지 않는다. 그는 시의 본질로 간주되는 '운율이라는 이념' 자체를
떨쳐내기 위해 애쓴다. 리듬이란, 그렇게 골똘히 추구해야 할 만한 것
이 아니다. 그러나 골똘한 추구를 거부한다는 것이 곧바로 리듬을 아예
부정한다는 뜻으로 해석되어서도 안 된다. 인용문의 뜻을 보다 곰곰 새
길 필요가 있다. "쓰레기통"에 들어가야 하는 것은 리듬 자체가 아니라,
"시의 본질이며 생명이라고까지 규정되어 있던 리듬", 즉 '리듬 이데올
로기'인 것이다.

2_ 한편 김기림이 극히 경계하고자 했던 또 하나는 형해적(形骸的) 방법론이었다. '형(形)'과 '음(音)'을, 그리고 '내용'을 따로 떼어내어 어떤 특정한 요소를 강조하는 방식.

물론 어느 누구도 대놓고 형태나 운율만 중요하다거나 내용만이 전부라거나 하지는 않는다. 하지만 카프계 시인들이 '내용'을 우선시했다는 것은 두말할 나위 없고, 1920년대 중후반 부상한 시조부흥론 및 1930년 김억의 격조시형론이 '형식'을 우선시했다는 것, 김영랑을 비롯한 일군의 시인들이 고운 음상을 강조했다는 것 역시 분명한 사실이다. 더불어 이 문제와 관련하여 김기림의 시선은 조선문단을 넘어 자주 세계문단을 향한다. 그는 음악성과 결별하고 "회화성"에 치중한 에즈라 파운드 류의 이미지즘 시, 그리고 독특한 활자 배열로 형태적 미를 추구하는 "포말리즘" 시 역시 "병적"이고 "기형적"이라고 지적한다.[6] "기술의 일부분" 즉 특정 테크닉에 유별나게 치중함으로써 "순수시는 음악 속에 형태시는 회화 속에 각각 시를 상실해 버리고"[7] 말았다는 것이 그의 진단이다. 이 "상실"을 그저 체념적으로 수용한다면 더 이상 시를 붙잡고 있을 이유가 없다. 시를 쓰고 논하는 일을 계속하기 위해서는 '상실'을 넘어설 수 있는 어떤 도약의 가능성을 찾아내야 한다.

김기림의 '전체시론'이 등장하는 것은 이 지점이다. 1935년 초 "전체로서의 시"에 대한 질문을 던지는 것으로 「시에 있어서의 기교주의의 반성과 발전」을 일단락한 후, 그는 「오전의 시론―기술 편」을 이렇게 시작한다. "사상"에 편중된 "내용주의"와 "기술"에 편중된 "형식주의"를

---

6   김기림, 「현대시의 기술」, 『시원』 1-1, 1935.2, 32면.
7   김기림, 「시에 있어서의 기교주의의 반성과 발전 (하)」, 『조선일보』, 1935.2.14.

넘어 "내용과 형식 = 사상과 기술의 혼연한 통일체로만 시를 이해하려는 의견은 전체주의라고 불러도 좋을 것"이라고.[8] 기교주의 논쟁을 이끈 임화가 이를 "시의 기술적인 '질서화'의 기도(企圖)", "변증법적 이해를 결(缺)한 균형론, 형식논리"라 비판했듯[9] 얼핏 흔하디흔한 내용—형식 일원론의 반복인 것처럼 들리는 면이 있다. 그러나 김기림이 생각하는 '전체'는, 내용과 형식을 평면적으로 함께 고려하는 것을 넘어 시라는 '생산품'의 유물론적 토대 및 역사적 변천을 시야에서 놓치지 않는 가운데 나왔다는 점에 주목해야 한다. 흔히 '프로시인이자 비평가'인 임화와의 대화 관계가 '모더니스트' 김기림으로 하여금 역사성을 숙고하도록 이끌었다고 논의되곤 하지만, 김기림은 임화·박용철과 기교주의 논쟁을 전개하기 한참 전부터 일관되게 이러한 태도를 견지하였다.[10]

'기술 편'에 앞서 발표된 '기초 편' 「오전의 시론」 첫 연재분에서 그는 "정지할 줄 모르는 움직이는 정신", "속중(俗衆)"이 무서워하는 "새로운 '에스프리'" 속에 시의 자리가 있다고 말한다.[11] 그리고 바로 뒤를 이어 "시의 시간성" 즉 '역사성'에 지면을 할애한다. 김기림의 관점은 이미 충분히 동적이며 변증법적이다. 「오전의 시론」에 앞서 발표된 몇몇 글들은 인식론의 차원에서 이 문제에 접근한다. 그는 '주관'의 표현과 '객관'

---

8 김기림, 「오전의 시론—기술편 (1) 사유와 기술」, 『조선일보』, 1935.9.17.
9 임화, 「담천하(曇天下)의 시단 1년」, 『신동아』 50, 1935.12; 「기교파와 조선시단」, 『중앙』, 1936.2(신두원 편, 『임화문학예술전집 3—문학의 논리』, 소명출판, 2009, 503·530면에서 인용)
10 김인환이 일찌감치 이 일관성을 주목한 바 있다(김인환, 앞의 글). 다음 논문 역시 '종합'과 '전체'가 김기림의 시론을 관통하는 큰 흐름이었음을 '유기체적 세계관'의 관점에서 성실하게 밝히고 있다(주영중, 「김기림 시론 연구—유기체적 세계관을 중심으로」, 『한국시학연구』 34, 2012.8).
11 김기림, 「오전의 시론—기초편 (1) 현대시의 주위」, 『조선일보』, 1935.4.20.

의 나열 모두 "자인(zein)", 즉 그저 '있는 것'에 불과하다고 지적한다. "자연 자체"에 불과한 이런 것에는 '정신'이 깃들지 않는다. 또한 '현실'도 발견되지 않는다. 그는 '현실'을 재정의한다. "개념의 정당한 내포에 있어서 현실이라 함은 주관까지를 포함한 객관의 어떠한 공간적 시간적 일점"이며 끊임없이 움직이는 것이다. 그리고 "이렇게 부단히 추이하고 있는 현실을 여실히 포착할 수 있는 주관은 역시 움직이고 있는 주관"일 수밖에 없다. "현대를 호흡하는 시인"이 되기 위해서는 순간의 단편을 재현하는 것이 아니라, 순간의 마음을 표현하는 것이 아니라, 움직이는 세계에 움직이는 마음으로 접속할 수 있는 "주지적 태도", "의식적 방법론"을 찾아내어 "목적 = 가치의 창조"로 나아갈 수 있어야 한다. 이를 통해서만 비로소 근대시의 죽음을 넘어선 "시의 혁명"이 가능해진다.[12] 이 '움직임'을 김기림은 곳곳에서 시의 리듬 혹은 선율로 파악한다. "시는 시인의 주관이 부단히 객관에로 작용할 때 그래서 그것이 상호작용에 의하여 선율할 때 거기 발생하는 생명의 소리다."[13] 이때 리듬은 떨쳐내야 할 퇴영적 요소가 아니라 시의 혁명을 위해 획득되어야 할 미지의 자질로서 자리매김된다.

---

12 편석촌, 「시의 기술, 인식, 현실 등 제문제」, 『조선일보』, 1931.2.11~14; 편석촌, 「시작에 있어서의 주지적 태도」, 『신동아』 3-4, 1933.4, 130~131면.
13 편석촌, 「시의 기술, 인식, 현실 등 제문제 (4)」, 『조선일보』, 1931.2.14.

2) 공백의 응시, 리듬의 탈구축

1_ 단 김기림은 시적 혁명의 가능성을 열어두고 새로운 시의 도래를 기약하기는 했으나, 그 스스로 미래의 상(像)을 구체적으로 그려내지는 않았다. 그는 전근대적인 것, 동양적인 것의 지향을 퇴영적이라 비판할 뿐만 아니라 영미 모더니즘을 비롯한 서구의 제 문학 유파에 대해서도 생각만큼 우호적이지 않았다. 그의 시각에 의하면 마야코프스키도 엘리엇도 에즈라 파운드도 시로서 유의미한 역사적 진전을 이루기는 하였으되 시적 혁명에 도달하는 데에는 실패했다. 조선의 시인 이상(李箱) 역시 마찬가지다. 더불어 김기림 자신도 시의 혁명가로 자처하지 않는다. 실패한 것들이 무엇인가에 대해서 그는 명확히 지적하는데, 앞으로 도래해야 할 것에 대해서는 포괄적이고 개념적인 언급 이상으로 나아가지 않는다.

"시의 혁명"에 해당하는 단계를 그는 "객관주의"로 칭한 바 있다. 가능한 한 주관을 배제하고 객관에 충실해야 한다는 의미가 아니라, "시가 사물을 재구성"하여 독자적인 "객관성을 구비하"게 되는 상태를 지칭하는 말이다. 서구에서 시도된 입체파와 초현실주의를 염두에 둔 것이 분명한 발언이나, 기욤 아폴리네르나 앙드레 부르통 등의 실제 작업을 언급할 때에는 다만 '과도적'인 의의만을 인정한다. 이들 역시 아직은 "모색"의 단계일 뿐이다. 진정한 "객관주의"의 시, 그리고 그 안에서 발견될 새로운 "모랄"은 "아직은 완전히 발화한 것은 아니다."[14] 즉 이

---

14 김기림, 「객관세계에 대한 시의 관계」, 『예술』 1-3, 1935.7(윤여탁 편, 『김기림 문학비평』, 푸른사상, 2002, 230~234면에서 인용); 김기림, 「오전의 시론 : 기초편 속론― 각

세상 어디에도 '아직은 없다'. 혹은 이미 있지만, '아직은 보지 못한다'. 우리의 인식은 과거가 만든 개념의 그물에 의존하고 있기 때문이다. 김기림은 이렇게 말한다. "시학이 붙잡았다고 생각한 시 일반이라고 하는 개념은 결국은 그 시학과 같은 시대 또는 그 전시대까지의 시에서 추상한 것에 지나지 않는다. 그동안에 현존한 구체적인 시는 그 시학의 경계를 넘어서서 새로운 들로 달음박질할지도 모른다."[15]

　　새로운 시, 혹은 '시의 혁명'에 대한 김기림의 논의는 구체적인 대안이나 방향성을 제시하지 않는다는 점에서 언뜻 공허하다는 오해를 살 만한 여지가 있다. 그러나 아직 없는 것, 아직 장악되지 않는 것을 함부로 실체화시키거나 무리하게 개념화하지 않으면서 미래를 사유하고자 한 바로 그 점이야말로 김기림의 시론이 지니는 독보적인 위상일 수 있다. '아직 없는 것'에 시선이 닿을 때, 대부분의 논의들은 그 결핍을 메우기 위해 과거를 돌아보거나 주위를 둘러본다. 새로움에 대한 논의가 서구적인 것의 이식에 대한 문제로, 그리고 전통을 돌보는 것의 문제로 끊임없이 되돌아가는 것은 '아직 없음'의 결핍을 한시바삐 해소해야 한다는 초조감 때문이다. 앞을 보고 걸어야 하는데 막막함의 불안이 자꾸 옆과 뒤를 훔쳐보게 한다. 운율의 문제 역시 마찬가지다. '내면으로부터 솟구치는 리듬'의 문제에 천착할수록 자기 반동으로 말미암아 '조선적 시형'의 탐구 쪽으로 방향을 틀게 되고, 논의가 계속될수록 형식은 형식대로 내용은 내용대로 따로 놀게 되는 형해적 방법론에 봉착한다. 이 악순환의 메커니즘을 피하는 길은 결핍의 공백을 공백 자체로 끈질

　　도의 문제 (1)」, 『조선일보』, 1935.6.4.
15 김기림, 「시인으로서 현실에 적극 관심 (1)」, 『조선일보』, 1936.1.1.

기게 응시하는 것뿐이다.

2_ 리듬을 대하는 김기림의 방식 역시 이에 상응한다. 일단 김기림이 운율을 전면 부정했다는 예로 자주 거론되곤 하는 단락을 하나 살펴보자.

> 一部의 사람들은 自由詩는 韻律을 버린 것처럼 말하지만 그것은 誤解다. 自由詩는 다만 定型律詩에 있어서의 韻律의 拘束을 께트리고 自由로운 呼吸에 伴하는 自由로운 韻律을 創造하려고 하였을 따름이다. 韻律의 本質에 한층 더 가까워 간 點에 있어서는 自由詩는 차라리 定型律詩보다도 더 忠實한 韻律의 奉仕者였다.
>
> 抒情詩가 直接한 感情의 表現으로서의 名譽에 滿足하지 않고 漸次로 感情을 洗濯해버리면서 있는 동안에 그것은 어느새 抒情詩가 아니고 따라서 차츰 그것이 生命처럼 尊貴해 하던 音樂性조차를 잃어버리며 왔으며[16] 드디어는 音樂性이 訣別했다. 그래서 畢竟에는 新散文詩의 提唱을 봄에 이르렀다.
>
> ─「現代詩의 技術」,『시원』 1-1, 1935. 2, 29면.

왜 그는 "자유시가 차라리 정형률시보다도 더 충실한 운율의 봉사자"라 한 것일까. "운율의 본질"에 한층 더 골몰했기 때문일 것이다. "구속"으로부터 자유로워지기 위해 "구속"을 끊임없이 생각했기 때문일 것이다. 자유로워지려고 할수록 자유로워지려는 그 세계에 더 얽매이는 아

---

16 원문에는 '왔으어'로 표기되어 있다.

이러니가 여기에서 발생한다.

인용문의 두 번째 단락에서 김기림은 이러한 음악적 집착으로부터 벗어난 단계를 "신산문시의 제창"이라 이른다. 단 이 부분은 유의해서 살필 필요가 있다. 그는 "신산문시의 제창"이 필요하다고 한 게 아니라 "신산문시의 제창을 **봄에 이르렀다**"로 말했다(강조는 인용자). 이는 김기림 자신이 신산문시를 제창하겠다는 뜻이 아니다. 그보다는 김기림 자신의 지향과 무관한, 회화성을 강조하는 20세기 시의 흐름을 일컫는 지적에 가깝다. 그 앞의 구절, "점차로 감정을 세탁해버"렸다는 구절까지를 감안한다면, '신산문시'란 오히려 김기림으로 하여금 '시의 죽음'을 생각게 한 징후적 경향이었다고도 할 수 있다. "시의 상실"을 불러온 "근대시의 순수화의 과정"의 한 극단, 음악성을 대신하여 시의 또 다른 일면인 형태성에 매몰되어 간 경향 말이다. 김기림이 산문적 형태의 시를 쓴 건 '신산문시'를 옹호하고 따랐기 때문이 아니다. 그는 다른 글에서 위 인용문과 비슷한 맥락 속에 자신의 지향을 드러낸 적이 있다.

> 自由詩는 낡은 詩의 '리즘' 旋律 格式까지를 抛棄한 것은 아니다 그 拘束만을 切斷해버렷다 우리는 또다시 自由詩까지 버릴 째가 왓다 自然스러운 言語의 가장 解放된 狀態에서 詩를 발견해야 하겟다
> ―「'피에로'의 獨白―'포에시'에 對한 思索의 斷片」, 『조선일보』, 1931.1.27.

앞의 인용문이 자유시 이후 근현대시의 역사적 굽이에 대한 사실적 기술이라면, 「피에로의 독백」에 실린 이 단상은 자유시 이후 가야할 길에 대한 당위적 제시에 가깝다. 자유시를 버리고 '신산문시'로 향한 서

구 근대시의 흐름과는 다른 길, 그것은 "자연스러운 언어의 가장 해방된 상태"로 표현된다. 그는 "일상의 회화" 속으로, 기계와 노동을 포함한 "생활"의 언어 속으로, 으레 "비시적(非詩的)"이라 비난받는 언어 속으로 육박해 들어가는 것에 기대를 건다. 이 기대에는 당시 『조선일보』 기자로 일해 온 그의 직업적 감각이 개입되어 있을 것이다.[17]

그러나 그 생활의 언어, 일상의 언어는 어떻게 산문이 아니라 시가 될 수 있는가. 김기림은 '옆'과 '뒤'를 둘러보며 '어떻게'의 근거와 방법을 찾는 대신 일단 될 수 있다는 믿음 쪽에 서서 나아간다. 그렇기 때문에 시의 붕괴와 종말의 징후를 그토록 하나하나 짚어내면서도 지속적으로 시를 쓰고 시에 대한 글을 쓸 수 있었을 것이다. "근대시의 조종(弔鐘)" 소리에 귀를 틀어막지 않으면서도 어딘가에 분명 "시는 살아있다"고 말할 수 있었을 것이다.[18]

단 불안이 없었던 것은 아니다. 시인-비평가-감상자의 입장을 한 사람이 겸할 때 "한 사람의 시인이 비평가로서 제시한 비평의 기준과 그가 실제로 제작한 작품 사이에 생기는 거리는 그대로 그의 내면적 분열을 불러오지 않을까"[19]라 자문한 의구심은 정확히 김기림 자신을 향한 것이기도 했을 터이다. "자연스러운 언어의 가장 해방된 상태"가 그냥 시를 해체시키는 방향으로 귀결되고 말지 새로운 시의 혁명을 가능하게 할지는 누구도 예견할 수 없다. 「피에로의 독백」 마지막 단상에서

---

17 이에 대해서는 다음 책을 참조할 수 있다. 조영복, 『문인기자 김기림과 1930년대 '활자-도서관'의 꿈』, 살림, 2007, 97~108면.

18 김기림, 「시인으로서 현실에 적극 관심 (1)」, 『조선일보』, 1936.1.1.

19 김기림, 「현대 비평의 '딜레마'―비평·감상·제작의 한계에 대하여 (5)」, 『조선일보』, 1935.12.6.

그는 "민중의 일상언어의 자연스러운 상태에서 발견하는 미와 탄력의 조화"를 "새로운 산문예술"이라고 말한다. 이 "새로운 산문예술"이 '산문' 자체로 시대정신을 구현함으로써 끝내 시의 종말을 가져올지, '산문-시'로 거듭나서 새로운 시의 탄생을 알리는 혁명의 출발이 될지는 역사의 눈이 판단한다.

김기림은 후자로서의 가능성이 개화된 상태를 '리듬'과 관계시키려 했다. 리듬과의 결별이 "새로운 산문예술"을 가능케 한 것만큼이나, "새로운 산문예술"에서 '포에지'가 발견되는 것도 미지의 리듬을 통해서다. 그는 이렇게 말한다. "오늘의 시인(우리 시단에 있어서는 명일(明日)의 시인)은 인공적이고 외면적인 부자연한 '리듬'에는 일고도 보내지 않고 언어의 가장 자유스러운 상태에서 시적 관계를 발견할 것이다. 그래서 새로운 시는 비로소 내면적인 본질인 '리듬'을 담게 될 것이다(이것은 인간 생활의 실제의 대화를 미화하는 부차적 효과도 가지고 있다)."[20] 유감스럽게도 그는 스스로 그토록 단절시키려고 했던 상징주의적 언어 용법을 그대로 빌려오고 있지만, 김기림 역시 그 시대의 언어적 한계에 갇혀있을 수밖에 없었다는 점을 고려하기로 하자. 내면이니 본질이니 하는 말로 표현하기는 했지만, 그 뜻은 개인의 내면으로부터 솟구친다고 으레 여겨져 온 '주관의 리듬'을 추구하자는 뜻이 아니다. 그가 '리듬'이라는 말로 염두에 두는 것은 이 시대의 움직이는 "객관"을 이 시대의 움직이는 "주관"으로 포착할 때 발생하는 "선율", '아직은 찾아지지 않은' 시대의 리듬, '실생활의 대화' 속으로 파고들게 될 리듬이다.

20　김기림, 「'포에시'와 '모더니티'―요술쟁이의 수첩에서」, 『신동아』 3-7, 1933.7, 162면.

3_ 단 이 새로운 '리듬'이 언급될 때, '시의 혁명 가능성'을 타진하는 김기림의 시선에 위상학적 이동이 일어난다는 점 역시 짚고 가야 할 것이다. 그의 논의 속에서 "언어의 가장 해방된 상태"의 추구, "의식적 방법론"의 모색, "새로운 각도"를 통한 "새로운 가치"의 발견 등은 동시대 시적 주체들을 향한 실천적 지평의 제시에 해당하는 것이었다. 그러나 '리듬'이 문제될 때 그는 개인의 의지로는 어찌해 볼 수 없는 구조 '전체'를 조망하려는 입장에 선다. 비평가로서 김기림은 "한 시대의 시대정신 즉 그 시대의 '이데'는 그것에 가장 적응한 구상(具象) 작용으로서의 형식을 요구"하고 "한 개의 '이데'가 필연적으로 발전 형성한 특수한 '폼'을 획득하였을 때 비로소 시의 혁명은 완성"[21]된다고 말한 바 있다. 이 구도 속에서 시적 주체들의 "의식적 방법론"이 실패할 수도 있는 혁명의 '도정'에 놓인 것이라면, 아직 발견되지 않은 미지의 '리듬'은 성공한 혁명의 '결과'로서 미래의 어느 시간에 잠재한 것이 된다.

그가 실종 전 마지막으로 발표한 시조 관련 글(『국도신문』, 1950.6.9~6.11)을 보면 이와 관련된 김기림의 문제의식을 좀 더 분명히 확인할 수 있다. 청탁을 넣은 신문사 쪽에서는 그가 단연 시조 반대론에 설 것을 기대했던 듯하다. 그러나 그는 "정형시라면 덮어놓고 반발 또는 경멸"하는 젊은 시인과 독자들을 향해 "그 형식상의 틀은 시의 내면적인 형식" 혹은 "시상(詩想)의 발전형식"과 "유기적 관계"를 가지고 있는 것은 아닌지 곰곰 생각해 볼 것을 제안한다. 시조는 다른 나라의 정형시들과 비교해 볼 때 "정형적 구속"이 "퍽 완화"되어 있다.[22] 3·4·4·4식으로

---

21 편석촌, 「시의 기술, 인식, 현실 등 제 문제 1」, 『조선일보』, 1931.2.11.
22 김기림, 「시조와 현대」, 『국도신문』, 1950.6.9(윤여탁 편, 앞의 책, 408~410면에서 인용).

학자들이 음수 규칙을 도출해 내었지만, 여기에 꼭 맞는 실제 작품은 거의 없다. 그가 이 융통성에 대해 지적하는 것은 시조가 충분히 발달되지 못한 정형시라는 것을 지적하기 위함도 그 반대급부로서 어떤 자유시보다도 오래된 자유시라는 주장을 펼치기 위함도 아니다. 그는 시조의 정형으로부터 "시상의 비약과 전환과 탈출과 연장과 발전"을 본다. 종장에 이르러 "돌연 뜻하지 않은 전환이나 비약을 꾀하도록 되어 있는 내면적인 제약" "내면적인 약속"이, 비로소 "음수의 산술"이라는 정형으로 나타난다.[23] 그 시대의 '이데'가, 시조라는 '형식'을 요구하고 마침내 획득한 것이다.

물론 시조는 그 시대의 이데가 요구한 그 시대의 형식이지 이 시대의 이데가 요구하는 이 시대의 형식은 아니다. 김기림이 '리듬', '선율' 등의 어휘를 미래적 가치를 포함하는 것으로 사용할 때, 그것은 현재의 시대정신이 앞으로 획득할 '특수한 형식'이라는 의미를 지닌다. "이데의 혁명"에 이은 "'폼'의 혁명". 아직은 거기에까지는 이르지 못했다. 앞으로 이 혁명이 완수되는가에 따라 시의 존폐가 결정된다. 그러나 그것은 역사의 몫이지 시인 김기림의 몫도 비평가 김기림의 몫도 아니다. 시조라는 양식이 어떤 개인의 노력에 의해 성립되지 않은 것과 마찬가지다. 시인 김기림은 새로운 시의 가능성을 믿고 그저 나아갈 수는 있되 이 존폐의 결정에 직접 개입할 수 없다는 걸 안다. 비평가 김기림은 시인 김기림을 응원할 수는 있되 갈 길을 이끌어줄 수는 없다는 것을 안다. 그는 알면서도 나아갔다. 거기에 김기림의 정직한 절망과 용기가 있다.

---

23 김기림, 「버림받는 시조의 재검토」, 『국도신문』, 1950.6.10(윤여탁 편, 앞의 책, 410~413면에서 인용).

4_ 해방 후 김기림은 어떤 빛을 발견했다고 믿은 것 같다. 민족적 차원에서 해방이 되고 세계사적 차원에서 전쟁이 끝났을 뿐만 아니라, 그가 내내 '시의 죽음'을 체감해야 했던 시대가 격렬히 요동치는 듯 보였기 때문이다. 질서와 가치의 틀이 깨끗하게 일소된 해방공간. 1946년 2월 8~9일 문인들의 첫 대규모 회합이었던 '조선문학자대회'에서 시 분과의 '보고연설'을 맡은 김기림에게 이 희유한 공백의 세계는 식민지의 허공에 떠 있던 그의 시적 비전이 드디어 뿌리를 내릴 수 있는 토양으로서의 가능성을 지닌 것이었다. 어지럽고 혼란스러웠던 만큼이나, "건설의 신기운"이 하늘을 찌르고 "위대한 창의와 이상의 무한한 가능성"이 펼쳐질 수 있을 것만 같던 시기. 바야흐로 '이데의 혁명'에 다가선 시기. 해방공간에서 그는 그간 조선문학의 대기를 이루던 "천재적·심리적 개성론"을 불식시킬 수 있는 "시의 새 지반" "시의 새로운 원천"을 보았다.[24] 그리고 그 원천 속에 몸을 던져 시와 정치가 하나임을 실천하는 김상훈, 유진오, 박산운 등의 젊은 시인들을 만났다. '시의 혁명'도 멀지 않았다는 희망을 품을만한 조건이었다. 이 희망이 그로 하여금 식민지 시대에 쓴 글들을 모아 『시론』을 출간케 한 동력 중의 하나였을 것이며, 시의 종말에 대한 우울한 예감으로 가득 찬 초기의 중요한 평론 「시인과 시의 개념」, 「상아탑의 비극」을 『시론』에서 누락시킨 주된 원인이었을 것이다.

전쟁 중 실종된 탓에 그의 사유 행보는 일단 '희망'으로 일단락된다. 이후에도 계속 글을 쓰고 있었다면 이 '희망'은 어떤 방향으로 귀결되었

24　김기림, 「우리 시의 방향」, 조선문학가동맹 편, 『건설기의 조선문학—제1회조선문학자대회 회의록』, 조선문학가동맹 중앙집행위원회서기국, 1946, 63~73면.

을까. 그가 남쪽에서 활동했든 북쪽에서 활동했든, 신념을 지켰든 체제에 맞춰 전향을 했든, 썩 밝은 미래로 이어졌을 것 같지는 않다. 남쪽에는 그의 유물론적 사유를 받아들일 수 있는 지반 자체가 붕괴되었고 북쪽에는 상명하달식 마르크스-레닌주의 미학이 자리 잡았다. 이제 확인해 보아야 하는 건, 김기림이 기대한 "시의 혁명"과 그에 닿아 있는 '리듬'에 대한 사유가 각각 남쪽의 이념과 북쪽의 이념 속에서 어떤 식으로 일정부분이나마 소화될 수 있었는가 하는 것이다. 또한 상징주의로부터 배태된 리듬 이념이 얼마나 견고하게 유지되어 왔는가에 대한 것이다.

2. 남한문단과 시론서들의 운율론

해방 후 남쪽문단에서는 여러 권의 시론 및 창작론 관련 저서들이 연이어 발간되었다. 김기림의 『시론』(1947), 『시의 이해』(1950)를 비롯해 윤곤강의 『시와 진실』(1948), 김용호의 『시문학입문』(1949), 서정주·조지훈·박목월의 『시창작법』(1949), 조지훈의 『시의 원리』(1953) 등이 이에 해당한다. 또 서정주는 1950~1956년 사이에 발표한 글들을 묶어 『시창작 교실』(1956)을 냈다. 조선어 글쓰기가 본격적으로 시작된 이후 시에 대한 많은 논의들이 있어왔지만, 그 논의들이 책의 형태로 묶인 적은 해방 전까지 단 한 번도 없었음을 상기해 볼 필요가 있다. 그냥 짧은 글들을 신문이나 잡지에 발표한 데서 멈추지 않고 그 글들을 묶고 체제에 맞게 정비·수정하여 책의 형태로 묶어냈다는 것. 혹은 주밀한 계획 하에 단행본 분량의 시론을 저술했다는 것. 견해가 무엇이었든, 이 사실은 해방 후 시인들이 시에 대한 발언의 욕망을 얼마나 강하게 느꼈는지 짐작케 해준다. 식민지 말기의 몇 년간 거의 침묵을 강요당했다는 것이 하나의 이유였을 것이고, 흥분과 희망과 혼란으로 뒤범벅된 당대의 분위기가 또한 시에 대해 말하고 싶게끔 추동하는 요인이었을 것이다.

이 중 김기림의 『시론』과 윤곤강의 『시와 진실』이 1930년대부터 해방 직후까지 단편적으로 쓴 글들을 묶은 책이라면, 김용호의 『시문학 입문』과 조지훈의 『시의 원리』는 체계를 갖춰 전체 원고를 정리한 일종의 원론서 혹은 개론서이다. 조지훈은 초판 서문에서는 미처 말하지 못한 바를 1959년의 개정판 서문에서 다음과 같이 보충했다. "해방 직후 시단의 혼미에 대한 계몽과 당시 횡행하던 유물사관의 횡포에 대한 비판을 겸"하려 했다고. 질서와 체계를 갖춘 시론을 궁리하게 한 원동력 중의 하나가 시대의 혼란이었음을 추정케 하는 대목이다.

이 문제는 우리로 하여금 다시 서구문학이 유입되기 시작하던 근대 초입의 질문들을 떠올리게 만든다. 바다 건너에서 들어온 새로운 문학과 새로운 시 앞에서, 1920년을 전후한 무렵의 문인들은 원론을 고민해야 했다. 시의 본질은 무엇인가. 가치는 무엇인가. 시와 산문은 어떻게 구분되는가. 어떻게 써야 하는가. 단편적으로 제기되었던 이 질문들은 해방기의 혼란 속에서 다시금 응집되고, 분량과 사유의 폭에서 규모를 키우며 체계를 정비한다. 그리고 이 두터워진 원론 속에서 '운율'은 역시 결코 누락될 수 없는 문제적 핵심 중 하나로 다루어지게 된다.

1) 원론적 질서의 구축과 리듬의 자리 – 김용호, 조지훈, 서정주의 경우

1_ 김용호의 『시문학 입문』(창인사, 1949)은 체계적 구성에 따라 저술된 시 입문서, 혹은 개론서로서는 한국에서 처음 나온 책이다. 해방 후 얼마간 '조선문학가동맹' 맹원으로 활동하던 시인 김용호는 정부수립을 즈음하여 이 단체가 와해되고 소속문인들이 대거 월북할 무렵, 남한에 남아 두 번째 시집 『해마다 피는 꽃』(1948)을 내고 곧이어 이 저서를 출간한다.[25] 이보다 앞서 발간된 김기림의 『시론』(1947)과 윤곤강의 『시와 진실』(1948)은 식민지시기에 단편적으로 발표한 원고들을 모아 재정비한 책이다. 또한 비슷한 시기에 발간된 서정주·조지훈·박목월의 『시창작법』(1949)은 저자가 세 명인 만큼 다분히 구성적 구심력이 약한 편이다. 이것들에 비해 김용호의 책은 '입문자'들이 시에 관해 알아야 할 기초 사항들을 '얇고 넓게' 담고 있다는 점에서 눈에 띈다.

총 17장으로 이루어진 이 책은 그중 세 장을 온전히 리듬 문제에 할애하고 있다. 4장 「외형률이란 무엇인가」, 5장 「내재율이란 어떤 것인가」, 12장 「시와 음악의 연관성」이 그러하다. 이에 이르러 비로소 조선어 문헌에서도 '외형률–내재율'의 짝패가 선명해지고, '외형률'의 세분화를 통한 수형도 방식의 운율 "도해(圖解)"가 등장한다.[26] 다만 이 세 장 외에도, '리듬' 특히 '내재적 리듬'은 책 전체를 관통하는 핵심적 주제에 해당한다. 2장 「시란 무엇인가」에서 '산문시'를 문제 삼으면서 그는 "산

---

25 김용호의 이력에 관해서는 다음 글을 참조했다. 김신정, 「1950년대 김용호 시 연구」, 『한국시학연구』 20, 2007.12, 187~190면.

26 김용호, 『시문학 입문』, 창인사, 1949, 52면.

문시는 단지 문자 위에 나타나는 것만으로써 만족하는 것이 아니라 리듬을 내재적으로 더 포함하려고" 하는 데에 있음을 지적한다. 13장「시와 소설」에서도 소설과 구분되는 시만의 특별한 자질로 가장 먼저 "내재적 리듬"을 꼽는다. 17장「시의 낭독에 대하여」에서는 "그 시가 가지는 내재적 리듬을 자연스럽게 살리도록" 하는 것이 자유시 낭독의 중요한 방법이라 설명한다. "음악의 외부적인 부가를 요구치 않고 시 그 자체가 벌써 독립된 음악"이라는 관점이 바로 이 책의 토대다.

이 책은 김기림이 그토록 해체하고 싶었던 '음악성'이 무엇인지 보여주기 위해 사후적으로 쓰여졌다는 착각이 들 만큼 상징주의적 시 이념에 깊은 뿌리를 두고 있다. 어쩌면 식민지 시대 전체를 걸쳐 지속되어 온, 그리고 이후로도 면면히 이어질, 시에 대한 평균적인 생각을 모호한 상태에서 끌어내어 한국어로는 처음 체계적으로 정리하고 집대성한 결과물이라고 해도 좋을 것 같다. 김억, 황석우, 김기진, 양주동, 이하윤[27] 등에 의해 때때로 논의되어 왔던 '정형시 : 외형률─자유시 : 내재율'의 이분법이 개론서에서 확고히 자리를 잡는 것은 이 책에서부터다.

식민지 시대 일본 유학을 경험한 김용호는 1918년 이후 일본에서 간행된 창작론·개론 관련 저서, 그리고 리듬을 다룬 글들을 참조하며 이 책을 저술한 것으로 보인다. 특히 리듬과 관련된 부분은 하기와라 사쿠타로의 논의들, 시집『청묘(靑猫)』의 부록에 실린 시론「자유시의 리듬에 대하여」(1923)로부터 직접적인 영향을 받은 것이 확실하다. 내재율

---

27 김억, 황석우, 양주동의 경우는 앞에서 다룬 바 있고, 김기진과 이하윤은 다음 글들에서 이 문제를 언급한 바 있다. 김기진,「현 시단의 시인」,『개벽』57~58, 1925.3~4; 김기진,「시가의 음악적 방면」,『조선문단』11, 1925.9; 이하윤,「형식과 내용─운문과 산문·시가의 운율」,『동아일보』, 1928.6.30~7.4.

이 "표현의 절주(節奏)를 낳으리라는 우리들 자신의 마음 가운데 내재하는 리듬, 다시 말하면 심내(心內)의 절주(節奏)"라 하거나 "마음 가운데의 절주와 언어의 절주가 일치하고 내부의 운율과 외부의 운율이 부합"한다거나 하는 문장은 하기와라의 표현을 거의 그대로 가지고 온 것이다.[28] 일본을 거쳐 조선에 들어온 상징주의 시론과 그 과정 속에서 만들어진 '내재율'이라는 말. 이 말이 시를 처음 접하는 '입문자'라면 반드시 익혀야 할 '사실'로서 한결 더 뚜렷해지는 것은, 아이러니하게도 제국 일본으로부터 해방되어 조선어 출판물이 급격히 늘게 된 시기였던 듯하다.

2_ 그러나 원론이나 개론 속에서 '정형시 : 외형률-자유시 : 내재율'의 이분법이 단박에 뿌리내린 것은 아니었다. 먼저 1953년에 나온 조지훈의 『시의 원리』를 검토해 보기로 하자. 동서고금의 사유와 고찰을 폭넓게 섭렵하여 자기식으로 소화한 이 책은 제3부 「시의 가치」에서 시의 분류를 시험하는데, 그 방법이 좀 특이하다. 조지훈은 최상위 카테고리로 '외형율'과 '내재율'을 놓는다. 이는 김용호가 앞에서 보여주었고 또 우리가 일반적으로 받아들이곤 하는 '외형율' '내재율'과는 다르다. 조지훈은 '외형율'을 "형식의 면에서 보는 것"으로, '내재율'을 "읊어

---

28 이에 해당하는 하기와라 사쿠타로의 원문은 다음과 같다. "よつて以てそれが表現の 節奏を生むであろう所の, 我々自身の心の中に內在する節奏(リズム), 卽ち自由詩人 の所謂 '心內の節奏(インナアリズム)' '內部の韻律(インナアリズム)' を指すのであ る."(21면); "かくて心內の節奏と言葉の節奏とは一致する. 內部の韻律と外部の韻律 とが符節する."(27면) 萩原朔太郎, 「自由詩のリズムに就て」, 『青猫』, 東京: 新潮社, 1923. 다음 책에 이 글 전문이 번역되어 있다. 하기와라 사쿠타로, 서재곤 역, 『우울한 고양이』, 지만지, 2008, 181~218면.

진 내용의 면에서 보는 것"으로 언급한다. 그에 의하면 '외형률'에는 정형시, 자유시, 산문시가 있고 '내재율'에는 서정시, 서경시, 서사시가 있다. 즉 조지훈의 '외형율' '내재율'은, 운율의 종류가 아니다. 그는 "산문시"를 소개하는 자리에서 다음과 같이 이야기한다.

> 오늘의 散文은 律調라는 것을 必要로 하지 않고 詩의 一部分으로서 散文詩만이 律調를 要求하기 때문입니다. (…중략…) 散文의 律調라는 것은 東洋에서는 거의 없으나 文瀾이란 이름으로 불려지는 內在律이 西歐에서 말하는 散文의 律調에 該當하는 것이라 할 것입니다. 그러나 內在律이 어떤 無形의 韻律을 形成할 때는 이는 詩의 一部로 看做될 것이니 이런 意味에서 蘇東坡의 赤壁賦를 비롯한 東洋古代의 名文은 散文이기 보담은 散文詩에 가까운 것이 많았습니다.[29]

위 인용문의 전체적 의미를 파악하는 건 그다지 어려운 일이 아니지만 '내재율'이라는 말이 쓰인 맥락과 관련해서는 약간의 주의가 필요하다. "문란(文瀾)이란 이름으로 불려지는 내재율"이란 정확히 무엇을 뜻하는 걸까. 더불어 "내재율이 어떤 무형의 운율을 형성"한다고 한다면, '내재율'과 '무형의 운율'은 분명 위상학적인 차이를 지니는 것이 된다. 그 차이는 무엇일까. 어쩌면 조지훈식의 '내재율'이란, 앞서 살핀 일본에서의 논의 가운데 이와노 호메이가 1920년대 들어 '무형률'과는 다른 것으로 제기한 '사상동기율'에 비교적 가깝다고 할 수 있을지 모른다.

---

29 조지훈, 『시의 원리』, 협동문화사, 1953, 127~128면.

조지훈은 시를 시로 만드는 것으로서 "시정신", "운문정신", 그리고 '율격'이나 '운율'이 아닌 "율조"를 들었다. 그가 '내재율'이라는 말의 일반화된 내포를 선호하지 않았던 것은 분명하다. '자유시'를 논하는 자리에서도 그는 "정형의 율격에 사로잡히지 않"는 "별반(別般)의 율격" "그 시인의 율격", "시대인의 호흡"이라는 식으로만 서술했다. 그러나 '외형율-내재율'이라는 이분법의 인력 자체로부터 자유로웠던 것은 아니다. 일단 전혀 다른 맥락에서나마 굳이 '외형율-내재율'이라는 용어 자체를 버리지 않았다는 점이 그러하다. 또 분류와 무관하게 시 표현의 원리를 설명하는 다른 자리에서는 "내재율 자체가 좀 더 자유로운 음악적 율격에 지나지 않는다"는 식으로 이야기하기도 한다.[30] 일본제 상징주의에 연원을 둔 '외형율-내재율'에 저항하는 가운데도, 조지훈은 이미 이 이분법이 연루된 언어적 감옥에 갇혀 있었던 것인지도 모른다.

3_ 서정주의 경우는 조지훈과 다소 달랐다. 조지훈 · 박목월과 공저한 『시창작법』(1949) 및 1950~1956년 사이의 글들을 묶은 『시창작교실』(1956)에서 그는 시 일반을 아우르는 체계적 접근을 시도하지 않으며 그런 탓에 '외형율-내재율' 식의 분류도 거의 돌아보지 않는다. 『시창작법』의 경우 해방 후 시에 관하여 쓴 단편적인 글들을 모아 퇴고한 것이고 『시창작교실』은 습작품의 지도 강평과 추천 선후감(選後感)을 묶은 것이라는 사정이 개입되어 있을 것이다.[31] 그러나 적어도 '운율'에

---

30 위의 책, 90면.
31 각 책의 자서(自序) 참조. 조지훈 · 서정주 · 박목월, 『시창작법』, 선문사, 1949, 64면; 서정주, 『시창작교실』, 인간사, 1956, 3면.

대한 문제에 한정해 본다면, 체계와 분류의 부재가 반드시 편찬 경위 때문이라고만은 할 수 없다. 1948년 10월에 발표된 「시의 운율」(『학풍』 1-1호)[32]은 '운율'을 대하는 서정주의 태도를 단적으로 보여준다. 이 짧은 글에서 그는 동물원의 학을 길게 묘사한 후 학의 움직임에 시의 운율을 비유한다. 묘사 끝의 비유가 전부이며, 개념화의 시도는 엿볼 수가 없다. 물론 여러 권의 시론서를 낸 서정주가 언제나 이런 식의 '시적인 접근'만을 선호한 것은 아니었다. 단 이 글이 보여주는 것처럼, 운율을 전면에 내세우고서도 운율에 매달리지 않는 것은 그의 일관된 태도다. 『시창작교실』 제5강에서 그는 창작지도 강평 끝에 "시의 형식적인 삼대 속성인 '산문시'와 '자유시'와 '정형시'에 대해" 다음과 같이 이야기한다.

散文詩와 自由詩는 두말할 것도 없이 近代西洋의 産出한 詩形成으로서 散文詩는 위에서 李在烈 氏의 作品을 이야기할 때에도 잠깐 말한 바와 같이 定型詩나 半定型에 가까운 自由詩의 形式으로서는 到底히 담을 수 없는 詩精神이 生길 때 이를 아직 韻律化할 수 없어 散文으로 쓰기는 할지언정 여기 스스로 過去의 어떤 定型詩보다도 熾烈한 詩精神에 알맞는 한 格으로 주어야 하는 것이요 自由詩는 일테면 定型詩와 散文詩의 한 中間形態로서 近代 以後의 大部分의 詩가 그런 것처럼 散文詩의 熾烈하고 不可避한 詩精神으로부터 定型을 向해 가는 內在律的인 모든 探索途上의 詩들을 이렇게 總稱할 수 있을 것이다.

---

32 이 글은 『시창작법』에 재수록된다.

(…중략…)

돌아다 보건데 新羅鄕歌나 高麗歌詞나 李朝의 時調 역시 남이 定型해 놓은 바를 無定見하게 模倣하는 데서 定型된 것은 絶對로 아니었다. 이것들은 말하자면 한 王朝나 한 時代의 感情의 必然的인 定型化라 보아야 할 것으로서 여기 이르는 동안에는 왼갖 散文詩的 혹은 自由詩的 精神摸索과 整理가 民族의 가슴 속에 伏在해 있었을 것임을 想像할 수 있다. 그러므로 결국 한 民族의 한 時期가, 定型한 바의 詩形式이란 그 民族의 그 時期의 最上의 詩的 綜合形態로서 이것은 嚴密한 意味에서 본다면 그 王朝나 그 時代의 詩的 表現의 한 頂點期를 이루고 끝날 일이요, 다음 時代가 그것을 다시 그들의 生命力을 拘束하면서까지 模倣할 일은 아닐 줄 안다.

다음 時代는 前代의 精神遺産을 그들의 生命力의 發顯에 有效한 限度에서만 攝取함과 아울러 다음 時代대로의 詩精神의 蒭向 아래 散文詩的 自由詩的 大膽과 試驗을 通해 다음 時代에로 定型의 形式을 必要로 하기 때문이다.[33]

그는 자유시와 산문시를 "다음 시대"의 "정형의 형식"을 찾기 위한 모색의 과정으로 본다. 산문시는 "격렬한 시정신"이 아직 형식을 찾지 못한 상태를 뜻하고, 자유시는 "격렬하고 불가피한 시정신으로부터 정형을 향해 가는 내재율적인 모든 탐색 도상의 시들"을 의미한다. 여기서 '내재율'은 '내면에서 솟구치는 리듬'이 아니라 미완의 운율, 혹은 반(半)운율이다. "격렬한 시정신", 혹은 시대감정이 비로소 '정형'을 얻을 때, "그 시대의 시적 표현"은 "한 정점기"를 이룬다.

---

[33] 서정주, 『시창작교실－전국대학 · 중고등학교 부교재』, 인간사, 1956, 80~82면.

서정주의 '정형'은 글자 수를 살피는 식의 '정형시'를 의미하지 않는다. 그는 과거의 유산을 살펴 "정형의 형식"을 궁구하는 대신, 문화사적 관점에서 '자유'와 '정형'의 문제를 다루고자 한다. 위 인용문이 실린 챕터는 이렇게 끝을 맺는다. "요컨대 문제는 일에도 시정신이요, 이에도 시정신이요, 삼에도 시정신일 따름이다." '정신'의 운동이 산문시, 자유시, 정형시라는 형식적 파동을 만들어낸다. 대개의 의론들이 '정형시 → 자유시 → 산문시'의 진행 과정을 살피는 데 반해 서정주는 거꾸로 '산문시 → 자유시 → 정형시'의 순서로 시의 역사에 접근한다는 점에 주의하기로 하자. 산문시와 자유시의 시대는 정신이 아직 그 고유의 형식을 얻지 못한 모색의 시대이고, 정형시의 시대는 정신이 형식을 얻은 자기완결적 시대이다. 그의 논의는 어떤 점에서 '이데'와 '양식'의 관계 속에서 시의 미래를 살피려 했던 김기림의 관점과 닮은 듯 보인다.

단 강평 중심의 위 책과 달리, 일목요연한 체계를 갖춘 『시문학개론』(1959), 그리고 이 책을 증보·보완한 『시문학원론』(1969)에서 '정형'에 대한 서정주의 이러한 관점은 절반만 유지되고, 절반은 전통론 / 이식론의 자장 속으로 스며들게 된다. 『시창작교실』(1956)에서 약술된 '산문시 → 자유시 → 정형시'의 역사는, 『시문학개론』(1959)에 오면 널리 통용되던 관점을 따라 '정형시 → 자유시 → 산문시'의 순서로 고찰된다. 더불어 "정형시와 자유시와 산문시"에 대한 논의에는 "서양"과 "동양"의 문제가 중요한 심급으로 부각된다. "정형시가 일정한 외형적인 운율을 가지는 데 비해서, 자유시는 이러한 일정한 형식은 가지지 않고 내재적 운율성만을 중요시하는 순서양적 개념에 의한 시의 형식이다." 여기서 '자유시'는 "순서양적 개념"으로 구획된다. 더불어 그는 한국과 일본에서 자유시가 번성한 중요한 이유를 "우리나라와 일본의 시형식의 전통이 그 운율의 형식에 미비한 전통을 가졌던 데"서 찾는다. 그러나 아직 이를 비판적으로 바라보지는 않는다. 그는 "얼마든지 우리의 정신을 이 자유시의 형식 속에 넣어도 무방"할 것이라는 유연한 자세를 취한다.

『시문학개론』이 비교문학적 관점 속에서 "정형시와 자유시와 산문시"를 비교적 중립적 시선으로 소략하게 살폈다면,『시문학원론』(1969)에 보완된 부분에는 가치판단적 언설이 강하게 드러난다. 당시 한국시단의 경향을 "수다 떠는 습성"과 "추상관념어 병"으로 진단한 것과 직결되어 있는 태도다. 그는 동서양 어디에서나 "정형시가 시의 대도(大道)"였음을 역설한다. 게다가 이제 "자유시는 최근의 구미시단에 있어선 아주 미약한 것"이 되어버렸다. 그는 "운율학의 미비" 속에 있었던 우리나라와 일본만이 "자유시 만능"이라고 개탄한다. 자유시란 "19세기 말적, 20세기 초적 정신방황기의 한 유품"이며 "세계 시문학의 긴 사적 전통 속의 한 수다스런 이단적 방황"이다. 결국 그는 이렇게 제안한다. "우리도 역시 자유시 그것이 시의 정도(正道)가 아니라, 서양의 한 과도기적 유품이라는 것을 정시(正視)하여 우리의 민족정신의 호흡에 맞는 정형적 운율 형식 형성의 길을 탐구해 보는 것이 시문학사의 대도(大道)에 맞는 일 아닐까?"

이 언설만 보자면 서정주는 마치 김억이 그러했듯 새로운 정형 율격의 탐색을 시도하려는 것처럼 보인다. 마침 그는 위 문장에 이어 이렇게 적는다. "아래에 나는 우리 시 정형화를 위해서 생각해 본 것을 좀 말해보려 한다." 그런데 여기서 기묘한 반전이 일어난다. 그가 자유시의 난삽함을 비판하며 "정형시가 시의 대도(大道)"를 강조한 것은 제7장 「시의 언어 (2)」에서다. 이어서 "시 정형화를 위해서 생각해 본 것"을 적겠다고 한 그 다음 부분인 제8장은 제목이 「시의 암시력」이다. '정형화'를 얘기하겠다고 하고서 왜 난데없이 '암시력'인가?

그가 '암시력'으로서 강조하는 것은 두 가지다. 첫째는 "무용행위에 있어서의 클라이막스"와 비슷하게 "전후의 만단지설(萬端之說)을 암시하는 큰 집중력." 이것이 "언외(言外)의 여운"을 대동한다. 무용과의 비유는 폴 발레리를 따랐다고 하는데, 앞서 「시의 운율」에서 학의 몸짓을 운율에 비유한 것과 비슷한 맥락이라고도 할 수 있겠다. 두 번째는 "시각적 이미지들"이 만들어내는 "무진장한 여운." 그는 청각적 암시력보다 시각적 암시력을 단연코 우위에 둔다. "무엇보다도 먼저 음악을!"이라고 한 폴 베를렌의 명제는 한참 나중의 과제라고 지적한다.

7장과 8장의 흐름은 실제로는 큰 무리가 없다. '암시력'에 대한 8장의 논의는 개념어와 추상어의 남용에 대한 그의 비판에 설득력을 더해주는 면도 있다. 문제는 왜 '암시력'의 문제를 '정형화'와 연결시켰을까 하는 것이다. 서정주의 비약에 다가가기 위해서는, 그의 글을 읽는 편에서도 상상력을 발휘해야 한다. "우리의 민족정신의 호흡에 맞는 정형적 운율 형식 형성의 길을 탐구"하겠다며 그는 마치 운율학적인 접근을 하겠다는 듯이 말을 던져놓았다. 그리고는 막상 딴청을 피우듯 이미지의 '여운(餘韻)'을 이야기한다. 여백과 여운으로부터 역설적으로 '보이지 않는 정형'을 찾을 수 있다는 뜻일까.

어쨌건 그는 '정형'을 이야기하되 모종의 규칙성에 속박되지 않는다. 정형시와 자유시가 문제될 때마다 호출되곤 하던 전통과 이식의 문제,

운율학적 방법론, 그리고 비교문학적 관점에 한쪽 발끝을 묻되 또 한편으로는 비약을 통해 그 담론의 늪에 깊이 빠져들지 않는다. 다만 이미 한쪽 발끝을 묻고 있다는 것. 이 역시 부인할 수는 없는 사실이다. 김기림이 '이데'를 구현할 '새로운 양식'으로서 아직은 어디에도 없는 미지의 리듬을 상정하고 미래에 기투했다면, 서정주는 '정신'을 담지할 만한 '보이지 않는 정형'을 찾아 결국 뒤를 살핀 것 같다. 그는 『신라초』(1960), 『동천』(1968), 『질마재 신화』(1975)로 이어지는 세계를 바로 그 '보이지 않는 정형'으로 생각했던 게 아닐까? 서정주의 시들이 한국 시사에 성공적으로 안착할 수 있었던 이유 중 일부는 이런 것일지도 모른다. 운율과 정형성을 시야에 두되, 김억과는 달리 그 문제에 얽매이지 않았다는 것. 그리고 시의 미래를 그리되, 김기림과는 달리 그 불안의 허당을 안정감의 터전으로 대체했다는 것.

2) '내재율'의 고착 – 송욱과 정한모의 경우

1_ 조지훈과 서정주의 시론 속에서는 '정형시 : 외형률–자유시 : 내재율'의 이분법이 교란되거나 혹은 중요하게 다루어지지 않는다. 1950년대의 또 하나 중요한 시론서인 김춘수의 『한국현대시형태론』(1958)에서도 이러한 분류는 활용되지 않는다. 그는 리듬의 유무에 따라 운문과 산문을 구분하는 통념을 따르는 대신 산문에서는 "자연적 리듬"을, 운문에서는 "인위적 리듬"을 찾을 수 있다고 말했다. "산문의 리듬이 자연의 질서라고 한다면, 운문의 리듬은 인간의 질서이다."[34]

조지훈, 서정주, 김춘수. 모두 시에 있어서나 시론에 있어서나 1950~1960년대 우리 문학에서 빼놓을 수 없는 중요한 인물들이다. 그러나 운율이나 형식에 대한 이들의 접근법은 정작 '외형률-내재율'이라는 리듬이 통념으로 고착되는 것을 거스르지 못한다. 더불어 이제는 김용호의『시문학 입문』에서도 찾아볼 수 있었던 일본이라는 매개의 흔적이 사라지게 된다.

송욱의 경우가 대표적이다. 1957년 3월 그는 「현대시의 반성―정형시·자유시·산문시」(『문학예술』)를 발표했다. 리듬을 중심으로 한국 현대시에 비판적으로 접근하는 이 글은 후일 1960년대의 기념비적인 시론서로 평가되곤 하는『시학평전』(1963)에 재수록된다. 시인이자 영문학자였던 그는 영시와 한국시의 전통을 비교 검토하고 T. S. 엘리엇의 논의를 참조하면서, 한국 '정형시'의 운율학적 일천함을 지적한다. 그러한 까닭에 "풍부하고 복잡하게 발전하고 고도로 체계화된 서구의 정형시를 생각할 때에, 이 나라의 낡고 유치한 소위 정형적인 시를 논외로 삼는다면, 우리는 너무나 자유로워서 어떻게 시를 써야 할지 어리둥절하고 있는 셈"이라고 말한다. 진정한 자유시는 서구시의 역사가 보여주듯 "발달한 운율학"에 대한 "새로운 형식의 창조", 즉 고도의 리듬 의식으로부터 나온다. '내재율' 혹은 '자유율'도 이러한 맥락에서 언급된다. 그것은 "심상(이매쥐)와 감정의 율동적인 과정에 의하여 내면으로부터 규정된 어떠한 불규칙한 리듬"으로 "어디까지나 리듬을 구성하고 있는 것을 잊어서는 안" 된다는 것이다.

34　김춘수,『김춘수 시론전집』1, 현대문학, 2004, 29~30면.

문제는 결국 '음악성'이라고 그는 지적한다. "음악성의 본질이란 한 마디로 말하면 반향을 통한 변화"이며, "시의 음악성이란 언어의 음성뿐만 아니라 언어의 암시력으로써 구성되어" 있다. 그렇기 때문에 그는 이상의 시를 "해조(諧調)의 단순한 결핍"이라 폄하한다. 김기림에 대해서는 『시학평전』의 한 챕터를 할애하여 "내면성이나 정신성을 거의 모르는 시인이고 비평가"이며 "낡은 리듬을 부정"하려다가 "리듬이 없는 '쪼각난 산문'"을 쓰고 말았다고 혹평한다.

리듬, 음악성, 내면성, 암시력. 이는 1920년대부터 줄곧 조선의 시인들을 사로잡았던 문제들이었다. 송욱은 물론 1920년대의 주요한이 서구과 중국의 운율학을 돌아보며 조선시의 결핍을 지적했던 것보다 훨씬 깊이 사유했다. 엘리엇의 전통론과 자유시론이 우리 문학의 길을 밝혀줄 수 있는 지점을 적절히 활용했다. 또 "여러 가지 '매우 해묵은' 우리 전통과 '아주 새로운' 외래 사조가 야릇하게 혼합"[35]되어 있는 현실에 대해 깊이 고민했다. 그런데 시에 대한 이런 생각의 깊이를 추동시킨 기원은 무엇이었을까. '내재율'이라는 말을 탄생시킨 굴절된 상징주의. 이 우물에 비친 모습이 아니었을까.

2_ 1974년 1월, 시 잡지 『심상』에는 '시와 운율'이라는 특집이 마련된다. 필자는 황희영, 김종길, 정한모, 김용직. 박사논문을 『운율연구』(1969)라는 단행본으로 출간한 적 있는 황희영은 어학적 관점에서 시의 운율을 고찰하고, 영문학을 전공한 김종길은 영미 운율론을 중심으로 논의를 끌어

---

35 송욱, 「서문」, 『시학평전』, 일조각, 1963, 6면.

간다. 그리고 정한모와 김용직은 한국 현대시를 중심으로 각각 일반론적·시사적(詩史的) 관점에서 '운율'을 다룬다.

이 중 정한모의 글인 「변화 속의 균형과 조화」는 5년 후 그의 시론서 『한국현대시의 정수』(1979) 맨 앞부분에 놓이게 된다. 제1장 「시의 원론」 중 제1절 '외재율과 내재율'로 편입되는 이 글은 그 전체가 일종의 '내재율'론에 해당한다. '정형율-자유율', '내재율-외재율'을 기본적인 분류로 전격 채용한 후 그는 형식화된 리듬을 넘어 "메마른 시의 내부 생명을 소생시켜 이를 새로운 생명으로 육성시키는 동시에 음의 표현에 머무르지 않고 리듬으로서 의미까지도 진동시키는 것이 내재율의 기능"이라고 설명한다. 그러나 이 글이 무턱대고 '내재율'의 중요성을 강조하기 위한 목적으로 쓰인 것은 아니다. 그는 '내재율'의 내포를 어떻게 잡아야 할지를 고민한다.

> 內在律이란 外在律에 相對되는 개념으로 定型詩의 外在律에 대해서 自由詩의 리듬을 內在律이라고 생각되어 왔다. 그러나 自由詩에도 一定한 리듬의 反復은 아니지만, 非循環的 外在律이 있다. (…중략…) 그런 점에서 대부분의 自由詩의 리듬은 內在律이라기보다 非樣式이고 非循環的인 外在律이라고 할 수 있다.[36]

그는 자유시의 리듬에 무턱대고 '내재율'을 할당하는 대신 "비순환적인 외재율"을 문제시한다. 말하자면 단순한 반복을 넘어 불규칙성이

---

36 정한모, 「변화 속의 균형과 조화」, 『심상』, 1974.1, 29면.

일종의 물질적 리듬감으로 "외현"되는 경우는 '외재율'의 한 종류라고 보아야 한다는 뜻이다. 그는 "자유시의 리듬은 외현되는 경우가 더욱 많다"고 덧붙인다.

그렇다면 '내재율'은 무엇인가. 그는 다소 머뭇거린다. 한편으로 "내재율은 외재율이 없는 산문 내지 산문시 속에만 존재"한다고 말한다. "정형시를 외재율이라 하고 자유시는 내재율이라고 하는 편의적인 구분"을 기각하려는 듯 보인다. 하지만 그는 정지용의 산문시 「이목구비」를 예로 들며 이렇게 덧붙인다. "이러한 것이 엄격한 의미의 내재율이라면 우리는 굳이 내재율에 대하여 거론할 필요가 없다." 거론할 필요가 없으니 거론하지 말자는 게 아니라, 거론할 수 있는 다른 근거를 찾아야 한다는 뜻이다. 이제 그는 '개성'으로 눈을 돌린다. "정형시의 리듬을 보편적 리듬이라고 하고, 자유시의 리듬을 개성적 리듬이라고 본다면 자유시의 내재율성은 합리적인 근거를 갖는다." 그는 "모든 개성적인 특성이 안에서 작용하여 개성적인 리듬으로서 강하게 밖으로 나타나는 리듬", "외적 제한이나 규범은 없으나 시인 스스로의 각성된 리듬의식에 의하여 항상 새로운 긴장체계를" 지니는 것으로 내재율의 내포를 잡는다.

정한모의 이 글은 남한에서는 아마도 처음으로 '외형률(외재율)-내재율'의 이분법을 골똘히 응시하며 그 내포에 의문을 제기한 경우가 아닐까 한다. 그러나 그는 의문을 더 밀고 나가 이분법을 기각시키려 하는 대신, 이를 위한 보다 "합리적인 근거"를 마련하기 위해 애썼다. 일상적으로 통용되는 뜻에는 이의를 제기할 수 있으나 단어 자체는 이미 견고하게 뿌리를 내렸다는 점. '내재율'에 대한 정한모의 머뭇거림이 보여주는 것은 바로 이러한 사실이다.

이듬해 문덕수에 의해 편찬된 『세계문예대사전』(1975)에는 '내재율' 이라는 어휘가 등재되는데, 위에서 살핀 정한모의 시각과 문제의식이 상당부분 그대로 반영되어 있다.[37] 이 책의 '내재율' 항에는 다음과 같은 해설이 포함되어 있다. "시의 운율은 크게 둘로 외재율과 내재율"로 나뉘어지며 "자유시의 리듬은 부정형(不定形)의 음수율과 내용률(內容律)로 2대별되는데, 내재율은 이 둘을 다 포함한다고 볼 수 있고, 좁은 의미로서는 내용률만 가리킨다."[38] "부정형의 음수율"이란 정한모가 제기한 "비순환적인 외재율"에 대응한다. 또한 '내용률'이 '내재율'의 부분집합일 수도 있고 동의어일 수도 있다는 식의 다소 편의적인 서술은 정한모의 머뭇거림과 통하는 데가 있다. 그러나 '사전'이라는 지위를 지향한 책이, 하나의 에세이처럼 '머뭇거림'을 드러낼 수는 없는 법이다. 사전은 모호한 것에 대해서조차 단호한 포즈를 취해야 한다. 정한모의 머뭇거림을 단정적 언설로 대체함으로써, 이 문예사전은 '외형률(외재율)-내재율'의 통념을 넘어서보려 한 사유의 흔적을 다시 통념으로 고정시킨다.

---

37 사전인 만큼 정한모의 글을 요약정리하고 용어를 재정리한 것일 수도 있다.
38 문덕수 편, 『세계문예대사전』, 성문각, 1975, 383면.

3. 북한문단의 '내재율' 논쟁

남한에서 '내재율'이라는 말에 대한 개념적 응시가 1970년대에 이르러 시작되었다면, 북한의 경우는 그 시기가 좀 더 빨랐으며 논쟁 속에서 격렬해지기도 했다. 이남에서 당연시되던 시적 통념이 이북에서는 거부되었다는 데에 그 일차적 이유가 있을 것이다.

그 사정을 일단 일별해 보는 게 좋을 것 같다. 식민지 시대에 카프계 시인으로 활동했던 조벽암이 김억을 향해 일갈했던 말을 다시금 상기해 보자. 그는 '형식주의'를 비판하며 이렇게 말했다. "우러나오는 소리 우러나는 분만(憤懣) 우러나는 의리(義理) 우러나는 힘 열광! 이 모든 것을 그대로 적어놓으면 시가 될 것이다. 길게 쓰면 소설이 될 것이고 내재율에 맞추어 짧게 쓰면 시가 되는 것이다." 그는 "시를 지을 때에는 내용이 제일"이라는 것을 믿어 의심치 않았다.[39] 단 그가 자신의 사회주의 문예론을 시에 적용하면서 그 논거로 든 예가 괴테와 보들레르, 그리고 프랑스의 세기말 자유시라는 것 역시 염두에 둘 필요가 있다. 이념적 지향이 어떠하건, 식민지 조선을 살아가던 많은 문인들의 마음속에는 상징주의·낭만주의의 문학적 전제, 그리고 그것이 일본을 통해 굴절되면서 만들어진 '내재율' 같은 말들이 이미 침전되는 중이었다고 해야 할 것이다.

해방 후 조벽암은 월북했고 북쪽에서도 시인으로 왕성히 활동했다.

---

[39] 조벽암, 「김안서 씨의 정형시론에 대하여 (2)」, 『조선일보』, 1933.1.13.

그리고 "내용이 제일"이라는 조벽암의 저 흥분된 목소리는, 해방 직후 북쪽의 문학적 동향을 정확히 반영하고 있는 것이었다고 해도 좋다. 물론 '새로운 조선문학 건설'을 위해 북쪽 문화예술계의 지침이 되어 준 것은 1925년 스탈린의 언설로부터 끌어낸 명제, '사회주의적 내용에 민족적 형식'이었다. 그러나 해방 후 몇 년 간, 실제 창작 및 이에 대한 논평 현장에서 이 명제가 그대로 통용되었다고 보기는 어렵다. 무게중심은 거의 언제나 '사회주의적 내용'에 놓였고, 시문학 분야의 경우 그 '내용'의 스펙트럼은 "공민적 빠포스(파토스―인용자)"로 수렴되곤 했다. 시와 다른 장르를 구분하는 기준도 여기에 있었다. "신문기사와 시의 차이"는 '형식'에서 오는 것이 아니라, "전자가 단순한 사실의 반복인 데 반하여 후자는 인간의 고귀한 정서의 표백(表白)이며 시인의 뜨거운 감정의 표상"이라는 점에서 찾아졌다."[40]

단 이 확신의 분위기에 미세하게나마 균열이 가는 데에는 그리 오랜 시간이 걸리지 않는다. 1949년, 역시 월북문인이던 한효는 "시가 산문으로부터 자기를 구별하는 힘이 대단히 약"한듯하다는 염려를 진지하게 제기한다.[41] 출발에서부터 '자유시'를 끈질기게 붙들고 늘어지던 문제가 '다른 체제의 문학' 속에서도 되살아나는 것이다. '뜨거운 공민적 감정'은 여전히, 그리고 앞으로도, 시라는 장르의 가장 중요한 내포임이 의심되지 않지만, '시의 산문화'라는 염려 섞인 판단은 시를 시로 만드는 좀 더 확고한 기준을 필요로 했다.

---

40 한효, 「시단소감」, 『문학예술』, 1949.6, 30면.
41 안함광, 「싸우는 조선의 시문학이 제기하는 주요한 몇 가지 특징」, 『문학예술』, 1951.9, 85면.

　‘운율’의 문제가 시에 대한 논의에 개입되는 것은 이 지점이었다. 1952년 말, 평론가 엄호석은 시인 김상오에 대해 상찬을 아끼지 않으면서도 “이 시인의 최대 약점인 운율의 미약성”에 대해 유감을 표명한다.[42] 또한 이를 김상오 개인의 문제로만 한정짓지 않고, “운율의 문제에 있어서 조선 시인들”이 놓인 “불행한 처지”와 연결 짓는다. “조선 말의 특수한 구조” 때문에 틀을 만들거나 운을 밟기 어렵다는 것이 그 이유였다. 이는 물론 “시인의 감정에 일으키는 음악에 대한 섬세한 감각으로 아름다운 내재적 운율의 시를 쓸 수 있”음을 강조하기 위한 것이었지만, 그러면서도 동시에 정형 형식의 부재가 모종의 결핍으로 인지되고 있다는 사실을 드러내기도 한다.

　이 같은 문학적 진단 속에서 ‘사회주의적 내용에 민족적 형식’이라는 명제의 두 번째 항은 비로소 시 창작에 대한 논의 속으로 흡수되기 시작한다. “시 작법 상 일종의 무제한한 자유”를 가져오는 “내재율” 혹은 “자유율”은 차라리 “자유주의를 발휘한 악결과”로 귀착된다는 강도 높은 비판과 함께, 시의 산문화를 막기 위해서는 “과거의 우리 문학 유산을 비판 섭취한 기초 위에서 오늘의 내용에 맞는 그 어떤 새로운 정형” “새로운 음률 체계”를 만들어야 한다는 견해가 제출되었다.[43] 인민가요 형식이나 시조 형식을 시 창작 과정에서 적극적으로 고려해볼 수 있다는 의견도 제기되기 시작했다.[44] 민족고전계승사업의 일환으로 고전

42　엄호석, 「문학 발전의 새로운 징조―최근의 작품들과 그 경향을 말함」, 『문학예술』, 1952.11, 106면.

43　리정구, 「최근 우리 시문학 상에 제기되는 몇 가지 문제」, 『조선문학』, 1954.9, 75~78면.

44　조령출, 「시 형식의 다양성」, 『조선문학』, 1956.8, 137~138면; 김북원, 「시문학의 보다 높은 앙양을 위하여」, 『제2차 조선작가대회 문헌집』, 조선작가동맹출판사, 1956, 121~122면.

시가집의 출판 및 번역, 주석, 연구가 활발히 진행되고 있었기에 가능한 제안이자 시도들이었다.

앞서 식민지 조선과 일본에서 검토된 문제들이 '회귀'하고 있다는 점에 주목해 보자. 부르주아 문학 잔재의 청산을 그토록 역설했건만, 바로 그 부르주아 시문학이 맴맴 돌고 있던 '자유시의 운율'이라는 난제가 다시 발목을 잡는다. 시라는 장르의 핵심 내포로 '운율'을 설정하는 이상, 말의 리듬 규칙으로부터 '자유로워진' 시가 무엇으로 과연 리듬을 획득할 수 있는지는 여전히 미제로 남는다. 새로운 시의 핵심으로 '내면의 진정성' 대신 '공민적 감정'을 내세운다 해도 이 대안이 시가 산문화되고 있다는 우려를 해결해 주지는 못한다. 그리고 이 우려와 함께, 일본과 식민지 조선의 '부르주아적 국민문학'이 그랬듯 '민족적 형식'의 기반으로서의 운율에 대한 관심이 싹트고 있는 것이다.

다만 사회주의 북한의 경우는, 약간의 색다른 점이 눈에 띈다는 사실을 덧붙여야 할 것 같다. 단편적인 언급에 머물던 시의 운율 문제가 논의의 초점으로 부각되는 것은 1950년대 후반이었다. 관심의 계기가 무엇이었든 일단 논의의 초점이 운율 그 자체에 집중되어 '일반론'이나 '원론'의 성격을 띠게 될 때에는, 당대에 창작되는 자유시보다는 재래의 오랜 시가들 쪽에 무게 중심을 두어 살피는 것이 보통이다.[45] 그 언어권의 근대 자유시는 다루어지더라도 대체로 소략하게만 지면이 할애되곤 한다. 그러나 1960년대 초반까지 집중적으로 토론된 북한에서

---

[45] 이상숙은 이 시기의 논의를 율조에 중심을 둔 운율론 일반에 초점을 맞추어 정리한 바 있다. 이상숙, 「북한문학의 '민족적 특성론' 연구—1950~60년대를 중심으로」, 고려대 박사논문, 2004, 137~156면.

의 운율 논의는, 자유시를 유심히 응시하거나 차라리 주된 문제로 삼는다. 자유시의 운율은 어디에서 오는 것인가. '내재율'이라는 것은 어떤 관점에서 바라보아야 하는가.

약 4년에 걸친 이 시기의 논의는 비교적 선명하게 세 단계로 구분되어 전개된다. 첫 번째는 조선작가동맹 기관지『조선문학』에 실린 학적 성격의 검토. 두 번째는 지면을『문학신문』으로 옮겨 전개된 평론적 성격의 논쟁. 세 번째는『시문학』과『문학신문』지면에서 이루어진, 창작자와 문예이론가들 간의 논쟁. '사회주의 건설' '자유시' '내재율' '내용-형식' 등을 둘러싼 여러 겹의 논제와 당대적 정황이 들춰지는 이 논쟁의 과정 속에서 우리는 '따로 또 같은' 근대시의 이념적 향방을 살펴볼 수 있다. 정확히 같은 자리로 회귀하는 논점은, 남쪽에서는 묻어두고 지나온 문제를 대신 짚어주는 역할을 하기도 한다. 또한 남쪽과는 다른 지형을 그려내는 문제들은, 그것을 통해 우리가 살고 있는 문학공간을 역상(逆像)으로 비춰주는 거울 역할을 해주기도 한다.

1) 전통계승이라는 과제와 '내재율'의 입지 - 윤세평 vs 박종식

1_ 1956년 10월, 평양에서는 제2차 '조선작가대회'가 열렸다. 발표자 중 한 사람이었던 시인 김북원은 당시 시문학 분야의 성과 중 하나로 "우리 시가의 형식 문제, 그의 운율적 기초"가 논의되기 시작했다는 점을 든다. 여러 연구회에서 조운, 윤세평 등이 이 문제에 대한 자기 견해를 피력했다고 한다.[46] 그 성과들은 곧이어 지면을 통해 소개되기 시작

한다. 가장 먼저 발표된 것은 리응수의 「조선의 새로운 정형시 창제 방향에 대한 의견」(『조선문학』, 1956.12)이었다. 제목이 보여주듯, '운율 전통의 계승'을 통한 '새로운 정형시 창제'라는 목적을 시야에 두고 조선 시가의 '운율적 기초'에 대한 자신의 관점을 정리한 글이다.

한편 '운율 기초'를 세우는 작업 속에서 자유시·현대시에 대한 검토가 진지하게 이루어지기 시작하는 것은 평론활동과 함께 고전문학작품의 정리 및 편찬을 겸해 온 윤세평에 의해서였다. 리응수에 이어 윤세평은 바로 다음 달인 1957년 1월, 「조선시가의 운율에 대한 약간의 고찰」이라는 글을 『조선문학』에 발표한다. 그간 현대의 자유시에 대한 논의가 현장 비평적 차원에서, 고전시가의 운율에 대한 논의가 민족 유산의 계승 및 정리 차원에서 층위를 달리하여 이루어졌다면, 윤세평은 이제 이 두 문제를 아울러 살필 것을 제안한다. 그는 과거의 시가 형식에 "반동적인 계급적 딱지"를 붙여 배격하는 것을 경계한다. 이런 자세야말로 "시가의 민족적 형식에 대한 홀시이며 문화의 민족적 전통에 대한 허무주의적 태도"에 해당한다. 또한 그는 리응수보다 적극적으로 자유시의 운율을 문제 삼는다. "자유시의 운율에 관하여 말할 때 흔히 '내재율'을 이야기하고 있"지만, "'내재율'에 대한 구체적 해명은 아직 누구에게도 주어진 것이 없으며 시인 자신들도 이에 대한 명확한 규정적 규범"을 의식하지 못하고 있다는 것이다.

서론에 제기된 문제의식으로 미루어보자면 윤세평의 이 글은 과거 시가의 형식을 살피고 이와 접목된 '내재율'의 '규범'을 마련하려는 작업

---

46 김북원, 앞의 글, 121~122면.

으로 이어질 듯 보인다. 서론에 직접 언급된 바로 보아도 그렇고, 글 전체의 제목을 보아도 그렇다. 또한 서론에 이은 2장과 3장에 각각 「조선시가의 운율적 특성」과 「우리 시가의 작시법」이라는 소제목을 배치한 것으로 보아도 그렇다. 하지만 실제 논의는 이런 예측을 약간 비껴간다. 고전시가에 대한 검토에 이어 "자유시 형식"과 "자유시 작시법"에 대해 이야기할 순서에 이르렀을 때, 그는 "소위 '내재율'"이란 "시가의 리듬적 제 요소들의 배합을 통하여 흘러나오는 하나의 통일적 선율"이며, 자유시에는 "일정한 격식이 없고 다만 전체를 흐르는 선율과 절주만이" 있다고 말한다. 규범의 확립 쪽으로 정향하기보다는 오히려 규범의 초월이라는 측면에서 자유시의 운율 문제에 접근하고 있는 것이다.

그렇다면 이 무규범성은 어떻게 과거의 시가와 연속선상에 있는 것으로 간주될 수 있는가. '운율 기초'에 대해 윤세평은 리응수와 정반대되는 견해를 제시한다.[47] 그는 조선시가의 기초적 리듬 구성단위를 "시행"으로, "리듬 구성의 전체적인 특성을 드러내는 최저 단위"는 "시의 연(聯)"으로 파악한다. 글의 내용을 비교해 볼 때 두 사람은 같은 연구회에서 운율에 대해 함께 공부하고 토의했던 것이 분명해 보이는데, 리응수가 다른 언어권 시가들과 동일한 층위, 즉 "우다레니"(단어나 어절의 강약, 고저, 장단 규칙―인용자)의 층위에서 조선시가의 운율 '법칙'을 찾으려

---

47 리응수는 앞의 글에서 음성언어학적 방법론에 의지해 '조선시가의 운율 기초'에 대한 '우다레니 법칙', 즉 말의 고저, 장단, 강약의 규칙을 찾는 데에 공을 들인다. '법칙'의 규명에 초점이 놓이는 만큼, 현대시라든가 자유시라든가 하는 것은 당연히 논의의 중심에 놓이지는 않는다. 다만 그는 당시 거론되고 있던 '내재율'을 시야에서 완전히 배제하지는 않는다. 그는 자신이 밝혀낸 '3음조 우다레니 법칙'에 따르는 '파동'이 '내재율의 정체'에 해당한다고 결론짓는다(172면). 그의 이론은 이후에 거의 반향을 일으키지 못했지만, 경우에 따라서는 충분히 주목할 만한 가치가 있는 '독특한' 견해가 아닐까 생각되는 점도 있다.

한 반면, 윤세평은 이들로부터 조선시가를 차별화하는 쪽에 선다. 그에 의하면 조선시가의 리듬은 음의 강약, 고저, 장단 등의 규칙적 결합이 아닌, 차라리 그것들의 '불규칙적인 배열'에서 나온다. 음절수의 결합에서 보더라도 마찬가지다. 이 불규칙성이 하나의 시행 안에서 어떠한 방식으로 이루어지느냐에 따라 리듬이 발생하므로, 시행보다 더 작은 단위에서 리듬의 기초를 찾으려 해서는 안 된다는 것이 그의 주장이다. 그는 3음조, 4음조 식의 "기본음조"를 찾으려는 시도 자체가 "시가의 다양한 운율을 단순화시키는 부질없는 짓"이라고 판단한다. 한 시행 안에서 "음절 그루빠(그룹—인용자)의 3·3, 3·4, 4·4, (…중략…) 기타의 배합들이 각이한 심적 체험의 표현에 활용되어 기쁜 것이나, 슬픈 것이나, 거센 것이나, 온화한 것이나, 노여운 것이나, 우울한 것, 기타의 정서적 움직임에 상응하는 리듬적 특징을 드러"낸다. 요컨대 조선시가는 한시나 러시아 시 등 다른 언어권 시가들과 비교해 볼 때 "정형시적 엄격한 규율성이 희박한 점"이 특징이다. 바로 이 점이, "전체적인 시가에 흐르는 내재적 선율과 절주"라는 관점에서 현대의 자유시를 과거의 조선시가와 포괄적으로 함께 바라보아야 할 이유가 된다.

단 이러한 논의를 전개하는 윤세평의 태도가 한편으로는 조심스럽고 한편으로는 다소 모호한 면이 있다는 점을 지적해야 할 것 같다. 그는 「정과정곡」이나 「장진주사」 등 많은 재래의 시가들이 "자유시적 형식"을 취하고 있음을 언급하면서도 "결코 현대의 자유시를 과거 중세 시가의 그것과 동일시하려는 것이 아니며 또 자유시의 연원을 거기에서 찾으려는 것도 아"님을 강조한다. 이 문제가 '유산의 계승'과는 다른 차원에 있는 것임을 직감했기 때문일 것이다. 한편 글의 전체 흐름상으로는 조선시가의 일반적 리듬 규칙이 다분히 느슨함을 들어 자유시의 "내재적 선율과 절주"를 고전시가와 연속적 관점에서 살피면서도, 세부적으로는 조선말에 나타나는 어음적 고저, 강약, 장단의 양상, 그리고 시에서 찾을 수 있는 압운 전통 등을 살피며 '규칙'을 탐색하고 이를 앞으로의 과제로 제시하는 데에 적지 않은 분량을 할애한다.

'민족적 형식'을 어떻게 계승할 것인가에 대한 당대의 당면과제와 '형식으로부터의 자유'라는 가치로 조선시가를 아우르려는 시도. 전자는 저자의 시선을 과거에서 현재로 훑어 내려오게 하는 반면, 후자는 현재에서 과거로 소급하게끔 만든다. 윤세평의 글에는 이 양방향의 시선이 착종된다. 서론 부분에서는 "자유시의 작시법 체계"를 문제로 제기하고, 결론에서는 "종래의 형식적 '틀'을 깨뜨"린 데에서 자유시의 의의를 찾은 것도 이 때문이라 할 수 있을 것이다.

2_ 윤세평에 대한 반론이 제기된 것은 이듬해 말이었다. 평론가 박종식은 「우리나라 작시 체계의 음률적 기초」(『조선문학』, 1958.12)라는 글을 통해 조선시가의 운율을 다시금 문제 삼는다. 그의 논의는 한편으로는 윤세평의 연장선에 있고 한편으로는 대척점에 놓인다. 일단 '민족적 형식'의 계승이라는 당대적 문제의식이라는 관점에서 보자면, 두 사람은 같은 입장을 공유한다. 윤세평이 "오늘의 자유시 형식에 대한 새로운 검토와 아울러 선행한 조선시가의 우수한 운율적 전통을 계승하는 문제"를 내세웠듯, 박종식도 "오늘의 시문학"이 "과거 우리나라 고전적 시문학에 기초하여 시 형식의 탐구와 연구를 기울이고 있다는 사실"을 고무적으로 평하며 글을 시작한다. 단 박종식은 윤세평의 문제제기를

이어받되 위 두 과제를 보다 충실하게 '종합'할 수 있는 틀을 구상한다. 리듬의 기본 단위를 '시행'으로 본 윤세평과 달리 박종식은 '음절구'로 보는데, 이 기준을 통해 그가 정리한 조선시가의 "특수한 작시체계"를 도표화 하면 다음과 같다.

〈표 1〉

조선시가의 기본적 음률 조직 = 음절구의 일정한 결합			
정형률 : 음절구의 규칙적 결합에 의한 반복형태		자유율 / 내재율 : 음절구의 불규칙적 결합에 의한 반복형태	
기본 원리	1. 연속적 반복 2. 교차적 반복 3. 축차적 반복 (점차적 확대 및 축소)	—	
—		보조적 수법	1. 각운(동일 음의 규칙적 반복) 2. 두어 중첩, 서구 반복 3. 후렴 4. 전도, 생략, 압축

박종식의 논의에서 무엇보다도 주목되어야 할 점은, '자유율 / 내재 율'을 '정형률'의 대응 형태로 정의하고 기본원리와 보조원리를 항목화 함으로써 조선시가 전체의 운율을 하나의 시스템으로 구축하고자 시 도하고 있다는 것이다. 물론 이 도식 자체가 빈틈이 없는 건 아니다. 저 빈 칸으로 남아있는 부분을 어떻게 해석해야 하는지도 분명치가 않다. 또한 도식이 잘 짜여졌다고 해서 '운율 전통의 계승'과 '자유시 형식의 검토'가 한꺼번에 해결되는 것도 아니다. 그러나 일원화된 기준을 토대 로 한 명쾌한 분류 / 정의가, 자유시의 '내재율'이 전통의 변주(규칙적 결 합→불규칙적 결합, 기본원리→보조원리)에서 비롯된 것이리라는 착시적 인상을 만들어 내는 데에 기여하고 있다는 것만은 분명해 보인다. 그러 니 적어도 주어진 과제를 향한 논리적 추진력이라는 면에서 보자면, 박

종식은 윤세평이 지닌 문제의식을 발전적으로 계승, 보완하고 구체화시켰다고도 볼 수 있을 것이다.

그러나 윤세평의 애매모호함과 박종식의 명쾌함 사이에는 논리 정돈 수준의 문제만으로는 볼 수 없는, 좀 더 근본적인 간극이 개재되어 있다. 당대적 문제의식이라는 관점에서 두 사람은 '운율 전통의 계승'과 '자유시 형식의 검토'를 동시 해소 과제로 공유하고 있지만, 자유시를 대하는 관점에 있어서는 상반되는 전제를 지니고 있기 때문이다. 윤세평에게 자유시의 '내재율'은 한 구절씩 한 음절씩 뜯어 살펴서 확인할 수 있는 것이 아니라 시 "전체를 흐르는 선율과 절주"였다. 이런 관점은 운율에 대한 분석적 접근법을 허용하지 않는다. 반면 박종식에게 운율은 외적으로 확인 가능하며 체계화를 시도할 수 있는 '물질적 대상'이다. 자유시의 운율도 마찬가지다. "불규칙한 결합"은 설명 불가능한 것이 아니라, 불규칙 속에 '반복 원리'를 담고 있는 것으로 간주된다. 그 원리를 찾아 실현 방식을 항목화하고 정리하는 것을 박종식은 과제로 받아들인다.

윤세평에 대한 박종식의 주된 비판은 바로 이 상반된 관점에서 비롯된다. 윤세평 식의 "막연한 규정"으로서는 "'내재율'에 대한 작가의 의식적 고려"를 불러일으키는 데 도움을 주지 못하고 "어떤 음률적 요소가 내재율을 조성하고 있는가에 대하여 해명을 주지"도 못한다. 나아가 박종식은 '내재율'에 대한 이런 "막연한 규정"을 '반동적' 시각과 동일시한다. "남조선 부르죠아 반동평론가들은 우리나라 자유시가 가지고 있는 내재율을 심리적 과정에서 찾으면서 '심상과 감정의 율동적 과정'이라고 규정하였다. 이 규정이 극히 관념론적이며 내재율의 물질적 근거를 애매하게 만들고 나아가서는 시인들의 음률 조성의 의식적 창조 사업을 마비시키고" 있다.

　표면적으로 볼 때 자유시의 운율에 대한 두 사람의 접근법은 확실히 박종식 쪽이 우위를 점하고 있는 듯 보인다. 일차적인 이유는 박종식이 윤세평보다 약 2년의 시간을 더 얻어 논의를 진행시켰다는 데 있을 것이다. 이후 두 사람은 모두 1958년 말부터 본격화된 '민족적 특성'론에 관여하느라 더 이상 운율 문제를 집중적으로 다루지 않았다.[48] 그러나 좀 더 심층의 이유는, '운율 전통의 계승'이라는 문제를 시야에 포괄하는 경우, 자유시에 대한 윤세평의 관점이 논리적 모호함을 초래할 수밖에 없는 반면 박종식의 관점은 정연한 체계의 구축을 향해 나아갈 수 있다는 데에 있다. 그 결과, 이후 이어지는 논의들에서 윤세평은 가볍게 스치듯 언급되거나 손쉽게 비판되는 반면, 박종식은 자유시의 운율을 논하기 위한 초석을 마련한 것으로 받아들여지곤 한다.

　다만 박종식의 정리가 표면상 중요한 참조점으로 활용되는 것과 달리, 뒤이은 논의들이 실제로 박종식의 견해를 공통의 기본 전제로 삼아 전개되는 것은 아니다. 오히려 자유시의 운율을 대하는 두 사람의 양립 불가능한 관점은 이후 중요한 쟁점으로 부각된다. 시 '전체'를 흐르는 운율에 주목하는 윤세평 식의 관점은 엄호석에 의해 보다 고양된 톤으로 부각된다. 시의 '부분 단위'에서 운율이 형성된다는 박종식 식의 관점은 현종호에 의해 보다 선명하게 입지를 드러내게 된다.

---

[48]　'민족적 특성'에 대한 논의의 양상과 향방에 대해서는 다음 글들을 참고할 수 있다. 김재용, 「북한문학과 민족문제의 인식—1960년대 전반기 민족적 특성 논쟁을 중심으로」, 『분단구조와 북한문학』, 소명출판, 2000; 신형기, 「북한문학에서의 '민족적 특성' 논의—주체문학론의 발단」, 『민족이야기를 넘어서』, 삼인, 2003; 이상숙, 앞의 글; 남원진, 「북한의 '민족적 특성'론 연구」, 『겨레어문학』 32, 2004.6.

2) 운율의 본질에 대한 대극적 관점 – 엄호석 vs 현종호

1_『조선문학』에 게재된 리응수, 윤세평, 박종식의 글은 모두 학적 구성을 갖춘 비교적 긴 분량의 것이었다. 이후 자유시의 운율 문제는 지면을 『문학신문』으로 옮겨 검토되기에 이르는데, 이때부터 여러 평론가 및 연구자들의 개입에 의해 논쟁적 성격이 강해지면서 1960년 상반기 북한문학계의 주요한 이슈 중 하나가 된다.[49] 그 중심에 엄호석과 현종호가 있다.

『문학신문』에 운율 논의를 재개한 엄호석의 글(1960.2.9)과 바로 뒤를 이은 현종호의 글(1960.3.15)에서 먼저 눈에 띄는 것은 '내재율'이라는 말을 대하는 상반된 태도이다. 엄호석은 다음과 같이 단언한다. "자유시의 운율의 기본이 내재율이라는 것은 누구나 알고 있다." 엄호석에게 '내재율'이란 의심의 여지없이 자유시의 확고한 전제가 된다. 반면 현종호는 '내재율'을 확정된 어휘로 사용하지 않는다.

이미 오래 전부터 관습적으로 씌여 온 이 내재률이란 말에 대하여 우리들 가운데 일부 사람들은 그것을 시의 정서적 기복에 따라 작품 밑바닥에 흐르고 있는 감정의 고저, 완급, 강약, 대소, 광협으로 인식하고 있거나 그렇지 않으면 시행, 시구에서가 아니라 작품 전체를 읽으면 하여간 산문과는 다

---

49 순서대로 정리하면 다음과 같다. 모두 『문학신문』에 실려있다. 엄호석, 「서정시의 운율 문제」, 1960.2.9; 현종호, 「(민족적 특성을 구현하기 위하여) 서정시에 운율이 필요하다」, 1960.3.15; 류창선, 「서정시의 운율적 기초」, 1960.3.25; 고정옥, 「현대시의 전통과 혁신－서정시의 운율체계와 관련하여」, 1960.5.13; 엄호석, 「다시 한 번 서정시의 운율에 대하여」, 1960.6.14; 류창선, 「운율조성의 기초와 방법」, 1960.7.5.

른 선률이 내재해 있다는 식으로 리해하고 있다. **내재률이란 용어를 설정하
고** 그를 이와 같은 방향에서 인식한다면 우리의 서정시의 운률 문제는 의
연 막연한 생태로 해결되지 못한 채 남아 있게 될 것이다. (강조는 인용자)
—현종호, 「(민족적 특성을 구현하기 위하여) 서정시에 운율이 필요하다」,
『문학신문』, 1960.3.15.

이 인용문에서 주목해야 할 점은 비단 "작품 전체를 읽으면 하여간
산문과는 다른 선율이 내재해 있다는 식"으로 '내재율'을 막연하게 규
정하는 것에 대한 비판만이 아니다. 그는 "내재율이라는 말" "내재율이
란 용어"라는 식으로 확정을 미루며 이 단어 자체를 의심한다.

'내재율'이라는 말이 흔하게 많이 쓰인다는 것. 그러나 뭐라고 딱히
말하기가 어렵다는 것. 앞 항에서 검토한 윤세평과 박종식에게 이는 난
감한 문제로 받아들여졌다. 윤세평의 어투에는 조심스러움이 배어 있
었다. "소위 '내재율'에 대하여 말한다면 시가의 리듬적 제 요소들의 배
합을 통하여 흘러나오는 하나의 통일적인 선율을 말하는 것이라고 본
다." 그는 "전체적인 시가에 흐르는 내재적 선율과 절주"를 자유시의 주
된 운율적 특성이라 보면서도 '내재율'이라는 말을 단정적으로 사용하
는 대신 "소위"라는 단서를 붙인다. 한편 박종식은 지금까지 사용되어
온 '내재율'이 막연하고 관념론적이라 비판하면서도 이 어휘의 존재의
의 자체를 부정하지는 않았다. "내재율에 대하여 말할 때는 무엇이 즉
어떤 음률적 요소가 작용하여 내재율을 형성하는가를 발견하는 것이
중요하다"는 말로 그는 '내재율'의 재정의를 시도한다. 이들과 달리, 엄
호석과 현종호는 서로 극단에서 확고하다. 엄호석의 경우 : 내재율은

'확실히 있다'. 현종호의 경우 : 내재율은 '실체가 없는' 텅 빈 용어다.

엄호석과 현종호는 각각 자신의 논지를 강화하기 위한 방편으로 자유시의 운율에 대한 박종식의 정의를 끌어온다. 그런데 기묘하게도 두 사람 모두 박종식의 의도를 전도된 방식으로 전유하면서 그를 넘어서고자 한다. 엄호석은 "박종식의 전기 논문에서 조선시가의 운율 단위를 음절 그루빠(그룹-인용자)로 인정하고 자유시의 운율, 즉 내재율을 음절 그루빠의 불규칙적인 결합으로서 설명하고 있는 점에 대하여 동감"한다고 말한다. 단 이것만으로는 "내재율의 본성을 다 설명하였다고 할 수 없"고, "내재율을 내재율로 되게 하는 음악성이 반드시 고려되어야 한다"고 주장한다. 즉 박종식에게 동의는 하되, 보다 '심층의 리듬'에 주목해야 한다는 뜻이다. 그러나 엄호석의 인용에는 분명한 왜곡, 혹은 무의식적 변형이 개재되어 있다. 자유시의 운율에 대한 박종식의 정의는 "음절 그루빠의 불규칙적인 결합"이라 아니라 "음절구의 불규칙적 결합에 의한 **반복형태**"(강조는 인용자)였다. 엄호석은 "반복형태"라는 말을 누락한 채 "불규칙적 결합"을 "다양한 음악적 결합"으로 받아들였지만, 박종식의 의도는 불규칙적으로나마 음절구의 '반복'으로부터 운율이 형성된다는 것이었다.

한편 현종호는 박종식을 직접 검토하지 않은 채 '엄호석화된 박종식적 정의' 즉 "음절 그루빠의 불규칙적 결합"으로 '내재율'을 풀어낸 정의에 이의를 제기한다. 문제는 역시 현상 이면의 '본질'을 보아야 한다는 것이다. 단 '본질'로 나아가는 방향은 엄호석과 정반대다. "운율이란 동일한 현상이 균등한 시간적 간격을 두고 반복되는 과정에서 생기는 것"이다. 그런데 "부등한 현상이 불규칙적으로 나타나는 현상 자체가 어떻게 운율을 나타내겠는가?" 즉 현종호에게 자유시 운율의 '본질'은 "부등한 현상이 불규칙적으로 나타나는 현상" 자체가 아니라 그 심층에 있는 '반복형태'가 되며, 이는 '내재율'에 대한 박종식의 원래 정의, "음절구의 불규칙적 결합에 의한 반복형태"와 만나게 된다. 요컨대 엄호석은 표면적으로는 박종식에 동감하는듯하되 박종식과는 상반된 논의를 전개하고, 현종호는 엄호석식으로 변형된 박종식을 비판하되 실제로는 박종식의 견해 쪽으로 수렴된다.

2_ 이 '본성' 혹은 '본질'을 파고드는 데 있어 엄호석의 경우 '운율 전통의 계승'이라는 문제로부터 단호하게 등을 돌리고 있다는 점에 주목할 필요가 있다. 엄호석의 논의가 윤세평에게 닿아있으면서도 둘의 차이를 결정적으로 드러내는 것이 이 부분이다. 윤세평은 "우리 시가의 모든 우수한 전통들을 살려야" 한다는 점을 당면과제로 품고 있었다. 그 때문에 자유시의 운율을 "전체적인 시가에 흐르는 내재적 선율과 절주"로 보는 그의 견해는 조심스럽게 표출되고 또 한편으로는 글 전체에 논리적 모순을 야기하기도 했다. 반면 엄호석은 과거의 시가 형식과 자유시 사이에 분명한 선을 긋는다. "조선시가의 작시 체계를 완성하"려는 연구들이 진행된다는 것은 물론 "무조건 좋은 일"이다. 그러나 연구의 차원에서 좋은 일이다. "자유시는 현대의 새로운 역사적 조건이 낳은 시 형식"이며, 자유시의 기본운율인 "내재율은 정형시의 경우와는 달라서 그 어떤 작시 체계로 일반화할 수 없으며 매개 시에 고유한 음악적 속성으로서 존재"할 뿐이다.

엄호석은 주저 없이 체계를 부정한다. "내재율의 본성"은 분석적 설명을 허용하지 않는다. 실제로 그는 "자유시의 운율의 기본인 내재율"을 논하는 자리에서는 구체적인 실례를 들지 않는다. 물론 자유시의 운율에서 분석 가능하거나 의식적으로 탐구 가능한 분야를 열어두기는 한다. "음절 그루빠"의 장단, 반복, 전도, 중복, 굴절 등을 통해 "내재율을 보충하고 강화"하는 "외부적 효과"를 산출하는 경우가 그러하다. 그는 이러한 영역을 조심스레 "외형률"이라 부르되, 단 "자유시의 운율의 기본인 내재율에 복종하여 그것을 더욱 강화"하기 위한 방편일 뿐이라는 점을 재차 강조한다.[50]

엄호석에게 현종호가 말하는 리듬의 '본질' 즉 '반복 체계'의 강조는 "정형률에의 편향"을 보이는 과거 회귀적 시도로 받아들여진다(1960.6.14). 이는 "자유시와 정형시의 호상 연계성" 혹은 "고전시가 유산"의 계승에 지나치게 집착한 나머지 나타나는 부작용이다. 그는 현대 자유시의 토대가 "공민적 감정"임을 강조한다. "현대인의 공민적 감정이 바로 규칙적인 음절 그루빠의 구속으로부터 시를 해방"한다. 뒤집어 본다면, '계승'을 내세워 '작시 체계'를 세우는 일에 치우칠 경우 '사회주의적 새 인간'의 감정이 도외시되리라는 뜻을 담고 있다. 이는 '내재율'에 대한 비분석적 접근법을 "남조선 부르죠아 반동평론가"의 "관념론적"인 운율론과 동일시한 예의 박종식 식의 비판에 대한 선방어적 대응이기도 하다.

반면 현종호는 「(민족적 특성을 구현하기 위하여) 서정시에 운율이 필요하다」라는 글의 제목이 보여주듯 '계승'을 통한 "민족적 색채"의 발현을

---

50 엄호석이 제기한 '외형률' 개념에는 모호한 점이 있는 까닭에 이후 논자들에 의해 비판적 검토의 대상이 된다. 이상숙의 논문이 이를 소략하게 검토했다(이상숙, 앞의 글, 151~152면).

강조한다. 현종호가 전제로 내세우는 것은 운율이 '형식'이라는 점이다. "서정시의 운율은 내용에 상응한 형식의 한 요소"로서, "읊어서 입에 담기고 호흡에 올라야 하는 구체성을 띠어야 하며 물질성을 띠어야 한다."(1960.3.15) "시행, 시구에서가 아니라 작품 전체를 읽으면 하여간 산문과는 다른 선율이 내재해 있다는 식으로 이해"할 경우, 이는 차라리 "형식의 범주가 아니라 내용의 범주"에 속하는 것이 된다. 즉 이른바 '내재율'이라는 말로 운위되는 것은 실제로 운율의 범주라 할 수 없다.

더불어 현종호는 '내재율'이라는 말이 지닌 부정적 효과 중 하나를 고전시가와 현대 자유시의 '연계성'과 관련시켜 논한다. 그는 '내재율'을 "구체적인 형식적 요소"로 보는 관점이 있음을 분명 인정한다. 엄호석의 논의가 그러한 경우로 받아들여진다. 그는 엄호석의 '내재율'론을 "감정의 정서적 운동에 적응한 음절 그루빠의 다양한 불규칙적 결합"이라 정리·해석하고[51] 이를 부분적으로 수용한다. 다만 이런 것이 '내재율'이라고 한다면, 그것은 "비단 자유시에만 존재하는 것이 아니라『악장가사』나『악학궤범』의 서정가요를 비롯한 기타 작품들에도 존재"하는 게 아니냐는 의문을 제기한다. 일견 "조선시가의 작시법 체계"가 원래 "정형시적 엄격한 규율성이 희박"하고 "우리 중세기 가사들의 일부가 자유시 작시법에 속"한다고 본 윤세평의 견해와 맥을 같이 하는 데가 있다. 단, 윤세평이 이 현상을 어떻게 해석해야 하는가에 대해 다소 망

---

[51] 엄호석이 직접 위와 같이 정의한 것은 아니다. 그는 "음절 그루빠의 불규칙적인 결합만으로는 아직 내재율의 본성을 다 설명"할 수 없으므로 그 기저에서 "감정이 일으킨 정서적 운동에 음악성을 부여하는" 여러 방법을 보아야 한다고 했다. 현종호의 정리가 딱히 엄호석을 왜곡했다고는 볼 수 없지만, 강조점을 이동시킨 것만은 분명하다. '내재율'의 정의는 박종식에서 엄호석으로, 엄호석에서 현종호로 옮겨오면서 조금씩 변형되고 있다.

설이는 태도를 취한다면, 현종호는 이를 단호히 ‘계승’의 관점에서 바라본다. 문제는 바로 ‘내재율’이라는 용어 자체에 있다. 이 말은 마치 “고전 시가와 구별되는 자유시의 중요한 운율적 기초”인 것처럼 받아들여진다. 속성으로 치자면 예전부터 있었던 것이 현재까지 이어지고 있는 것뿐인데, ‘내재율’이라는 말이 돌출하여 “고전시가 유산과 자유시 사이의 작시법적 연계를 끊어버리는 편향”을 만들어내고 있다는 것이다.

직접적인 언급을 피하고는 있지만, 현종호는 ‘내재율’이 폐기되어야 할 쓸모없는 개념임을 간접적으로 암시한다. ‘내재율’의 속성을 ‘감정의 정서적 운동’이나 ‘시 전체에 내재하는 선율’ 식으로 본다면 그것은 운율의 범주를 벗어난다. 이때 ‘내재율’은 실체 없는 빈껍데기 어휘이다. 한편 “음절 그루빠의 다양한 불규칙적 결합”으로 실체적 속성을 부여하는 경우, 그 속성 자체만은 고전시가와 연계되어 있는 것인데도 불구하고 마치 현대 자유시의 ‘고유한 운율’인 것처럼 여겨지는 오해를 불러일으킨다. 더불어 “음절 그루빠의 다양한 불규칙적 결합”도, 실제로는 ‘내재’하는 것이 아니다. 그는 엄호석이 “내재율과 외형률”로 구분한 것들이 실은 모두 “외형”에 나타나는 것임을 강조한다. ‘외형’에 분명히 나타나는 현상을 ‘내재율’이라 부른다면 그 자체로 모순이 아니냐는 의문이다. 남한에서는 1974년 정한모에 의해 “비순환적인 외재율”이라는 용어로 제기되었다가 그대로 수그러든 문제가,[52] 북에서는 15년 앞서 엄호석과 현종호에 의해 치열한 논쟁의 매듭으로 부각되고 있다.

이들이 각각 자유시 운율의 ‘현상’과 ‘본질’로 설정한 것과 이를 위해

---

52 정한모, 「변화 속의 균형과 조화」, 『심상』, 1974. 1.

비판적으로 검토한 사항은 다음과 같은 식으로 도표화해볼 수 있다. 엄호석의 견해는 윤세평 및 그 이전의 논자들에 의해 흐릿하게 제기되었던 자유시 운율에 대한 관점을 선명하게 명제화한 형태라고 할 만하다. 한편 현종호의 견해는 A와 C를 등가로 파악한 박종식의 다소 온건한 관점을 엄밀하게 밀어붙인 형태라 할 수 있다.

〈표 2〉

엄호석	본질	현상	과거회귀적 시도
	'내재율'(A)	음절 그루빠의 불규칙한 결합(B)	불규칙한 결합속에 나타나는 반복성(C)
현종호	실체 없는 환상	현상	본질

다만 위의 도식은 논의의 핵심만을 추출한 결과라는 단서를 붙일 필요가 있을 듯하다. 윤세평, 박종식, 엄호석, 현종호, 이들은 모두 북한 문학계에서는 내로라하는 평론가이자 연구자였다. 이들이 논의에 임하는 방식에는 한 가지 흥미로운 현상이 있다. 어떤 사안에 대해 반론을 제기해야 할 필요가 생길 경우, 상대와 나의 차이를 부각시키는 방식으로 상대의 글을 인용하거나 해석하는 것이 보통이다. 그 과정에서 과도한 해석이나 의미의 왜곡이 발생하고 때로는 인신공격적 발언이 이어지기도 한다. 그러나 이들의 논의는 운율을 대하는 상반된 전제 탓에 상호비방적 성격을 띠기 충분했음에도 불구하고 실제로는 그와 반대되는 양상으로 흐른다. 앞서 제기된 논점을 자기식으로 변형하고 맥락화하면서까지, 상대 논자의 견해를 부분적으로나마 존중하려는 태도를 취하는 것이다.

박종식의 글은 윤세평에 대한 반론으로 씌어졌음에도 불구하고 한

번도 윤세평의 이름을 거론하지 않는다. 엄호석은 박종식과 상반된 견
해를 지니고 있음에도 불구하고 박종식을 그 자신의 견해와 근접한 것
으로, 그래서 '보완'을 필요로 하는 것으로 받아들인다. 현종호가 엄호
석의 글을 대하는 태도 역시 마찬가지다. 실제로 엄호석과 현종호의 관
점은 타협 불가능한 대극에 놓여있지만, 현종호가 해석한 엄호석은 현
종호 자신의 운율론과 크게 다르지 않되 용어 할당의 문제에서 다소 차
이를 드러내는 정도로 받아들여진다.[53] 해석적 변형은 '공격과 비판'이
아닌 '타협적 수용'의 방식으로 나타난다.

보다 상세한 검토를 필요로 하는 문제이지만, 이는 합의의 도출을 중
시하는 북한문단의 분위기와도 관계가 있을지 모른다. 이유야 어쨌건
논점의 첨예한 '대립'에 대비되는 태도상의 '수용성'은 다음 단계의 논
의를 마련한다. 한편에서는 이 양자의 관점을 동시 수용하고 보완할 수
있는 논리가 궁리된다. 고전연구가 류창선이 이를 준비한다. 한편에서
는 과학적 체계화에 맞설 수 있는 철학적 해석이 시도된다. 시인 한명
천의 작업이 이에 해당한다.

3) 방법론의 구상, 과학화와 철학화—류창선 vs 한명천

1_ 식민지 시대부터 고전문학을 연구해 온 류창선이 자유시 운율에
대한 논의에 개입한 것은 엄호석·현종호와 거의 같은 시기였다. 그는

---

[53] 현종호에 대한 엄호석의 재반론(1960.6.14)만이 예외다. 이 글은 '보완'보다는 '비판'의
성격이 훨씬 강한 편이다.

현종호와 열흘 간격을 두고 「서정시의 운율적 기초」라는 글을 발표했다(『문학신문』, 1960.3.25). "현대 서정시의 운율 문제와 '내재율' 문제에 대하여, 특히 운율 조성의 기초를 밝히는 동시에 지금까지 많은 사람들이 논의해 온 소위 '내재율'이란 것의 본질에 대하여 해명"을 시도하겠다는 것이 그의 취지였다. 단 이 글 자체만으로 보자면 취지에 걸맞은 결과를 충분히 끌어냈다고 보기는 어렵다. 류창선의 이 글은 박종식과 엄호석의 논의를 수용적으로 검토하는 데 많은 분량을 할애하고 있는데, 그 과정에서 오히려 '내재율'을 대하는 관점의 갈피를 분명히 잡지 못하고 있는 듯한 인상을 준다.

류창선이 자신의 운율론을 보다 체계적으로 정리하는 것은 엄호석과 현종호의 논의가 일단락되는 지점에서였다. 그는 자유시의 운율을 검토하는 두 번째 글인 「운율 조성의 기초와 방법」(『문학신문』, 1960.7.5)에서 앞선 네 사람의 논의를 아우를 수 있는 틀을 고안한다. 여기에는 '내재율'과 관련된 이중적 과제가 포함되어 있다. 일단은 막연한 규정을 넘어 내재율에 '물질적' 근거를 부여하는 것. 그와 동시에 운율 일반론으로 무조건 귀속될 수는 없는 내재율만의 '고유한' 특성을 해명하는 것. 요컨대 '내재율'을 모호한 허상이 아니라 실체로 인정하되, 무조건 실체라 단정하는 대신 그 실체적 근거를 확보하는 것.

이 과제를 위해 류창선은 운율에 '심급'을 도입한다. 일단 그는 "운율의 기초"와 "운율 조성의 방법"이 구분되어야 한다고 주장한다. 이전의 논의들이 견해 차이를 보인 이유는 이 두 심급이 혼동되었기 때문이다. 류창선에 의하면 "운율의 기초"는 "음절 그루빠들의 자유롭고 다양한 결합 반복"으로서 이는 "보편적인 법칙"이다. 반면 "운율 조성의 방법"

은 경우에 따라 다르게 나타나는데, 조선어 자유시의 경우 "운율적 기초를 기본으로 하여 음향적인 시어의 선택과 제반 보조적 수법들을 이용하면서 작품 내용의 정서적 움직임에 적응하는" 것이 된다. 그리고 이 "운율 조성의 방법"이 성공적으로 이루어져서 "자기 정서적 운동에 따라 독특한 운율을 조성할 때에 그 운율은 바로 그 작품에 고유한 비반복적인 것"으로 나타나는데, 이것이 이른바 "내재율"에 해당한다. 류창선은 이를 "운율 조성의 방법"으로서 한꺼번에 묶어 설명했지만, 그의 논리를 조금 더 밀고 가자면 '내재율'은 또 하나의 심급, '운율 조성의 효과'로 자리매김된다. 류창선이 설정한 세 심급을 정리해 보면 다음과 같다.

〈표 3〉

a. 운율 기초	음절 그루빠들의 자유롭고 다양한 결합 반복
b. 운율 조성 방법	운율 기초 + 보조적 수법
c. 운율 조성 효과	내재율

이 체계는 엄호석과 현종호의 대립적 관점이 '변증법적으로' 통합될 수 있는 가능성을 열어준다. 현종호의 관점에서 지양되어야 할 부분은 '내재율'에 대한 일방적 부정이다. 그것은 단순히 실체 없는 가상이 아니라 자유시에서 나타나는 운율의 실천적 효과이다. 반면 엄호석에게서 지양되어야 할 부분은 운율심급의 오해다. 엄호석에 의하면 "자유시의 운율의 기본"은 '내재율'이었다(1960.2.9·6.14). 류창선은 이러한 전제에 이의를 제기한다. "자유시의 운율을 무정형률인 내재율이라고 말할 수는 있으나 '내재율'을 자유시의 운율적 기초라고 규정할 수는 없다."

류창선의 방법론은 작시법에 대한 이론적 검토가 창작 실천과 맺을 수 있는 적극적인 가능성을 궁구하는 방향으로 나아간다. 이전 논의 단계에서 작시 체계와 운율의 물질성을 강조하는 경우, 그것은 '전통의 계승'이라는 문제로 기울어 실천적 입지를 좁히기 십상이었다. 반면 '내재율'을 자유시 운율의 기초로 부각시키는 경우, 이론적 탐구는 운율에 대한 구체적 지침을 마련할 수 없고 결과적으로 창작 실천에 아무런 영향을 미칠 수 없게 된다. 류창선은 '내재율이라는 효과'를 위해서는 '기초'를 다져야 한다고 주장한다. 운율의 기초가 확실하게 조성되어 있어야만 "자기 정서적 내용에 적응한 리듬이 조성되고 비반복적인 '내재율'이 지배하게 될 것이 아니겠는가?" 그러므로 "창작 실천에서 보편적 법칙인 운율적 기초를 조직하기 전에 '내재율'부터 훌륭하게 구현하려고 서두는 것은 무용한 노력이며 또 아무런 효과도 거두지 못할 것이다."

다만 류창선의 글이 엄호석과 현종호의 '종합'인 측면이 있기는 하되, 다분히 현종호와 논의의 기반을 공유하는 부분이 더 크다는 점을 지적해야 한다. 이는 앞에 제시한 〈표 2〉와 〈표 3〉의 비교를 통해서도 알 수 있고, 류창선이 엄호석의 관점을 비판하는 데에 훨씬 더 많은 공을 들이고 있다는 점을 통해서도 알 수 있다. 그는 과학으로 수렴 가능한 '일반시학'을 지향한다. 그 위에서 그것이 '법칙'의 검토에 고립적으로 머물지 않고, '창작의 현재성'과도 소통할 수 있는 방안을 구상하려 한다.

2_ 류창선의 기획이 보다 두터운 검토를 포괄하게 되는 것은 자유시 운율에 관한 논의가 새로운 국면에 접어들면서였다. 위에서 살핀 류창선의 글이 발표되고 약 한 달 후인 1960년 8월, 조선작가동맹 산하 시문

학분과위원회에서는『시문학』창간호를 발행한다. 운율에 대한 논의가 활발히 전개되고 있던 시기인 만큼 2집(1960.9)에는 '우리 시가의 운율에 관한 논의'라는 지면이 마련되는데, 이 꼭지에 글을 실은 이가 고정옥과 류창선이었다. 두 사람 모두 엄호석, 현종호와 함께『문학신문』에서 전개된 운율 논의에 이미 참여하고 있었던 만큼, 여기 실린 글들은 이전에 발표된 글들과 별반 차이를 드러내지 않는다.

다른 시각에서 말문을 연 것은 시인들이었다. 2집에서는 한명천이, 3집에서는 김철과 리원우가, 4집(1961.3)에서는 박산운, 상민, 한진식이, 6집(1961.9)에서는 정문향이, 연이어 운율에 대한 견해를 보탠다.[54] '문예학자'들이 "정형시가 가지고 있는 외형적인 규칙적인 율동 형태를 현대 자유시"에 적용하려는 시도에 "경악하지 않을 수 없다"는 것(박산운), "자유시의 운율 조성에는 이러이러한 방법이 있다고 결론을 짓는 것은 아주 조급하고 우둔한 짓"이며 "그 결과는 시인들의 재능의 날개를 구속하며 독창적이며 생기발랄한 작품이 생겨날 길을 좁게 막아 버"린다는 것(김철)이 이들의 주된 불만이었다. 평론가 및 문예연구가들을 향한 시인들의 성토는 여기서 그치지 않고 한진식, 한명천에 의해 재차『문학신문』에서도 이어진다.[55] 운율론을 세운다는 구실로 작품에 대해

---

54 차례로 정리하면 다음과 같다. 한명천, 「시의 세계」, 『시문학』 2, 1960.9; 김철, 「서정시와 운율」, 『시문학』 3; 리원우, 「새 생활 정서의 발견과 새 음률의 발생」, 『시문학』 3; 박산운, 「서정시에서 형상성, 내면세계」, 『시문학』 4(1961-1집), 1961.3; 상민, 「운율 논의의 논의」, 『시문학』 4(1961-1집), 1961.3; 한진식, 「운율과 시 정신」, 『시문학』 4(1961-1집), 1961.3; 정문향, 「서정과 운율에 대한 논의」, 『시문학』 6(1961-3집), 1961.9. 『시문학』 3집의 경우는 실물을 찾지 못한 탓으로 김철과 리원우의 원문은 확인하지 못했다. 두 사람이 쓴 글의 제목과 논의는 류창선의 글에 인용되고 해설된 부분을 참고했다.

55 한진식, 「인위적 '운율'에 매혹되지 말자」, 『문학신문』, 1961.4.25; 한명천, 「자유시의 운율 문제에 대하여」, 『문학신문』, 1961.4.28.

“자막대기질”을 하기 일쑤인데, 일부러 틀에 맞춰서 쓴 게 아닌 다음에
야 “이러한 ‘자막대기’질을 해서 해당 시편의 내용이 규정한 운율의 호
부, 우열을 과연 측정할 수 있겠는가.”(한진식)

　비난의 초점이 된 류창선은 이 중『시문학』2, 3집에 실린 한명천, 김
철, 리원우의 글을 검토하며 이 불만 섞인 목소리에 응답한다. 「창작실
천과 운율 문제」(『문학신문』, 1961.4.11)라는 제목이 보여주듯, 이제 그는
좀더 ‘창작자의 관점’을 수용하기 위해 애쓴다. 이를 위해 논의의 범위에
포함시켜야 할 것은 “생활”, “소재”, “사상적 내용”이라는 축이었다. 창작
자들이 바로 자신의 창작 경험에 입각해 이를 문제 삼았기 때문이다.

　자유시의 운율이 내용과 분리될 수는 없다는 시각은 북한뿐 아니라
근대의 어느 문화권에서나 통용되는 문학적 전제 중 하나이지만, 여기
서 문제는 단순히 운율-내용의 불가분한 관계에 대한 언명을 넘어 이
를 어떻게 ‘운율론’이라는 범주 안에서 소화해 낼 것인가 하는 데 있다.
김철의 언급을 따르면 ‘생활’과 ‘운율’은 동시적인 것으로 파악된다. 한
명천의 경우는 ‘운율’을 ‘내용’에서 찾는다. 예의 ‘문예학적인’ 관점에서
보자면, 이는 바로 ‘내재율’이라는 것을 애매모호하게 만드는 막연한
고정관념으로서 운율론의 범주 안에서는 타기되어야 할 주요 과제 중
하나로 간주되던 것이었다. 현종호의 말을 인용하자면, “운율은 내용
에 상응한 형식의 한 요소”인데도 불구하고 마치 “형식의 범주가 아니
라 내용적 범주에 속”하는 듯이 다루고 있다는 것이다.

　그러나 어쨌든 시인들에 의해 다시 ‘생활’, ‘내용’ 등이 운율과 관련하
여 논의의 수위에 떠오른 이상, 이제는 이를 단순히 운율론 바깥에 괄
호로 묶어둘 수만은 없게 된다. 류창선은 작품의 내적 프레임을 문제

삼는다. 분명 "작품의 운율적 특성"은 "일정한 정서적 움직임과 이를 조절하는 시인의 호흡"을 나타내며 이는 "전적으로 사회-역사적 생활 조류 속에 뿌리박고" 있는 것이 확실하다. 그러나 이것이 바로 "생활이 곧 운율이라는 논리"를 만들어낼 수는 없다. 시인의 생활 체험은 "작품 이전"의 "소재"일 뿐이다. 류창선은 운율을 '작품 그 자체'의 언어조직을 통해 이루어지는 것으로 한정시킨다. '생활'은 작품의 '토양'이지만 그 자체로 작품인 것은 아니며, "운율을 생활에서 직접 느낄 수는 없다." 오히려 매번 고유한 생활의 운율을 작품 속에서 고스란히 느끼기 위해서는 "작시 원칙에 의거하여 의식적으로" 운율을 조성하는 일이 필요하다.

이전까지의 논의를 정리한 굵은 선 부분에 「창작실천과 운율의 문제」(1961.4.11)가 도입하는 '생활'의 심급을 더하면 류창선의 운율론은 다음 〈표 4〉와 같이 정리될 수 있다.

〈표 4〉

작품 이전	X. 작품의 토양	생활 및 정서
작품 자체	a. 운율 기초	음절 그루빠들의 자유롭고 다양한 결합 반복
	b. 운율 조성 방법	운율 기초 + 보조적 수법
	c. 운율 조성 효과	내재율

그의 관점을 따르면 훌륭한 작품의 경우 c는 결과적으로 X를 드러낼 수 있다. 다만 a와 b를 반드시 거쳐야만 한다. '생활'에서 '운율'을 느낀다고 하는 시인들의 견해는 a와 b를 간과한 채 X와 c를 성급히 동일시하는 오류에서 비롯되는 것으로 간주된다.

류창선은 기존 논의들을 비판적으로 수용하면서, 운율 전통 계승과 관련된 이론적 탐구와 자유시 창작의 문제를 포괄적으로 정돈할 수 있는 하나의 총체적 시학 체계를 소략하게나마 구상한다. 그는 과학적 방법론에 기반을 둔 상태로 동시대의 문학적 운동성을 두텁게 아울러 보려 한다. 그의 시도에는 현대 자유시 운율의 문제가 '일반시학'으로 해소될 수 있는 가능성을 조심스럽게, 그리고 다층적으로 탐색한 흔적이 담겨 있다.

3_ 물론 자유시의 운율 형성 원리를 '증명'하는 데에 무게중심이 놓인 류창선의 논의가 실제로 창작실천에 어떤 긍정적 역할을 할 수 있는지는 의문으로 남는다. 이론은 이론으로서 충분히 정교해질 수 있다. 그러나 그것이 곧바로 실천적 영향력을 담보하는 것은 아니다. 류창선을 포함한 당시의 자유시 운율 논의들에 대해 시인들이 드러낸 불만은 이에서 비롯된다. 현종호, 류창선 등은 이론적 탐구가 창작실천을 도울 수 있으리라 믿었지만, 시인들은 경험 상 그렇게 생각하지 않았다. 원론상으로는 "정당한 정식화"를 만들다가도 실제로는 "글자 수를 따지"며(한진식, 1961.4.25) 차라리 창작에 악영향을 미친다는 것이 시인들의 판단이었다.

창작자의 입장에 설 때 이는 충분히 정당성을 얻을 수 있는 견해라 할 수 있을 것이다. 문제는 이런 관점에 서서 그냥 시만 쓰는 것이 아니라 운율 문제에 직접 개입하는 경우, 그 논의가 다분히 주관적인 방향으로 흐르거나 논거 없이 동어반복적인 경향을 띠게 된다는 데 있다. 또는 '하지 말아야 할 것'에 대한 불만을 표출할 수는 있되 '해야 할 것'에 대한 생산적 논의를 끌어내지는 못한다는 측면도 있다.

이는 시인들, 혹은 창작자의 관점을 일정정도 대변하는 면이 있던 평론가 엄호석의 글에서도 이미 나타나는 현상이었다. 그는 "자유시의 운율의 기본이 내재율이라는 것은 누구나 알고 있"으며 시 창작에서는 "내재율을 내재율로 되게 하는 음악성이 반드시 고려되어야 한다"고 말한 바 있다(1960.2.9). 그러나 누구나 알고 있다는 그 '내재율'이라는 게 어떤 성격을 지닌 것인지, '외부적인 보조 효과'가 아니라 내재율을 내재율로 만드는 '음악성'은 어떻게 나타나는 것인지에 대해서는 설명하지 못한다. 류창선이 엄호석에게 의문을 제기했던 것도 바로 이 점이었다. 엄호석의 시각이 틀렸다고는 볼 수 없으나, "내재율이란 어떤 음절 그루빠가 어떤 조건에서 음악적 결합을 하는 것"인지에 대해 "이론적 전개를 하지 않았다"(1960.3.25)는 것이 그의 비판 요지였다.

문제는 엄호석의 관점, 나아가 시인들의 관점 속에서는 "이론적 전개" 및 그에 수반되는 '증명과정'이 그저 누락된 것이 아니라 거의 불가능하다는 데 있다. 창작의 경험, 혹은 독서의 경험에 입각한 직관적인 판단은 운율의 '과학화'를 거부한다. 그런 까닭에 '근거'에 입각해 논의를 전개하기가 사실상 힘들 수밖에 없다. '물증'을 들이대며 이론적 체계를 세우려는 진영에 '심증'만으로 맞서는 시도는 어쩔 수 없이 논리적 수세에 몰린다. 또는 '물증'을 억지로 찾으려는 동안 글 전체의 논지가 흐려지기도 한다.

류창선에 대한 시인들의 반론 중에서 한명천의 글이 특히 주목되는 것은 이런 이유 때문이다. 먼저 그가 다른 논자들을 거의 의식하지 않고 쓴 글인 「시의 세계」(『시문학』 2, 1960.9)는 독창적이고 설득력 있는 비유들이 다양하게 동원된 일종의 시론(詩論)인데, 여기에서 그는 '내재율'

에 대해 다음과 같이 언명한다. "그것은 말 그대로 시의 내부 세계에 있다. 그것은 시행들의 말 속에 있다. 그것은 말이 가지는 음에 있는 것이 아니라 말이 가지는 의미에 있다." 앞에서 살폈다시피 이 견해가 류창선에 의해 비판되자, 한명천은 좀 더 적극적으로 운율을 '형식의 범주'로 보는 견해에 맞서 "자유시의 내재율은 호소하는 언어의 음에 있는 것이 아니라 그 내용의 의미에 있는 것"이라는 과감한 주장을 펼친다(「자유시의 운율에 대하여」,『문학신문』, 1961.4.28). 단 그는 창작경험 상의 '심증'을 우기지 않는다. 또한 '근거 부족'이라는 불리함을 피하기 위해 과학적 방법론을 기웃거리지 않는다. 그는 근거의 전회를 도모하여, '과학적 근거'가 아닌 '철학적 근거'로 돌파구를 마련한다.

먼저 그는 '생활' 자체에서 운율을 직접 발견할 수는 없다는 류창선에 대한 반론의 근거로 "존재와 인식의 관계"를 끌어들인다. "생활의 체험"이란 인간과 무관하게 있는 "객관적인 존재인 자연"이 아니라 "존재와 인식의 통일된 상태"이다. 즉 인간의 인식이 외부적 존재인 자연을 받아들인 상태가 "생활"이다. 그러면 인식의 과정은 어떻게 일어나는가? 외부를 지각하는 오감만으로 가능한 것이 아니라 "필연코 언어의 작용이 있어야" 한다. 또한 거기에는 "언어의 작용이 있는 이상 운율이 없을 수가 없"다.

그에 따르면 류창선이 생활과 운율을 분리해서 생각한 것은 이러한 과정을 도외시했기 때문이다. 류창선이 "생활" 혹은 생활의 "소재"라고 한 것은, 생활이라기보다는 인간의 인식이 작용하기 전의 객체로서의 사물에 가깝다. 한명천은 '용광로'를 예로 든다. 용광로라는 사물 자체에는 당연히 운율이 없다. 그러나 사람이 그 사물을 '용광로'로 인식할 때, 인식과 동시에 '용광로'라는 언어가 개입하고 여기에서 운율이 발생한다. "생활의 체험에서 운율을 포착할 수 있는 것"은 이 때문이다. 이는 또한 "생활"을 "작품"과 분리시켜 "작품 이전"이라 설정한 류창선의 논의틀에 대한 문제제기로 이어진다. "작품 이전"은 작품과 무관한 것이 아니다. 그것은 차라리 "창작 과정 전체"이며, 바로 여기에서 "운율은 시작되며 운율은 완성된다." 시인 한명천은 창작 과정이 창작된 텍스트 못지않게 중요함을 강조한다.

더불어 한명천은 발화된 언어의 물질성으로부터 운율의 성격을 설명하는 기존의 시도들에 이의를 제기한다. 인식의 과정에 이미 언어가 개입하는 이상, 언어는 입 밖으로 나와야만 언어인 것이 아니다. "사색은 전적으로 언어에 의존한다." 생각을 가능케 하는 "가슴 속에 있는 언어"도 이미 충분히 언어이다. "그 언어 속에 어찌하여 운율이 있을 수 없단 말인가?" 이런 점을 고려한다면 운율이 "형식의 범주"에 속한다고 할 수 없다. "운율의 출발점은 그 시의 내용에 있으며 그 운율은 어디까지나 내용에서 우러나와야" 한다.

창작된 텍스트보다 창작과정에 무게중심을 두고 '내재율'의 의미를 철학적으로 풀어내려는 한명천의 시도에 문제가 없는 것은 아니다. 일단 언어에는 무조건 운율이 깃들어 있는 건가 하는 반문이 생긴다. '생활'과 '내용'을 두루뭉술하게 같은 층위로 묶어버린 듯한 인상을 남기기도 하고, 또한 대상 인식 과정이 모두 창작 과정이라고 할 수는 없지 않은가 하는 의문을 불러일으키기도 한다. 길지 않은 분량 탓이기도 할 테고, 류창선을 향한 반론 형식으로서 한 달이 채 안 되는 짧은 시간 안에 쓰여진 탓도 있을 것이다. 그러나 몇 가지의 의문을 남기고 있음에

도 불구하고 이 글은 그 전개 방식 자체의 희귀함만으로도 주목할 가치
가 있어 보인다. '내재율'이라는 난감한 개념 앞에서 많은 이들이 과학
적 방법론에 의지해 이를 해명해 보려 했다. 또 다른 많은 이들은 이런
기획에 반감을 느꼈으되 경험적 주관에 입각한 리듬 감각을 설득력 있
게 풀어낼 방법을 찾지 못했다. 한명천은 이 경험적 주관이 한갓 자의
적 느낌에 불과한 것으로 기각되지 않도록 인식론을 도입한다. '작품
전체를 흐르거나 작품 내부에 깃들어 있는 선율'이라는 예의 그 '막연
한' 개념에 철학적 무게를 얹어 자유시의 원천으로 정면수용하려 한 예
는 남한에서든 북한에서든 한명천 이전에는 쉽게 찾아지지 않는 것이
었다.

4. '내재율'이라는 매듭점, 교차점, 분기점

1_ 약 4년에 걸쳐 북한에서 집중적으로 검토된 자유시의 운율 논의
에는 '점진적 진전'이라 부를 수 있을 만한 양상이 눈에 띈다. '운율 계
승'의 문제와 자유시의 형식을 살피는 첫 단계에서는 '내재율'에 대한
검토의 필요성이 도출되고, 다음 단계에서는 그에 대한 상반된 관점이
예각화된다. 그 다음 단계에서는 각각의 관점을 정당화할 수 있는 과학
적 체계화 및 철학적 근거 마련이 시도된다.

이는 후일 '내용과 형식의 변증법'이라는 시각에서 자유시의 운율을

논하는 작업으로 이어진다. 1961년 이후에도 운율 문제에 지속적으로 관심을 둔 현종호의 글들이 그러하고, 1989년 출간된 장정춘의 『조선 현대시와 운율 문제』가 또한 그러하다. 특히 후자의 경우, 자유시의 운율을 변증법적 역학의 관점에서, 역사적 관점에서, 작시체계의 관점에서 두텁고 포괄적으로 다루고 있는데, 이를 위한 기반이 모두 1960년을 전후한 논의에서 마련되었다는 점 또한 주목되어야 할 사항이 된다.

남한에서는 '내재율', '내재의 리듬'이 그냥 받아들여졌다. 그에 대한 스펙트럼이 약간씩 다르더라도 서로 싸우거나 논쟁할 만한 문제는 아니었다. 논의가 활발하지 않았다는 것은, 달리 말하면 굳이 논의할 필요를 느끼지 않을 만큼 자명한 것으로 받아들여졌다는 뜻이기도 한다. 1974년에 와서야 정한모는 '내재율'의 내포를 어떻게 설정해야 하는가를 두고 고민했지만, 그 말 자체의 존재 무게를 의심하지는 않았다.

그런데 북한에서는 어떻게 '자유시'와 '운율'을 함께 응시하며 '내재율'을 검토하는 작업이 이토록 오래 지속될 수 있었던 것일까. '자유시의 운율'이 관심의 출발이었더라도, '운율'에 방점을 두는 경우는 곧 새로운 '정형 형식의 탐색'으로 기울게 된다. 식민지 조선에서는 김억이 그러했고 제국 일본에서는 가와지 류코가 그러했다. 반대로 '자유시' 혹은 '현대시'에 방점을 두는 경우는 '운율'을 괄호 치게 된다.

이런 생각을 해 볼 수 있을 것 같다. 내용과 형식의 불가분한 관계. 그러나 동시에, 형식에 대한 내용의 우위. '내재율'을 다루기 위해 반드시 관통되어야 했던 이 명제는, 사실 북한문예론의 전제일 뿐 아니라 근대문화 전반의 토대를 이루는 이념적 기반이기도 하다. 다만 북한의 경우, '내용-형식'의 문제는 이념적 지형상 다른 체제나 문화권에서보다 더 민감하게 다루어질 수밖에 없었던 듯하다. 북한의 문화예술에서 '내용'이나 '정서'는 그저 '형식'보다 더 중요한 정도로 여겨지는 것이 아니라, '단연코' 우선시되어야 하는 것이었다. '형식'을 돌보는 일은 자칫 '형식주의'나 '복고주의'로 비판될 위험이 도사리고 있었다. 그러나 또 한편으로 '민족적 형식'에 대한 논의를 포함하는 당대의 '민족적 특성'론은, 전통 계승의 차원을 넘어 북한의 절대 모토인 '주체의 확립'을 향해 나아가야 하는 것이기도 했다. 이런 시각을 염두에 둘 경우, '내용'이나 '정서'를 강조하며 식민지시대 이래 사용되어 온 '내재율'이라는 말을 그대로 쓰는 것은 또한 '반동적 심리주의'로 호도되는 결과를 초래할 수도 있는 것이었다. 시에서 '형식'을 언급하는 것은 '반동적'이 될 위험이 있는 동시에 '주체적'이기 위한 과정이기도 한 셈이며, '내재율'이라는 말로 자유시에 접근하는 것 역시 '새로운 사회주의적 감정'을 끌어안는 가능성인 동시에 '반동적'인 것으로 폄하될 수도 있는 위험성을 지니고 있었던 셈이다. 근대 부르주아 문예미학에서 솟아오른 '내용-형식'의 문제. 그리고 주체성의 문제. 이 문제들이 '내재율'이라는 개념 속에 요동치면서 바로 그 미학을 격렬히 타기하려 하던 사회주의 체제에서 논쟁점으로 부상했다는 것은 아이러니한 동시에 의미심장한 일이다.

2_ 지금까지의 논의를 아울러 보며 생각해 볼 문제가 하나 더 있다. 앞서 살폈듯 일본에서 '내( )률'이 논의되는 자리에는 '근대의 선취'라는 생각이 스며든다. 일본시가의 정형성이 헐거운 것은 예부터 내면의 리듬을 따라 이미 '내( )률'에 도달해 있는 까닭이고, 그래서 시적 근대를 앞서 성취하고 있는 것이라는 판단.

조선 / 한국의 경우에는 이런 '자신감'의 흔적을 찾는 것이 쉽지 않다. 현철은 서양의 운각시나 한시와 비교하여 "그 형식이 가조(歌調)에 탁(托)하는 고로 비교적 형식에 여유 있음은 우리 시의 자랑거리"라고 말한 바 있다. 그러나 단편적인 언급 이상으로는 나아가지 않았다. 1950년대 중반 시조 부흥에 대한 논쟁 속에서 시조보다는 차라리 "신라의 향가"를 오늘날과 가깝게 느낄 수 있다고 한 견해[56] 역시 현대성을 태고적 감성-형식과 아우르려는 시각이 엿보이나, 소략한 가설을 제시하는 수준이었다. 또 북한의 문예이론가 윤세평은 "정형시적 엄격한 규율성이 희박한 점"을 조선시가의 특징으로 들며 이 점을 "내재적 선율과 절주"를 지닌 자유시의 특성과 함께 살필 것을 제안했지만, 일본의 논자들처럼 이를 '오래전에 이루어진 선취'로 해석하지는 않는다. 자신만만함과 조심스러움. 이 차이는 어디서 오는 걸까. 또 그 결과는 무엇일까.

비슷한 맥락에서 살필 수 있는 문제가 또 있다. 가와지 류코는 단연코 '내용률'을 부정했다. 이 정체불명의 유령을 쫓아내야 한다고 단언했다. 그러나 식민지 조선 및 남북한을 통틀어 가장 강력하게 '내재율'을 쓸모없는 개념으로 폐기하려 했던 북한의 현종호조차도 가와지 류코처럼 강한 어조를 취하지는 않았다. 그는 이 말이 불러일으키는 부정적 효과를 근심했을 뿐이다. 남한의 경우 정한모는 "내재율은 외재율이 없는 산문 내지 산문시 속에만 존재"한다면서 그렇다면 "우리는 굳이 내재율에 대하여 거론할 필요가 없"을 거라고 했지만, 이는 이 개념

---

56 정태용, 「향가 부활이 오히려 가능」, 『현대문학』, 1958.5, 15~16면.

을 폐기하기 위해서가 아니라 다시 세우기 위한 것이었다. 일본에서는 거리낌 없이 버린다. 그러나 조선 / 한국에서는 놓지 못한다.

　말의 기원을 제공한 서구에서도, 말을 만든 일본에서도 잘 사용되지 않는데, 불안과 초조와 조심스러운 태도 속에서 유독 한국어 공동체 속에서만 깊이 뿌리를 내린 '내재율'. 서구의 언어관과 문학이념이 일본을 거쳐 식민지 조선에 유입되고 또 남과 북의 정치체제 속에 자리잡는 과정에서 일어난 굴절과 변용의 한 결정(結晶). 그렇다면 이러한 역사성이 침전되어 있는 '내재율'이라는 개념어야말로, 그저 한국식의 특수한 '사례(example)'가 아니라 근대문학의 세계 편제에서 초래된 '증상(symptom)'이라 할 수 있지 않을까. '증상'은 병과 다르다. 설사 병이라 하더라도, 증상을 제거하기 위해 역사를 거슬러 올라갈 수는 없다. 중요한 것은 증상을 끌어안되 얽매이지 않으면서 어떻게 살아갈까 하는 것이다. 우리에게 주어진 역사성을 존중하면서, 그러나 집착하지 않으면서, 어떻게 미래를 향해 걸어갈까 하는 것이다.